Carola Clasen
Schwarze Schafe

Carola Clasen wurde 1950 in Köln geboren. Nach einem Sprachenstudium arbeitete sie bis zu ihrer Heirat in Belgien. Später veröffentlichte sie zahlreiche Kurzgeschichten im Rundfunk. 1998 erschien ihr erster Eifel-Kriminalroman »Atemnot«.

»Schwarze Schafe« ist nach »Novembernebel« (2001), »Das Fenster zum Zoo« (2002), »Tot und begraben« (2003) und »Auszeit« (2004) ihr fünfter Titel im Programm des KBV.

Carola Clasen

Schwarze Schafe

20 Mörderische Geschichten

KBV
KRIMI

Originalausgabe

www.kbv-verlag.de
E-Mail: info@kbv-verlag.de
Telefon: 0 65 93 - 99 86 68
Fax: 0 65 93 - 99 87 01
Umschlagillustration: Ralf Kramp
Redaktion, Satz: Volker Maria Neumann, Köln
Druck: Grenz-Echo AG, Eupen
www.grenzecho.be
Printed in Belgium
ISBN 3-937001-64-6

Inhalt

MS Stella Maris

Ein Presslufthammer wütet und rotiert ohne Unterlass in meinem Schädel, sobald ich meinem Bewusstsein gestatte sich zu sammeln und an die Oberfläche zu gelangen.

Das erste Geräusch, das ich bei so einer Gelegenheit von außen zusätzlich wahrnehme, ist ein eindringliches Piepsen. Ein Vogel? Es wird lauter und ich versuche die Augen zu öffnen. Aber meine Lider sind schwer und scheinen verklebt, nur ein kleiner Spalt tut sich auf.

Ich blicke durch einen Schleier über eine große, undeutliche, grüne Fläche hinab auf ein weißes Gestänge, auf dem kein Vogel sitzt. Es könnte das Fußende eines Bettes sein. Ein Bett, in dem ich liege. Unter einer grünen Decke. Dahinter wieder grün. Ein anderes Grün. Dunkler. In Vierecke eingeteilt. Kacheln, schätze ich.

Mein Kopf lässt sich dank des Presslufthammers nicht bewegen. Er lässt keine Ecke, keine Windung aus, und scheint wie ein Krake zu sein, saugt sich an der Schädeldecke in jedem Winkel fest. Nur meine Augen können wandern. Sie sind jetzt ganz offen und mäandern, zuerst nach links.

Wieder grün. Grüne Falten. Vorhänge. Dahinter scheint das Grün manchmal heller. Neben mir liegt ein Arm, ich sehe ihn, aber ich spüre ihn nicht. Es ist möglicherweise trotzdem meiner. Er ist mit einer Kanüle an eine durchsichtige Schnur gekoppelt, die zu einer Flasche an einer Stange führt. Klare Flüssigkeit scheint zu fließen, nein, zu tropfen.

Kein Vogel weit und breit. Aber es piepst.

Rechts von mir will ich ihn suchen, mich orientieren, stoße im Hintergrund auf den Umriss einer Tür, wieder grün, dann endlich sehe ich aus den Augenwinkeln einen großen dunklen Schatten direkt an meinem Kopfende. Viel zu groß für einen Vogel. Von dort kommt das Piepsen auch nicht.

Schultern erkenne ich, einen Kopf. Mehr nicht. Ich fühle mich schwach und viel zu müde. Die Augen fallen mir wieder zu, aber riechen kann ich noch. Muss ich, kann es nicht abstellen. Und ich rieche SIE.

Jetzt übertönt der Presslufthammer das Piepsen nur noch knapp.

Weiß war die Gischt gewesen, die über mir zusammenschlug. Schwarz wie der Tod das Wasser, in das ich hinabsank. Ich strampelte, kämpfte, schlug um mich. Sank und kam wieder hoch und schrie, aber niemand kann den Motor eines Schiffes übertönen. Niemand, der kaum noch Luft zum Atmen hat, dem das Wasser in die Kehle läuft.

Eisige Kälte zog mich hinab, wie durch ein Wunder zunächst weg von der todbringenden Schraube, dann saugte sie mich wieder an, ein scharfes Messer traf mich am Rücken, der Länge nach, und überließ mich gleich darauf bewegungslos der Tiefe. Bei jedem Öffnen meines Mundes floss Wasser in mich hinein, obwohl ich schon übervoll davon war. Wie eine Qualle.

Dabei war es so ein schöner Tag gewesen. Hitze, Sonnenbrand. Und der See. Ich und Marie waren allein an Deck gewesen. Am Heck. Die anderen hatten sich ins Restaurant verzogen, in den Schatten, die Sonne knallte an diesem Tag unerträglich, die Hitze staute sich zwischen den umliegenden Hügeln, auch der flache, heiße Fahrtwind brachte keine Erleichterung.

Durch die Fenster hatten wir sie an den Tischen sitzen sehen, ihre Hüte und Kappen vor sich. Sie ließen sich Getränke servieren und sahen hinaus in die flirrende Hitze. Zu Marie und mir. Die Gesichter gerötet, Schweißflecken unter den Armen. Japsend der eine oder andere Ältere.

Die Schiffstour war Maries Idee gewesen. Ich hatte nichts dagegen. Wir wollten einen letzten schönen Tag verbringen. Zum Abschied. Obwohl ich kein guter Schwimmer bin, habe ich mich immer zum Wasser hingezogen und auf Schiffen immer sicher gefühlt. Zu sicher, wie es sich nun zeigte. Man sollte nie zu sicher sein.

Ich war auch ihrer immer sicher gewesen. Ihrer Loyalität, ihrer Toleranz, ihres Verständnisses, was sollte da schon geschehen? Sie würde mir verzeihen.

Das hat nichts mit uns zu tun!, wollte ich ihr versichern. Gar nichts.

Sie trug ein ärmelloses, dünnes Kleid an diesem Tag. Hellblau war es. Ihre Haare hatte sie nicht zusammengebunden wie sonst, nein, sie ließ sie im Wind flattern und in der Sonne glänzen. Und all ihre Sommersprossen! Ich registrierte es, aber es berührte mich nicht. Nicht mehr. Es war zu spät. Ein anderes Gesicht hatte mein Herz erobert.

Der See war nicht irgendein See, es war der Rursee. Wir hatten das letzte Schiff von Schwammenauel nach Rurberg und zurück genommen. 17 Uhr bis 18.45 Uhr, ich weiß es genau, es war ein Samstag. Wir würden fast zwei Stunden an Bord sein, Zeit genug um uns auszusprechen. Niemand konnte weglaufen. Wir mussten uns der Situation stellen. Ich musste ihr endlich reinen Wein einschenken. Auf diesem Schiff, auf der Stella Maris.

Marie hatte zuerst den »Rursee in Flammen« vorgeschlagen, eine Nachtfahrt mit Feuerwerk, die meist um diese Jahreszeit stattfindet, aber das war mir zu emotional. Was ich ihr zu sagen hatte, vertrug keine Romantik.

Dennoch: Die Aussicht war atemberaubend. Kleine Gruppen in Canadiern zogen am Ufer vorbei, Angler saßen in verträumten Buchten. In Eschauel, am Kermeterufer und in Woffelsbach nahmen wir in kurzen Abständen neue Gäste auf. Sie verteilten sich.

Und ich wusste nicht, wie ich beginnen sollte.

Ich hob es mir für die Rückfahrt auf, wollte uns den Tag nicht ganz verderben. Als hätte sie es geahnt, war sie zurückhaltend und wortkarg. Es wollte keine rechte Stimmung aufkommen. Zäh verstrich die Zeit. Die Viertelstunde Wartezeit in Schwammenauel vor der Rückfahrt standen wir stumm, wie verfeindet an Deck.

Wir hatten bereits die Hälfte des Rückweges zurückgelegt. Uns blieb nicht mehr viel Zeit, als ich es endlich aussprach: »Ich muss dir etwas sagen. Ich habe mich neu verliebt.«

»Ich weiß.«

Hatte sie mich mit Anna gesehen? Hatte jemand getratscht?

Sie wechselte das Thema. »Wie heißt dieses Schiff?«

Wild entschlossen fuhr ich fort, als hätte ich ihre Frage nicht gehört: »Ich kann nicht mehr mit dir leben.«

»Es ist die MS Aachen, oder?«

»Nein, die Stella Maris, hast du mir nicht zugehört, ich werde ausziehen. Es tut mir so Leid. Es hat nichts mit uns zu tun. Das musst du mir glauben. Aber wir müssen uns trennen.«

Marie flüsterte etwas in den Fahrtwind.

»Was hast du gesagt?«

»Nein.«

»Wie nein? Was meinst du damit?«

»Niemals die Stella Maris.«

»Doch. Es steht unten am Heck. Was spielt das jetzt für eine Rolle?«

»Nein. Es ist die Aachen.«

»Nein. Die Stella Maris. Wirklich.«

»Warum siehst du nicht nach?«

Geplänkel, Zänkerei. Nur nicht auf den Punkt kommen. Es waren immer diese Kleinigkeiten gewesen, weswegen wir uns gestritten hatten. Ich hatte sie geliebt, wenn mir Anna nicht über den Weg gelaufen wäre, würde ich es immer noch tun.

Marie war so ganz anders als andere Frauen gewesen. Nüchtern, spröde, hat nicht viel getan, um mir zu gefallen. Das hat mich damals angezogen. Jetzt war es einfach vorbei. Wie eine Jahreszeit. Das musste sie doch verstehen, so spielte das Leben nun einmal.

Aus der Tiefe des Sees kehre ich zurück zu meinem Presslufthammer und dem Piepsen in meinem grünen Zimmer. Ich höre leise, schnelle Schritte, die sich nähern, eine Stimme, die flüstert. Bruchstücke dringen zu mir vor, wie in Watte verpackt.

»Er ist aufgewacht.«

Eine Hand tätschelt mir die Wange.

»Können Sie mich hören?«

Die leisen Schritte gehen um mich herum, Hände kontrollieren den Arm an der Flasche, den Sitz der Decke, streichen über meine Stirn. Meine Augenlider flattern nervös, meine Lippen zittern und beben.

»Das ist ein gutes Zeichen ... gehen Sie nach Hause ... ruhen Sie sich ein wenig aus ... wir rufen Sie, sobald ...«

Aber der große, dunkle Schatten, Marie, bleibt an meinem Kopfende, rückt sogar näher. Drohend und stumm.

Lasst mich nicht mir ihr allein!, will ich schreien, aber kein Ton will herauskommen. Ich habe noch nie Angst vor ihr gehabt. Sie ist meine Frau.

Woher diese Angst? Ich zermartere mir das Hirn. Und plötzlich weiß ich es wieder. Sehe es vor mir und fühle es.

Ich hatte nicht den Halt verloren, als ich mich weit vornüber beugte, um den Namen des Schiffes am Heck für meine Marie zu kontrollieren.

Ich war nicht abgerutscht. Nein, so war es nicht gewesen.

Mein Schwerpunkt befand sich bereits außerhalb des Schiffes, als mir die Füße weggezogen wurden, und mein Unterkörper in die unglückliche Schieflage einer Schubkarre gehievt wurde. Mit dem

Kinn schlug ich gegen den Schiffsrumpf, kopfüber hing ich noch Sekunden an meinen feuchten, verschwitzten Händen. Da musste nur noch jemand sie mit eisernem Griff vom Geländer lösen. Finger um Finger spreizen ... Marie! Wer sonst? Niemand sonst war an Deck gewesen!

Ich musste um mein Leben geschrien haben. Natürlich, jeder würde in so einer Situation schreien. Aber die Akustik ließ in dieser Stellung arg zu wünschen übrig.

Es gehe mir jeden Tag besser, mein Zustand sei jetzt stabil, habe ich gehört. Ich weiß nicht, wie sie das meinen.

Einen Presslufthammer im Kopf zu haben, ist das neuerdings normal? Hat man das jetzt?

Und bewegen kann mich auch immer noch nicht. Ich lebe, ja, im Inneren, gefangen in meinem Körper. Er gehorcht mir nicht, als läge ein Felsbrocken auf mir. Der Gedanke gefällt mir. Eines Tages wird jemand kommen, der ihn wegräumt. Eines Tages.

Ich kann auch schon wieder schlucken, vielleicht meinen sie das, muss nicht mehr über einen Schlauch mit klebriger Flüssigkeit ernährt werden, die in mich hineinläuft, ob ich es will oder nicht.

An meinen Pupillen haben sie endlich erkannt, dass ich Schmerzen habe. Bravo! Schmerzen im Kopf, schließen sie messerscharf. Wo auch sonst? Der Rest meines Körpers ist frei von Gefühlen aller Art.

Aber Kopfschmerzen, das ist gar kein Ausdruck für das, was sich in meinem Schädel abspielt. Früher hatte ich schon mal unter Migräne gelitten. Ich kannte diese Anfälle, bei denen man glauben konnte zu sterben. Aber, ehrlich, sie waren ein Kinderspiel gegen das, was ich jetzt erlebe. Das hier ist das Inferno.

»Dagegen werden wir natürlich etwas tun.«

Wie schön! Sie machen mir Hoffnung.

Man verabreicht mir endlich Medikamente dafür, vielmehr dagegen. Ich soll mit den Augenlidern klimpern, wenn die Dosis nicht reicht. Ich klimpere um mein Leben. Irgendwann bekomme ich dann so viel, dass der Presslufthammer so nett ist, ein wenig kürzer zu treten. Für eine Zeit lang wird er fast erträglich. Aber er verlässt mich nicht. Mal arbeitet er hart, mal weniger. Pausen macht er nie.

Aber mehr kann ich angeblich nicht vertragen. Wegen der Nebenwirkungen. Ha! Dass ich nicht lache. Was gibt es denn noch für Nebenwirkungen neben den Wirkungen, die ich bereits habe?

Eines Tages kommt ein Arzt, schickt Marie hinaus und erklärt mir die Lage. Er hat die Abbildung eines menschlichen Rückgrates dabei und zeigt mir die Stelle, wo die Schiffsschraube die entscheidenden Nerven durchtrennt hat.

»Querschnittlähmung bedeutet das. Es tut mir Leid. Da sind mir die Hände gebunden.«

Nur Ihre Hände, denke ich, Sie Glücklicher.

»Am besten, Sie hadern nicht, sondern nehmen Ihr Schicksal an«, rät er mir und legt seine Hand auf meine. Sie ist von vielen Adern durchzogen und braun gebrannt. Eine Tennis- oder Golfhand. Er streichelt mich. Hat er vergessen, dass ich an dieser Stelle nichts spüre?

»Sehen Sie es als Zeichen.«

Als Zeichen wofür, würde ich ihn gern fragen. Für totale Abhängigkeit? Für das Ende der Welt?

»Gott will Sie prüfen.«

Gott? Seit wann ist Marie Gott?

Nein!, will ich schreien, sie hat mich gestoßen.

Aber nur ein Stöhnen und Lallen dringt über mein Lippen. Auch leise sprechen ist nicht drin, flüstern oder murmeln, nicht einmal hauchen. Stattdessen laufen mir die Tränen über die Wangen kalt in die Ohren.

Finger um Finger ...

Einen Tag später werde ich aus dem grünen Zimmer über einen dunklen Flur und mit einem Aufzug in ein weißes Zimmer gefahren. Ich habe jetzt einen Zimmergenossen. Einen alten Mann, der mit offenem Mund auf dem Rücken liegt und schnarcht. Sonst ist alles gleich.

Ich piepse immer noch, weiß aber natürlich längst, was es ist. Mein Herz und mein Puls. Solange ich piepse, lebe ich. Ich hänge immer noch an der Flasche und werde gewickelt wie ein Baby. Ich fühle es nicht. Ich sehe es nur. Es ist mir peinlich und zuwider, wenn sie mich waschen, wenden und drehen und dabei über mich sprechen, als wäre ich blind und taub.

Ein Gegenstand.

Es braucht vier Hände dazu. Der alte Mann ist nicht von dieser Welt, er bekommt nichts mit, er darf bleiben, aber Marie wird hinausgeschickt, und jedes Mal hoffe ich, sie kommt nicht wieder.

Aber wenn ich wieder unter der Decke liege, wie ein frisch gebackenes Brot, ist Marie zurück. Setzt sich an mein Kopfende mit ihrem Duft. Ihr Parfüm habe ich einmal geliebt. Nicht genug konnte ich davon bekommen. Vorbei. Heute kommt es mir ätzend vor.

Anna! Die Frau, wegen der sich mein Leben so einschneidend verändert hat, war noch kein einziges Mal hier. Hat sie mich schon vergessen? Will sie mit einem gelähmten Mann nichts zu tun haben? Viel kann ich ihr nicht mehr bieten, das ist wahr. Aber wir könnten etwas versuchen.

Krampfhaft versuche ich mich an ihr Gesicht zu erinnern. Ihre Haare, ihren Duft, es will mir nicht recht gelingen.

Tage und Nächte ziehen an meinem Fenster vorbei. Es spielt keine Rolle, ich kann mich nicht rühren. Nie mehr. Der Kopf gehorcht mir nur, was das Sehen und Riechen angeht, Sprechen nicht, aber wiederum Hören, das was der Pressluft-hammer durchgehen lässt. Mein Piepsen und das Schnarchen des alten Mannes, manchmal das Getuschel der Ärzte, der Schwestern und das von Marie. Über mich. Ich bin ein Sonderfall. Sie beraten sich. Was sollen wir bloß mit ihm machen? Er ist doch noch so jung.

Und denken kann ich. Und dieser Beschäftigung gebe ich mich ausgiebig hin: Marie hat mich also erst ins Wasser geworfen wie einen stinkenden Fisch und dann gerettet oder viel mehr retten lassen. Aber warum? Warum hat sie mich nicht den Wellen überlassen? Wollte sie als Heldin dastehen? Habe ich ihr am Ende Leid getan? Hat sie es in letzter Sekunde bereut? Muss ich ihr etwa dankbar sein?

Immerhin, ich bin hier in diesem Krankenbett und nicht auf dem Grund des Sees. Und in guten Händen, scheint es, man will nur das Beste für mich, wenn nur nicht Marie die ganze Zeit neben mir säße. Es fällt mir nicht schwer mich schlafend zu stellen, wenn wir allein sind. Sie hat noch kein Wort zu mir gesagt.

Was hat sie vor?

Leise, schnelle Schritte nähern sich. Wortfetzen: »... können nichts mehr für ihn tun ... Pflegeheim ... Überlegen Sie es sich ... Sie können ihn doch nicht ganz allein jahrelang ...«

»Nein«, bestimmt der große dunkle Schatten mit Maries Stimme an meinem Kopfende. »Ich nehme ihn mit nach Hause.«

Das Piepsen verselbstständigt sich, es rast unregelmäßig davon. Alles in mir verkrampft, schmerzt, bäumt sich auf, der Presslufthammer schlägt zu. Mein Körper liegt dabei wie ein Stein.

Es hilft nichts. Ich werde abtransportiert. Der Tag ist da, an dem man mich in ihr Haus trägt. Aber noch gebe ich nicht auf, ich wehre mich so gut ich kann.

Ich lasse meine schreckgeweiteten Augen hin und her rollen, ich klimpere mit den Augenlidern um mein Leben. Meinen Mund verzerre ich zu einem stummen Schrei. Schaumigen Speichel lasse ich aus meinen Mundwinkeln laufen.

Aber die Schwester versteht es verkehrt.

»Keine Sorge. Es wird alles gut«, tröstet sie mich. »Ihre Frau kümmert sich um Sie. Sie müssen nicht ins Pflegeheim. Keine Angst. Sie haben Glück, so eine Frau zu haben. Sie ruft uns an, wenn irgendetwas ist und wir kommen sofort. Sie kann Ihnen ebenso die Medikamente geben, die Sie für Ihre Kopfschmerzen brauchen, wie wir. Mehr können auch wir nicht für Sie tun. Sie werden sehen, es wird alles gut.«

Sie hat mich gestoßen!, will ich schreien, aber ich kann es immer noch nicht. Nicht leise sagen, flüstern oder murmeln, nicht einmal hauchen. Oder den Satz mit den Augenlidern klimpern.

Draußen vor dem Eingang des Krankenhauses steht Anna. Endlich! Ich erkenne sie sofort. Gott sei Dank! Sie wird alles in Ordnung bringen. Sie wird Marie klar machen, wer von nun an in meinem Leben eine Rolle spielt. Sie ist also doch noch gekommen, um mich aus Maries Klauen zu befreien. Warum erst jetzt?

Es hat einen einfachen Grund, man hat sie nicht zu mir gelassen. Ja, so muss es gewesen sein. Sie ist keine Angehörige. Die Arme! Was muss sie durchgemacht haben.

Ich springe auf, laufe auf sie zu, nehme sie an der Hand und laufe mit ihr davon, nur weg aus diesem Albtraum hier, von mir aus bis ans Ende der Welt. Aber was rede ich da, alles was ich kann, ist sie anklimpern und anlächeln. Und ich lächle, was das Zeugs hält. Vollgepumpt mit Chemie fällt mir das nicht schwer.

Und sie? Kommt wenigstens sie auf mich zu, beugt sich über mich und umarmt mich? Nein. Sie schenkt mir nicht einen einzigen Blick, sieht über mich hinweg, geht an mir vorbei, umarmt stattdessen Marie ganz ungeniert.

Was ist denn hier los? Meine Augen wandern von einer Frau zur anderen.

Dann hilft Anna Marie tragen, all das medizinische Zeugs, ohne das ich in Zukunft nicht mehr werde leben können, Infusionsflaschen, Katheter, Windeln, Cremes gegen das Wundliegen. Nicht zu vergessen, das Wichtigste: drei Klinikpackungen dieses Teufelzeugs gegen meinen Presslufthammer. Und sie quatschen und lachen miteinander wie Teenager, als sei heute ein Tag zum Feiern.

Ein Komplott! Gegen einen hilflosen Menschen, gibt es etwas Menschenunwürdigeres?

Die Sanitäter sind meine letzte Rettung. Aufgelöst klimpere ich ihnen zu, als sie mich in den Krankenwagen schieben. Mit einer Schlaggeschwindigkeit, an der sich jeder Kolibri ein Beispiel nehmen könnte. Aber sie haben damit zu tun, mich festzuschnallen und wieder auszusteigen.

Nun klettert Marie in den Krankenwagen, setzt sich neben mich, Anna stellt die Tüten und Taschen zu ihr, tritt ein paar Schritte zurück und winkt von draußen und ruft. »Bis morgen, ja, Marie? In unserem Café!«

»Ja, bis morgen.«

Kurz bevor die Türen zuschlagen, wirft Marie Anna die drei Klinikpackungen zu und richtet zum ersten Mal das Wort an mich.

»Nicht wahr«, sagt sie und tätschelt mir dabei die Wange, »mein Lieber, die brauchen wir doch jetzt nicht mehr.«

Da vergeht mir das Klimpern ein für alle Mal.

Wohnst du noch oder lebst du schon?

Als Gerlinde die Frage zum ersten Mal hörte und ein paar Tage darauf rein aus Neugier das entsprechende Möbelhaus zum ersten Mal betrat, wusste sie sofort: Sie war eine Betroffene.

Sie wohnte noch.

In Eiche, altdeutsch, rustikal.

Dabei verraten Möbel so viel über einen Menschen.

Gregor zum Beispiel, ihr Mann, dachte nicht im Traum an eine Veränderung. Er fühlte sich in den Möbeln seiner verstorbenen Mutter angeblich wohl. Angeblich. Vermutlich hatte er sich aber immer noch nicht von ihr abgenabelt oder es mangelte ihm schlichtweg an Kreativität.

Gerlinde war damit gesegnet. Sie ging gern mit der Mode. Stil bedeutete ihr viel. Nicht allein durch Kleidung, sondern auch durch Möbel konnte man seine Persönlichkeit nach außen darstellen.

Und außerdem: Das Auge wohnt doch mit.

Gregor hatte zu allem Überfluss zwei linke Hände, die Handhabung eines Imbus-Schlüssels würde ihm also immer ein Rätsel bleiben. Obwohl der Aufbau garantiert kinderleicht sein sollte. Aber Kinder hatten sie ja auch keine.

Mit ihm war das jedenfalls nicht zu machen. Stur konnte er sein, wie ein Betonklotz. Nur über meine Leiche, pflegte er zu sagen. Soweit wollte Gerlinde nicht gehen. Es musste einen anderen Weg geben.

Zum Beispiel ihn zu verlassen und auszuziehen?

Gerlinde hatte erst in ihren Träumen und dann auf dem Papier längst die ganze Wohnung vermessen, jeden Winkel, jeden Türausschnitt, die Deckenhöhe, die Fensterbank. Sie hatte sie im Geiste eingerichtet, sie hatte die passenden Möbel im Katalog ausgesucht, was nicht einfach gewesen war. Die neue Kücheneinrichtung, die reine Doktorarbeit. Sie hatte nicht die Absicht, anderswo noch einmal von vorne anzufangen.

Gregor mitsamt seiner altdeutschen Eiche auf die Straße setzen?

Das sagte sich so leicht. Die neuen Möbel waren nur auf den ersten Blick in den Katalog billig. Wenn man jedoch alle Schräubchen, Häkchen, Seitenbretter und Scharniere und Griffe zusammenzählte, waren sie allerhöchstens noch preiswert. Da war ein zweites Leben für Gregor nicht drin! Leider.

Die dritte Möglichkeit bestand darin, ihn für die Zeit, die der Wechsel der Möbel in Anspruch nehmen würde, auf irgendeine Weise auszublenden, aus dem Verkehr zu ziehen oder außer Gefecht zu setzen. Danach würde sie ihn dann vor vollendete Tatsachen stellen. Und alles wäre wie immer. Bis auf die Möbel. Und das war es, was sie wollte.

Eines Tages brach es also aus ihr heraus: »Oh Gregor! Ich kann nicht mehr.«

Verwundert zog er eine Augenbraue in die Höhe.

»Hast du es nicht gemerkt? Ich weiß nicht, was mit mir los ist, ich glaube, ich muss mal eine Zeit lang ganz allein leben, um wieder zu mir selbst zu finden.«

Nach einer Bedenkzeit fragte er: »Wohin willst du denn gehen?«

Er hatte da etwas falsch verstanden.

»Nein, nein. Ich würde dafür schon gern in meinem gewohnten Umfeld bleiben. Sonst zerreißt es mich ganz und ich falle in ein abgrundtiefes Loch. Ich dachte, du würdest mir insofern entgegenkommen, als du für eine gute Weile, eh ...«

Bedenkzeit.

»Was ist eine gute Weile?«

Gerlinde rechnete kurz durch. Zwei Wochen müssten reichen. »Ich dachte an vierzehn Tage?«

Bedenkzeit.

Dann: »Gut.«

»Das würdest du wirklich für mich tun?« Es lief glatter als sie erhofft hatte.

»Wenn es dir hilft.«

»Oh Gregor! Ich weiß gar nicht, wie ich dir danken soll.«

»Ist schon in Ordnung«, wiegelte er ab. »Wenn danach nur alles wie immer ist.«

»Das wird es sein, das verspreche ich dir.«

Alles, bis auf die Möbel.

Schon am nächsten Tag bat er seinen Chef um Sonderurlaub, informierte seine Schwiegereltern, seinen Bruder, die gemeinsamen Freunde, und verkündete all überall: »Ich fahr allein in Urlaub!«

»Wohin willst du denn?«

Er zuckte mit den Schultern.

»Für wie lange?«

»Vierzehn Tage!«

»Was sagt denn Gerlinde dazu?«

»Da muss sie durch.«

Der guten Ordnung halber verabschiedete er sich auch von der Nachbarin, Frau Katharina Sieger, ein Haus weiter, damit kein Gerede aufkam.

»Warum das denn?«, wollte diese wissen, »es ist doch schön hier bei uns in der Eifel. Da braucht man doch gar keinen Urlaub!«

Gregors Koffer standen gepackt im Flur. Gerlinde hatte ein letztes Abendbrot zum Abschied vorbereitet. Er war noch nie in Urlaub gewesen, weder allein noch mit ihr, seiner Frau. Immer war etwas dazwischengekommen.

Und auch dieses Mal hatte er keine Chance. Leider. Denn Gerlinde hatte nachgedacht. Es gab Probleme. Wenn er nach vierzehn Tagen zurückkäme, würde ihn der Schlag treffen. So eine zugleich abrupte wie dauerhafte Veränderung in seinem geliebten Zuhause würde er nicht verkraften, sie kannte ihren Gregor. Es würde zu einer Katastrophe kommen. Sie musste ihn behutsam und in kleinen Schritten in sein neues, schönes, helles Leben führen.

»Ich bin ganz aufgeregt«, sagte Gregor und trommelte nervös mit den Fingern auf den alten Küchentisch. Er hatte keinen Appetit.

»Warte. Ich gebe dir eine von meinen Schlafpillen.«

»Lieber nur 'ne halbe, ich muss morgen früh ja fit sein für die Reise.«

Das musste er nicht. Aber das konnte er nicht wissen.

Nachdem sich mehrere der kleinen Pillen in einem Glas Wasser aufgelöst hatten, das er mit angewidertem Gesicht herunterstürzte, spülte er mit dem ersten Glas Rotwein nach. Dann tranken sie die ganze Flasche leer und auch noch eine zweite, redeten über alte Zeiten, so lange bis er begann zu nuscheln und sein Kopf anfing zu wackeln und schließlich stirnseits auf den Tisch fiel, knapp neben seinen unberührten Teller.

Als er auf Ansprache nicht mehr reagierte, verlor Gerlinde keine Zeit und beauftragte telefonisch den Eildienst einer Entrümplungs-Firma, die bereit war, eine komplette Wohnungsauflösung innerhalb der nächsten sechs Stunden in einer Nacht- und Nebelaktion möglichst lautlos zu vollziehen. Es war eine Frage des Preises.

Anschließend schleppte sie Gregor vom Küchenstuhl auf den kleinen, schmalen Balkon und deckte ihn sorgfältig mit einer Wolldecke zu.

Wie oft hatten sie hier zusammen auf ihren Eiche-Stühlen gesessen, hinaus auf die sanften Hügel gesehen und über Sinn und Unsinn einer neuen Wohnungseinrichtung diskutiert, hart diskutiert. Einmal hatte sie sich sogar aufgrund seiner Unbeugsamkeit genötigt gesehen ihn auszusperren. Natürlich hatte sie nachgegeben, als er drohte vor ihren Augen in den Tod zu springen, wenn sie ihn nicht auf der Stelle wieder hineinließe. Der richtige Moment, um Bedingungen zu stellen. Er war auf alles eingegangen. Aber natürlich waren seine Versprechen hinfällig und er sprach sogar von Erpressung, sobald er wieder festen Boden unter den Füßen hatte.

Jetzt lag er da wie ein zusammengeklappter Sonnenschirm. Manche Menschen machten sich selbst und anderen das Leben wirklich unnötig schwer.

Die drei Herren, die kurz darauf auf der Bildfläche erschienen, waren groß und stark und Profis. Nach und nach und Stück für Stück verschwand das gesamte verhasste Meublement in einem Lieferwagen ohne Aufschrift und dieser in der Dunkelheit.

Gregor tat auf dem Balkon derweil keinen Mucks.

Wieder allein, holte sie ihn zurück in die leere Wohnung. Sie verbrachten den Rest der Nacht auf dem nackten Fußboden. Gerlinde schlief unruhig, Gregor dagegen hatte den Schlaf des Gerechten oder wie man das nennt, wenn das Schicksal in den Händen einer nicht unerheblichen Dosis Valium liegt. Erst gegen Morgen machte er sich wieder bemerkbar.

»Wo bin ich?«, stammelte er.

»Zu Hause«, bestätigte Gerlinde wahrheitsgemäß.

Als sein Bewusstsein langsam zurückzukehren drohte, reichte sie ihm ein neues Glas Wasser. Er bemerkte nicht, wie trüb es war und wie bitter sein Inhalt schmeckte.

»Ich bin so müde«, klagte er noch, ehe seine Augen wieder zufielen.

»Schlaf doch einfach noch ein wenig.«

Er tat es bereits.

Danach raffte sie den mit detaillierten Zeichnungen bestückten Möbelkatalog an sich, mietete einen Transporter und machte sich auf den Weg.

Am Ziel ihrer Wünsche angekommen, war es zum Überquellen voll und alle Informationsstände belagert. Sie war offensichtlich nicht die Einzige, die Schönheit und Qualität zu schätzen wusste. Womit sie jedoch nicht gerechnet hatte, war die Tatsache, dass der größte Teil der Möbel nicht in den Mitnahmebereich fiel, sondern frühestens in drei Wochen lieferbar sein sollte. Enttäuscht kehrte sie dem Möbelhaus den Rücken.

Aber es gab kein Zurück.

Die Wartezeit war eine Art Zwischenebene, in der Gerlinde sich ein neues Rezept ausstellen ließ und voller Anspannung und Unruhe in ihrer völlig leeren Wohnung verharrte. Medizinisch gesehen war es eine Katastrophe. Bei Langzeiteinnahme hat Valium verheerende Nebenwirkungen. Gregor ging es nicht gut. Sein Puls war flach, seine Atmung unregelmäßig. An anderen Tagen war es umgekehrt. Erste Zweifel kamen auf.

Doch als die Anlieferung schließlich per Postkarte für den übernächsten Tag angekündigt wurde, waren alle Bedenken vergessen und wichen glühendem Eifer.

Zwischen Bergen aufgerissener Kartons stapfte und kletterte sie hin und her und rauf und runter, schraubte, schraubte und schraubte ... in einsamer Besessenheit, ertrug klaglos Schwielen und Blasen an den Händen. Sie räumte und stapelte.

Ein Wettlauf gegen die Zeit.

Schnell löste sie sich von der unübersichtlichen Aufbauanleitung und ließ ihren reinen gesunden Menschenverstand walten. Trotzdem passte nicht alles auf Anhieb, manches Mal musste sie geradezu Gewalt anwenden, auch die eine oder andere Schraube weglassen, weil sie ihr überflüssig vorkam.

Nach drei mühsamen Tagen war das Werk vollbracht.

Gerlinde setzte das Valium ab, und allmählich wurde Gregor munterer, litt jedoch weiter unter Bewusstseinsschwankungen. Das war nicht weiter schlimm. So hatte er die Möglichkeit, sich in der nächsten Zeit schrittweise einzugewöhnen, jeden Tag ein Möbelstück mehr bewusst wahrzunehmen und so hineinzuwachsen in sein neues schönes Leben. An ihrem Arm schlurfte und balancierte er mit halb geschlossenen Augen durch die Wohnung und meinte, alles sehe so fremdartig aus.

»Wo bin ich?«, fragte er immer wieder.

»Zu Hause«, versicherte Gerlinde jedes Mal.

Stolz führte sie ihn von der FAKTUM Einbauküche ins Esszimmer, präsentierte ihm die Anrichte LEKSVIK, die Vitrine MARKÖR, die etwas schief in den Angeln hing, und die kleine KURS Kommode, an der die zweite Schublade von oben klemmte.

Wenn er ihr zwischendurch wegsackte, schlug sie ihm auf beide Wangen, dass er auch alles richtig erlebe. Aber seine Begeisterung hielt sich in Grenzen, was sie ein wenig verärgerte. Sie hatte sich so viel Mühe gegeben.

Als sie ihn auf das Eisenbett NORESUND niederdrückte, das frisch mit KILAN MÖRK bezogen war, und er nach hinten umkippte, tat er ihr Leid. Sie legte sich für einen Moment neben ihn und nahm seinen Kopf mit den geröteten Wangen in beide Hände.

»Nicht wahr, Gregor, wenn du das geahnt hättest ... ich hab dir ja immer gesagt: Diese Möbel sind ein Traum. Du wirst dich schon an sie gewöhnen und wirst sie lieben lernen. Sie sind so praktisch und solide. Warte bis du das siehst. Komm!« Ungeduldig zog sie ihn wieder hoch.

Der Anblick des Endlos-Schlafzimmerschrankes PAX zauberte trotz seines leichten Linksdralls fast ein Lächeln auf seine geschwollenen Lippen. Als sie die erste Spiegel-Türe öffnete, hatte Gerlinde für einen Moment das Gefühl, der Boden unter ihren Füßen bebe ein wenig und zittere. Sie dachte sich nichts weiter dabei, außer dass es eben ein besonderer Moment sei und in der Eifel kleinere Beben keine Seltenheit sind. Vorsichtig drehte sie Gregor ein wenig zur Seite, damit er einen besseren Blick in die raffinierte Innenausstattung STOLMEN werfen konnte.

»Sieh dir das an!«

Und was tat er? Stützte sich so auf ihr ab, dass sie stolperte und kopfüber in den schönen Schrank hineinfiel. Ohrenbetäubender Lärm setzte ein. Es knallte, schepperte und donnerte. Alles brach über ihr zusammen. Zuerst versuchte Gerlinde noch ihren Kopf zu schützen, dann wurde sie zu Boden gerissen. Etwas Spitzes rammte sich in ihren Kehlkopf, sie schmeckte Blut, und dann wurde ihr schwarz vor Augen.

Als sich das Beben gelegt hatte, Ruhe eingekehrt war und Gerlinde nicht wieder aus den Trümmern des Schrankes herauskam, durchmaß Gregor mit langsamem Schritt und verwundertem Blick diese offensichtlich fremde Wohnung, in der ihm jedoch die Reihenfolge der Zimmer und der Ausblick aus den Fenstern irgendwie bekannt vorkam. Gedankenverloren strich er über die seltsam aussehenden Möbel und wollte sich gerade vorsichtig auf einen der Stühle setzen, als es wild gegen die Wohnungstüre hämmerte. Er fuhr zusammen.

»Was ist denn bei Ihnen los!«

Gregor schwankte durch den Flur, stieß gegen eine Kommode und öffnete die Türe. Katharina Sieger, die Nachbarin, stand vor ihm. Der Lärm musste sie auf den Plan gerufen haben. Er freute sich, ein bekanntes Gesicht zu sehen.

»Ich denke, Sie sind im Urlaub!«, begrüßte sie ihn. Ehe er sie hereinbitten konnte, rauschte sie an ihm vorbei, blieb entsetzt im Türrahmen zum Wohnzimmer stehen und schlug die Hände vor den Mund. »Wie sieht das denn hier aus?«

»Oh«, begann Gregor, versuchte sich zu sammeln und Worte zu finden.

»Wo sind denn all die wunderbaren, antiken Möbel hin?«

Er zuckte mit den Schultern.

»Sie haben doch vorher hier so schön gewohnt!«

»Na ja«, begann Gregor, »mit dem Einrichtungsgeschmack ist es so eine Sache.« Er seufzte und rieb sich die müden Augen. »Aber diese Möbel sind sicher praktischer.«

Und auf Frau Siegers entsetzten Blick hin fügte er hinzu: »Könnte ich mir vorstellen.«

Unser Dorf soll schöner werden

Jo Breuer war Bäcker in Niederbuschheim. Als der Anruf kam, war es fast drei Uhr am Nachmittag. Er hatte seine Backstube gerade abgeschlossen und wollte unter die Dusche. Sein Arbeitstag war zu Ende.

»Jo?«

Das war Manni. Mit dem hatte er schon gar keine Lust zu reden.

»Jo? Nun sag doch was! Ich bin noch in München. Du musst für Lise wieder deine Erdbeertorte machen, sie hat doch in drei Tagen Geburtstag. Ich werde sie überraschen. Sieh zu, dass die Torte zum Kaffee da ist. Okay?«

»Ja. Ja. Wie immer.«

Manni war Vertreter für Hundefutter, Reisender in Sachen »Alles für unsere kleinen Lieblinge« und viel unterwegs.

Drei Tage später packte Jo die Erdbeertorte unter einer großen Plastikhaube vorsichtig auf den Beifahrersitz seines Renault 4 und fand, dass sie wieder langweilig aussah und spießig, mit ihren acht Erdbeeren auf acht Sahnehäubchen. Aber er war kein Künstler, und mehr als eine runde Torte machen konnte er nicht. Er wünschte, er könnte Lise mal eine außergewöhnliche Torte bringen, eine, an der sie erkennen könnte, wie viel sie ihm noch immer bedeutete.

Es war ein heller Sommertag, und er musste sich beeilen, wenn die Torte nicht zerlaufen sollte. Seine Gedanken waren bei Lise, als er hinter dem Steuer saß und den kleinen Schotterweg, die kürzeste Verbindung zwischen Niederbuschheim und Oberbuschheim, entlangfuhr. Manni hatte ihm Lise ausgespannt, hatte sie in seiner schmierigen Vertreterart umworben, redegewandt und immer im Anzug. Jo war damals nur ein unbeholfener Bäckergeselle gewesen. Gegen Manni war er nicht angekommen. Aber die beiden hatten nie geheiratet. Lise wollte Kinder haben, aber Manni meinte ...

Jo sah den Mann zu spät, der plötzlich hinter dem Schlehenbusch auftauchte, vom Wegesrand abkam, stolperte, sich wieder fing, wieder stolperte. Jo stieg in die Bremsen, aber er erwischte ihn, fuhr direkt in ihn hinein. Der Mann schlug mit dem Gesicht zuerst auf die Schottersteine und blieb liegen. Die Erdbeertorte flog vom Sitz, der Deckel verrutschte und die ganze Pracht landete im Fußraum.

Er setzte einen Meter zurück und stieg aus. Der Mann rührte sich noch immer nicht. Jo kniete neben ihm und drehte ihn vorsichtig um. Das Gesicht war eine blutende Wunde, unerkennbar, die Augen starrten unbeweglich durch Jo hindurch. Auch an den Schultern und Beinen sickerte das Blut durch die Kleidung.

Dieser Mann war ganz ohne Zweifel tot.

Jo sah an dem Toten hinab und erkannte, dass es sich um Manni handelte, nur Manni trug Cowboystiefel wie diese, mit Nieten und aufgenähten Schnörkeln. Das war Manni.

Und Manni war tot.

Jo war kein Held, er geriet in Panik. Auch wenn er Lise noch liebte und Manni oft zum Teufel gewünscht hatte, das hier hätte er nie gewollt. Wie kam er bloß hierher? Er ging nie zu Fuß? Man sah ihn nie ohne seinen roten, tiefer gelegten Opel.

Jo sah sich um. Er war allein, nur ein Bussard drehte lauernd seine Runde, von weitem hörte er das Klagen einer Kuh, und die nahe B 51 schickte ihre immerwährenden Motorengeräusche in die Stille.

Kurz entschlossen rollte Jo Manni mit dem Gesicht nach unten in den Straßengraben, in dem ein dünnes Rinnsal versickerte, sammelte Heu vom nahen, frisch gemähten Feld und bedeckte ihn damit. Eine kleine Erhebung war zu sehen, ein Bündel aus Heu.

Als Jo zum Auto zurückging, stellte er fest, dass der Renault vorne an der Motorhaube und an der Stoßstange je eine kräftige Beule hatte. Er öffnete die Beifahrertüre, um die Erdbeertorte zu retten, vergaß das Blut an seinen Händen und formte die Torte neu. Das Rot der Erdbeeren und das Rot des Blutes, das war ein und dieselbe Farbe. Spießig sah sie jetzt wirklich nicht mehr aus, eher futuristisch. Danach bückte er sich, wischte seine Hände sorgsam im Gras ab und fuhr nach Oberbuschheim.

Lise stand in ihrem geblümten Sonntagskleid im Vorgarten und winkte. Als sie die Beulen sah, öffnete sie die Autotür und fragte: »Was ist passiert?«

»Eine Hirschkuh«, fiel Jo auf die Schnelle ein.

»Ist sie tot?«

»Weiß nicht«, sagte Jo, zog die Erdbeertorte vom Sitz und hielt sie Lisa hin. »Hab nur auf deine Torte geachtet. Hier. Herzlichen Glückwunsch zum Geburtstag.«

Lisa lachte. »Das ist die schönste von allen, die du mir je gemacht hast.«

»Nein. Sie ist verunglückt.«

Lisa gab ihm einen flüchtigen Kuss auf die Wange.

Paul, der alte Mischlingshund, kam aus dem Haus gehumpelt, nahm träge die Stufen und hielt plötzlich die Nase in den Wind, kam auf Jo zu, leckte wie wild an seinen Händen und sprang dann an Lise hoch.

»Was hat er nur?« Lise drehte sich weg, aber der Hund ließ nicht ab. »Er mag gar kein Süßes. Paul lass das!«

Jo warf die Autotür zu und sah jetzt erst Mannis roten Opel vor der Garage stehen.

»Er ist auf einem Lehrgang in München«, erklärte Lise. »Mit dem Zug. Das Auto ist nicht angesprungen, er musste eine Taxe bis Bitburg nehmen. Du kannst dir denken, wie wütend er war.«

Manni wurde schnell wütend, besonders wenn er getrunken hatte.

»Wir sind also allein«, zwinkerte Lise Jo zu, als sie ins Haus gingen.

In der Küche tranken sie Kaffee und aßen von der Erdbeertorte. Jo glaubte, jeder Bissen bliebe ihm im Halse stecken. Er konnte gar nicht hinsehen, wie Paul sich das Maul leckte.

»Weißt du noch?«, fragte Lise und wollte von früher reden, während Jo übel wurde. Sie holte einen Eifelbrand aus dem Kühlschrank und stellte das Radio laut. Verträumt sah sie aus dem Fenster und rollte mit einem Finger Locken in ihr hellblondes Haar.

»Was ist mit dir?«, fragte sie.

»Nichts. Was soll mit mir sein?«

»Ach, du bist so still. Wir sind doch allein, Jo.«

»Ich weiß.«

»Hast du alles vergessen?«

»Natürlich nicht.«

Dann hatte sie plötzlich die Idee nach der Hirschkuh zu suchen, die womöglich verletzt irgendwo herumirrte, und sie zu erschießen.

»Wir werden sie niemals finden«, lehnte Jo ab.

»Es ist unsere Pflicht.«

Und sie lief schon voraus, war ausgelassen und spielte mit dem Gewehr herum, das sie aus der Garage geholt hatte. Paul sah ihr nach, er war zu alt für einen Spaziergang. Vielleicht würde er sich heimlich über die Erdbeertorte hermachen, hoffte Jo, während er Lise folgte.

Sie näherten sich dem Feld, dem Schotterweg, dem Straßengraben, dem Toten.

Jo machte kehrt. »Lass uns im Wald nach ihr suchen.«

»In den Wald willst du mich also locken, ich glaube, ich ahne, was du willst.« Und sie ließ sich direkt neben dem kleinen Heubündel fallen, drehte sich auf den Rücken und lachte.

»Komm«, flüsterte sie und breitete die Arme aus.

Jo wollte, solange er denken konnte, nichts lieber als das, aber nicht jetzt und nicht hier, nicht neben dem toten Manni. Aber Lise ließ nicht locker und zog ihn zu sich hinab. Von der Hirschkuh war keine Rede mehr.

Auf dem Heimweg hielt Jo kurz neben der Stelle, an der er eben noch ziemlich erfolglos versucht hatte, Lise zu lieben. Fliegen kreisten über dem Heubündel. Beunruhigt hielt Jo nach dem Bussard Ausschau, aber der hatte sich verzogen.

Täglich kontrollierte Jo nun das Heubündel, wenn er Lise besuchte. Er hatte nicht den Mut nachzusehen, wie Manni jetzt aussah, womöglich hatten sich Würmer seiner angenommen. Es schien nicht einzusinken, und Jo fragte sich, wann eine Leiche zerfällt.

Die Antwort bekam er am vierzehnten Tag.

Statt der Erhebung fand er eine Vertiefung vor, ohne dass es geregnet hätte, und Jo fuhr starr vor Schreck direkt wieder nach Hause, schloss sich in seiner Backstube ein und wartete dort den nächsten Morgen ab.

Als es gerade dämmerte, fuhr er durch den Morgendunst an die Unfallstelle, stieg aus und hob mit zitternden Händen das faulige Heubündel an, in Erwartung eines grausigen Anblicks. Aber alles, was er sah, war ein leerer Straßengraben, in dem nur das Rinnsal versickerte.

Drüben hoppelten Hasen lautlos über das Stoppelfeld, ein Kuckuck rief aus dem nahen Waldstück. Zehn Mal.

Jo spürte plötzlich einen Blick im Nacken, wie einen kalten Wind, aber als er sich umdrehte, war niemand zu sehen, er war allein, so allein wie noch nie.

Als Manni nach einer weiteren Woche nicht aus München zurückkehrte, erfuhr Lise, dass er seinen Lehrgang bereits an ihrem Geburtstag abgebrochen hatte. Sie ging zur Polizei, die Nachforschungen bei der Bahn, der regionalen Buslinie und verschiedenen Taxizentralen anstellte. Mannis Bild erschien in Zeitungen und im Fernsehen. Alles ohne Erfolg.

»Er ist nicht tot«, sagte Lise. »Ich fühle es. Er hat mich verlassen. Männer verlassen ihre Frauen, das kommt tausendmal vor, jeden Tag auf der Welt. Er wollte doch immer nach Amerika. Vielleicht ist er jetzt dort und lacht über uns.«

»Vielleicht.«

»Aber ohne ein Wort und ausgerechnet an meinem Geburtstag ... das kann ich ihm nicht verzeihen.«

Manni wurde schnell vergessen. Lise verkaufte den roten Opel, und Jo schlief in Mannis Bett und fuhr nie wieder den Schotterweg.

»Wir heiraten, wenn ich schwanger werde«, sagte Lise, aber es klappte nicht, und so begnügte sie sich mit der Gesellschaft der Dorfkinder, die nach der Schule oft zu ihr kamen. Sie bastelte und spielte mit ihnen, erzählte ihnen Geschichten oder sie gingen zusammen spazieren. Jo tat es weh, sie mit den fremden Kindern in den Wald gehen zu sehen.

Die Nachmittage allein in Oberbuschheim wurden Jo bald lang und zur Qual. Um sich abzulenken, engagierte er sich im Dorf und ließ sich schließlich sogar zum Ortsvorsteher wählen.

Jos erster Fall war der Landeswettbewerb »Unser Dorf soll schöner werden«. Es war nicht seine Idee, Oberbuschheim anzumelden, aber er wurde kurzerhand überstimmt. An einem Sonntagmorgen lud er also das ganze Dorf in den *Weißen Schwan* zu einer offiziellen Lagebesprechung. Er hatte sich nach den Wettbewerbsbedingungen erkundigt und auf seine erste Rede gut vorbereitet. Wenn er Oberbuschheim zum Sieg verhelfen könnte, würde er sich vielleicht endlich besser fühlen – und sicherer. Es ging für ihn um mehr, um den kalten Wind im Nacken, den er nicht mehr los wurde.

»Ziel ist es, das ökologische Gleichgewicht wieder herzustellen«, belehrte Jo seine Zuhörer.

Das grösste Problem würde sein, die ursprüngliche Pflanzenwelt in Oberbuschheim wieder anzusiedeln. In ihrem Ordnungssinn hatten die Einwohner alle Wildkräuter zu Unkräutern erklärt und sorgsam vernichtet, der Gemüseanbau, den die Großmütter noch betrieben hatten, war dem bequemen Einkauf im Supermarkt gewichen, und wie ein echter Bauerngarten auszuschauen hatte, wusste niemand mehr. Auch Jo nicht.

»Wenn wir es nicht schaffen, in einem halben Jahr hier der Natur wieder den Platz einzuräumen, der ihr zusteht, können wir das Ganze vergessen. Wir müssen jemanden finden, der sich auskennt. Und zwar schnell.«

Als sie abends nebeneinander im Bett lagen, und Jo dachte, Lise schliefe schon, sagte sie leise murmelnd: »Oben auf dem Buschheimer Berg, auf einer Lichtung, da wohnt einer, der könnte dir helfen.«

Jo verstand nicht.

Und Lise begann zu erzählen. Die Dorfkinder hätten ihr vor einiger Zeit anvertraut, dass sie manchmal verbotenerweise oben im Wald spielten. Einmal wären sie bis zu dieser Lichtung gekommen, auf der ein alter, hinfälliger Bauwagen stand, den ein paar Waldarbeiter nach einer Rodungsaktion zurückgelassen haben mussten.

»Ich habe versprochen, nichts ihren Eltern zu sagen. Der Bauwagen wäre nicht leer. Dort lebte angeblich ein Mann. Ich habe ihnen erst nicht geglaubt, dachte, sie fantasieren, aber eines Mittags, als du noch in der Bäckerei warst, bin ich mit ihnen auf den Berg geklettert.«

Jo musste sich räuspern.

»Sie hatten Recht.«

»Und wer soll das sein?«

»Ich habe ihn damals nicht gesehen, aber er hat die Lichtung in einen wunderbaren Garten verwandelt. Blumen, Kräuter, Gemüsesorten, die ich noch nie gesehen habe. Schmetterlinge, Frösche, Bienen, Hummeln, es ist wie ein Stück aus dem Paradies.«

Jo knipste die Nachtischlampe an und sah auf Lise hinab. »Bist du noch einmal oben gewesen?«

»Ja. Viele Male inzwischen. Er wurde mit der Zeit aufgeschlossener und zeigte uns auch die Quelle hinter seinem Bauwagen, die selbst gebaute, wacklige Wassermühle, über die – durch eine Holzrinne – frisches Wasser auf die Blumen fließt. Vielleicht, wenn ich ihn frage ...«

»Nein.« Jos Stimme war plötzlich schroff.

»Warum nicht? Fragen kostet nichts. Er ...«

»Nein.«

Jo schaltete das Licht aus und drehte Lise den Rücken zu.

Aber er schlief die ganze Nacht nicht.

Am nächsten Morgen fuhr Jo nicht in die Bäckerei, sondern hielt auf halbem Wege an und kletterte auf den Berg. Er trieb sich eine Weile in der Nähe des Bauwagens herum und bestaunte das kleine Paradies. Wenn man nur einen Bruchteil davon nach Oberbuschheim tragen könnte, wäre ihm der Wettbewerb sicher. Genau der Mann, den er brauchte. Wenn, ja, wenn da nur nicht diese dunkle Ahnung wäre.

»Seid Ihr es wieder, Kinder?«

Jo zuckte zusammen. Die Stimme aus dem Bauwagen klang fremd.

»Wartet, ich komme.«

Und Jo hörte, wie jemand aufstand, schlurfende Schritte näherten sich der Tür. Eine Hand tauchte im Türrahmen auf, ein Arm und dann stand der Mann in der Tür und Jo wollte sich nur noch abwenden vor Grauen, aber er konnte es nicht. Die grelle Morgensonne schien direkt in sein Gesicht, das keines mehr war. Ohne Nasen, Lippen und Augenbrauen, war es nur ein flaches vernarbtes Stück wunde Haut.

»Guten Tag«, sagte Jo stockend und schluckte.

Der Fremde fuhr sich hilflos über die Haare, trat zurück in das Dunkle des Bauwagens, das linke Bein zog er nach und sagte leise von dort. »Entschuldigung, ich wusste nicht ...«

»Nein, bitte, ich muss mich entschuldigen.«

»Ich bin kein schöner Anblick, geh! Und komm nicht wieder.«

»Ich ...«

»Ich habe dich nicht gebeten herzukommen. Lass mich allein.«

Wieder näherten sich die schlurfenden, hinkenden Schritte. Jo sah, dass der Mann einen verschlissenen Sack als Kleidung trug und geflickte Bauarbeiterschuhe. Er war nur zur Türe gekommen, um sie zu schließen. Jos Beine zitterten, als er den Berg hinabstieg.

»Ich habe ihn gesehen«, sagte er zu Lise. »Es war keine gute Idee. Lass ihn, wo er ist.«

»Weil er so aussieht?«

»Nein.«

»Doch. Natürlich ist es so. Sein Anblick macht dir Angst. Hast du nicht gesehen, wie einsam er ist?«

»Er hat es sich selbst ausgesucht.«

»Nein, das hat er sicher nicht. Niemand sucht sich so ein Leben aus.«

»Wie auch immer. Ich möchte nicht, dass du noch einmal hochgehst.«

»Das kannst du mir nicht verbieten. Was ist mit dem Wettbewerb?«

»Das ist mein Problem.«

»Nicht ganz. Ich habe den anderen schon von ihm erzählt. Von ihm und seinem grünen Daumen. Sie können es gar nicht abwarten.«

Bei der nächsten Dorfversammlung stand er in der Tür. Das dämmrige Licht im *Weißen Schwan* gab ihm einen Vorsprung, aber als er näher trat, war er den Blicken der Oberbuschheimer gnadenlos ausgesetzt. Und ein »Oh« und »Ah« ging durch die Reihen. Lise stand neben ihm und hielt seinen Arm.

»Er weiß, wie es geht«, erklärte sie ohne Umschweife und führte ihn an der langen Tischreihe vorbei bis zum Kopfende, dem Platz des Ortsvorstehers.

Jo ließ das Blatt fallen, von dem er eben noch die Wettbewerbsbedingungen abgelesen hatte, und erhob sich mühsam. Der Wirt stellte ein Pils vor den Fremden, der aber schob es beiseite und bat mit belegter Stimme um ein Glas Wasser. Es war ungewöhnlich still im *Weißen Schwan*.

»Es ist wie ein Wunder«, begann Lise, als der Fremde sie unterbrach.

»Nein. Kein Wunder. Ich habe im Bauwagen einen Stapel alter Bücher gefunden. Ich hatte viel Zeit, sie zu lesen. Und ich hatte viel Zeit nach ihren Vorgaben einen Garten wie früher anzulegen. Es ist kein Wunder. Es war sehr viel Arbeit.«

»Er würde uns helfen«, sagte Lise.

Schließlich räusperte sich Jo, erhob sich, legte die Hände auf den Rücken und wandte sich an die Oberbuschheimer. »Ich bin dagegen. Wir sollten es aus eigener Kraft schaffen.«

»Was heißt hier aus eigener Kraft?«

»Hauptsache wir gewinnen!«

»Lass ihn doch machen!«

»Weißt du was Besseres?«

»Er soll es machen!«

Und Jo spürte wieder den kalten Wind im Nacken, wie er stärker blies.

Während die Oberbuschheimer unter Anleitung des Fremden betonierte Wege aufbrachen, Bienenstöcke und Teiche anlegten und Nistmöglichkeiten für Vögel und Igel bauten, gewöhnten sie sich an seinen Anblick. Er humpelte jeden Tag von seinem Berg herunter und brachte neue Pflanzen mit, die er im Dorf verteilte, goss, harkte und schnitt.

Unter seinen kundigen Händen wuchs und gedieh alles, und an dem Tag, als die Damen und Herren von der Untersuchungskommission mit kritischem Blick die Gegebenheiten inspizierten, war Oberbuschheim zu dem Bilderbuchdorf geworden, in dem Menschen, Tiere und Pflanzen in völliger Harmonie miteinander lebten.

Man zeigte sich angenehm überrascht, besonders über den Erhalt der ursprünglichen Pflanzenwelt. Entzückt zeigten die

Damen und Herren aus der Landeshauptstadt auf die Schmetterlinge und bunten Bienenstöcke, lauschten dem Zirpen der Grillen, dem Quaken der Frösche und steckten ihre Nasen in duftende Wildkräuter. Im *Weißen Schwan* nippten sie zum Abschluss an selbst gemachtem Brombeersaft und Holunderblütentee und sagten, Oberbuschheim sei auf jeden Fall mit im Rennen.

Jo war selig, als die Oberbuschheimer ihm auf die Schulter klopften und riefen »Das haben wir alles unserem Ortsvorsteher zu verdanken!«

Dem Blick des Fremden in der letzten Reihe wich er aus.

Am Tag der Preisverleihung rollte ein großer Reisebus ins Dorf, den Jo geordert hatte und der alle Einwohner nach Mainz fahren sollte. Selbst der Fremde stand zur vereinbarten Zeit am Straßenrand. Als er als Letzter seinen Fuß in den Bus setzen wollte, versperrte ihm der Bauer Kamphausen den Weg. »Hast du wirklich geglaubt, wir nehmen dich mit? Unser Dorf soll schöner werden, du bist nicht gerade ein besonders gutes Beispiel dafür! So wie du aussiehst in die Stadt? Geh auf deinen Berg. Danke für deine Hilfe, aber das war's!«

Und alle im Bus lachten ihn aus, wie er da stand in Mannis Anzug, den Lise ihm gegeben haben musste, und ohne Gesicht. Lise wurde wütend, drängte sich an den anderen vorbei: »Wenn er nicht mitfahren darf, will ich es auch nicht!«

Aber Jo hielt sie an ihrem geblümten Sonntagskleid fest, und die anderen ließen sie nicht durch.

»Wenn wir wiederkommen, zeigen wir dir die Goldplakette und den Scheck. Wir werden eine große Feier machen. Da kannst du gern dabei sein«, entschied Kamphausen und gab dem Busfahrer ein Zeichen, endlich die Türen zu schließen.

Jo sah lange durch die Heckscheibe, und als sie das Dorf verließen und auf die B 51 abbogen, stand der Fremde immer noch am Straßenrand. Jo setzte sich neben Lise, aber sie sprachen kein Wort miteinander. Auch nicht bei der Preisverleihung.

Oberbuschheim kam tatsächlich auf den ersten Platz. Kamphausen schubste Jo auf die Bühne, wo er die Goldplakette und einen Scheck über fünftausend Euro entgegennahm. Aber freuen konnte er sich nicht, wenn er zu Lise hinuntersah, die nahe dem Ausgang ganz allein stand. Das Loblied auf Oberbuschheim, das die Umweltministerin hielt, hörte er nicht einmal.

Auf der nächtlichen Rückfahrt sangen die Oberbuschheimer und schunkelten, reichten die Goldplakette herum und wollten immer wieder den Scheck sehen.

Als sie auf eine Zufahrtsstraße bogen, sahen sie schon von weitem Flammen im dunklen Himmel. Blaulicht blitzte auf wie ein Feuerwerk. Nicht ein Haus oder eine Scheune schien Feuer gefangen zu haben, nein, ganz Oberbuschheim brannte.

Fassungslos sprangen sie von den Sitzen, liefen schreiend auf dem Gang durcheinander, schlugen gegen die Scheiben, Scheck und Plakette achtlos zertrampelnd. Der Bus landete vor dem Ortsschild mit quietschenden Reifen im Straßengraben.

»Los, fahr weiter! Fahr weiter«, befahl Kamphausen, der hingefallen war und sich mühsam wieder aufrappelte, »vielleicht können wir noch etwas retten.«

»Da ist nichts mehr zu retten«, sagte der Busfahrer und weigerte sich, in das brennende Dorf zu fahren. Er öffnete die Türen, und die Oberbuschheimer fielen fast heraus, tobend und fluchend rannten sie auf ihre brennenden Häuser zu.

»Der Fremde!« Kamphausen führte die johlende Meute an. »Das war der Fremde!«

Jo suchte nach Lises hellblondem Haar und entdeckte sie hinter sich, aber sie folgte ihm nicht, sondern bog ab und lief direkt den Oberbuschheimer Berg hinauf.

»Lise!«

Aber sie sah sich nicht um.

Eine Sekunde überlegte er, wohin er laufen sollte. Er war der Ortsvorsteher. Sein Platz war im brennenden Dorf.

Die Oberbuschheimer irrten durch die Ruinen. Das Vieh war auf die umliegenden Weiden geflohen und schrie verängstigt von dort. Die Hunde heulten und die Hühner gackerten durcheinander, Rauchschwaden stiegen in den roten Himmel. Ein Bilderbuchdorf gab es nicht mehr.

»Der Fremde! Der Fremde!«

Die Frauen husteten, hielten sich Tücher vor Münder und Nasen, weinten und brachen zusammen. Schwarz vom Ruß wurden die Männer von rasender Wut gepackt.

»Ich weiß, wo er wohnt«, sagte Jo erst leise, dann so laut, dass ihn alle hören konnten, und es wurde still für einen Moment. Nur das Knistern der Flammen war zu hören, dann brach ein Dachstuhl ächzend in sich zusammen, und eine Mauer stürzte ein.

»Kommt!«

Jo lief vor, blickte nicht zurück, sah nicht, dass die Männer nach brennenden Holzscheiten griffen, lief weiter keuchend in den Wald hinein. Einmal glaubte er Lises geblümtes Kleid ein paar Meter vor sich hinter einem Baumstamm zu sehen, ein anderes Mal ihr hellblondes Haar im Unterholz. Dann sah er ganz deutlich ein blutendes Gesicht auf einer Blumenwiese, den Schotterweg, den Graben, die Fliegen, den Bussard, die Erdbeertorte ...

Erst am Waldrand, beim Anblick der Lichtung, die plötzlich rot aufleuchtete, sah Jo die Fackeln der Männer, die ihn längst eingeholt hatten, aber da war es schon zu spät.

Der Bauwagen war eine leichte Beute, und sie zögerten nicht, schlugen die offen stehende Türe zu und zündeten sie als erste an. Die Flammen schlugen viel zu schnell und überall zugleich hoch, Stöße, Tritte erschütterten den Bauwagen, der schließlich umkippte, Geschrei und Gejohle, beißender Rauch.

Für einen kurzen Moment sah Jo hinter einer beschlagenen Scheibe Lieses Hände und ihr entsetztes Gesicht, ihren weit aufgerissenen Mund.

Jo stand da wie gelähmt, hatte das Gefühl zu sterben, zu brennen, verlor den Boden unter den Füßen und den Himmel über dem Kopf, verlor alles in einer einzigen Sekunde.

Betäubt wandte er sich ab, wankte über die Lichtung, torkelte und fiel in ein Blumenbeet und in einen kurzen schrecklichen Traum.

Als er nach einer Weile den Kopf mühsam hob, sah er, wie ein dunkler Schatten hinkend zwischen den Fichtenstämmen verschwand.

Siegrid Kempowski

Das St. Antonius Krankenhaus liegt seit 1969 ruhig und beschaulich am Ende der Straße *Am Hähnchen*, die durch eine kleine Siedlung mit Einfamilienhäusern führt. Es ist ein Haus der medizinischen Grundversorgung mit umfangreichem Einzugsgebiet. Träger des nüchternen, gelbstichigen Kastenbaus, von dessen oberer Etage man einen weiten Blick über das Schleidener Tal hat, ist die katholische Kirchengemeinde Sankt Philippus und Jakobus.

Eben dort arbeite ich seit vierzehn Jahren auf der Chirurgie auf den Posten der Stationsschwester hin, mit freiwilligen Nachtschichten und Überstunden und restlosem Einsatz. Ich war kurz vor meinem Ziel, als Siegrid Kempowski auf der Bildfläche erschien – im Trenchcoat, Sweater und mit Sonnenbrille, eher Philip Marlowe als eine Krankenschwester.

Ich habe sie später nie wieder in dieser Aufmachung gesehen, aber sie hat mich sehr inspiriert.

Ich mochte sie nicht. Aber selbst wenn ich sie gemocht hätte, hätte ich mein Ziel nicht aus den Augen verloren. Ich war bereit dafür zu kämpfen. Ich war überzeugt davon, mein Glück zwingen zu können.

Siegrid Kempowski war eine resolute, herrische Person, mit scharf geschnittener Nase und den hellblauen, durchsichtigen Augen eines Huskys. Sie riss auf Station rigoros alles an sich und wollte Bewährtes neu ordnen. Immer stand sie hinter mir und meinen Kollegen. Sie kontrollierte uns auf Schritt und Tritt.

Warum war sie hierher gekommen? Warum hat sie die Stelle gewechselt, wenn sie doch so perfekt und unfehlbar war.

Sie kam aus Köln.

Ich erinnerte mich an eine Kollegin aus meiner Ausbildungszeit, die just in dem Krankenhaus arbeitete, wo Siegrid Kempowski früher tätig war, wie ich zufällig herausgefunden hatte. Ich entdeckte die Telefonnummer noch in einem alten Notizbuch und erreichte sie prompt. Nach ein paar freundlichen Plänkeleien kamen wir auf Siegrid Kempowski zu sprechen und ich spitzte die Ohren.

Um den Ruf des Krankenhauses nicht zu schädigen und ihre Zukunftsperspektiven nicht zu schmälern, habe man ihr nahe gelegt, sich nach einem anderen Arbeitsplatz umzusehen.

»Warum denn?«, hakte ich nach.

»Es soll gewisse Unregelmäßigkeiten ...«

»Hast du es nicht konkreter?«

»Das darf ich doch nicht!«

»Na gut«, murmelte ich beleidigt. »Tschüss dann!«

»Atropin!«, zischte da meine ehemalige Kollegin aufgeregt ins Telefon.

»Nein!«, stieß ich hervor und hatte Mühe, meine Freude über diesen handfesten Hinweis nicht laut herauszuschreien.

»Ist aber nur ein Gerücht!«

Ein Gerücht reichte mir völlig.

Nach drei Monaten Einarbeitungszeit wurde Siegrid Kempowski auf meiner Station Stationsschwester. Mit *der* Vergangenheit – unfassbar. Ich hätte sie auf der Stelle verpfeifen sollen. Vielleicht war sie aber auch bekannt und man wollte ihr eine Chance geben. So behielt ich mein Wissen für mich. Bei mir war es in guten Händen. In sehr guten, möchte ich fast sagen.

Angeblich um uns besser kennen zu lernen, lud sie ihre neuen Untergebenen zu sich nach Hause ein. Immer drei, der

Reihe nach, je nach Schichtplan. Und veranstaltete dort eine Art Dienstbesprechung.

Ich war auch ein paar Mal mit von der Partie. Ihre Wohnung war tiptop, ein bisschen altfränkisch zwar, aber gepflegt. Im Allibert in ihrem Bad herrschte eine heilige Ordnung, nur in dem Medizinschränkchen neben der Badewanne sah es aus wie Kraut und Rüben. Für eine Krankenschwester oft ein typisches Syndrom.

Siegrid Kempowski nutzte die Gelegenheit, uns auf ihre überhebliche Art und Weise auszufragen. Familie, Kinder, Haus, Garten? Sie fragte auch nach unseren Hobbys. Und nachdem zwei meiner Kolleginnen von ihren Haustieren schwärmten, beides Hunde, sagte Siegrid Kempowski in die Runde: »Mir käme kein Hund ins Haus. Ich persönlich hasse Hunde! Der Dreck und der Gestank. Nein, danke.«

Einen betretenen Augenblick war es ruhig im Wohnzimmer und ich sah von einem zum anderen, jeder hatte es gehört.

»Und dein Hobby?«

Ich war dran und ich schüttelte den Kopf. »Keine Hobbys. Mein Beruf war mir immer genug.«

»Dann haben wir wohl etwas gemeinsam?«, fragte sie mich.

Gott behüte, dachte ich, setzte aber ein Lächeln auf, als könnten wir Freundinnen werden.

Auch sie gab freizügig ihren Lebenslauf zum Besten, der selbstverständlich gradlinig und tadellos war. Sie wollte wohl alles richtig machen ...

Ich auch. Ein ganzes Jahr würde ich verstreichen lassen, hatte ich mir vorgenommen, dabei stets freundlich bleiben. Ich machte mehr als eine Faust in der Tasche, verhielt mich unauffällig und kooperativ. Ich ging sogar noch weiter: Ich versuchte meine Kolleginnen zu überzeugen, Siegrid Kempowski in ihren Kreis aufzunehmen. Ich öffnete sozusagen ihre Herzen für sie. Mehr konnte ich wirklich nicht für sie tun.

Ein Jahr, in dem ich ab sofort nur noch Dienst nach Vorschrift machen durfte. Überstunden waren gestrichen, stattdessen wurden auf ihr Drängen hin ein paar Neue eingestellt.

Und auf einmal hatte ich so viel Zeit. Manchmal kam es mir vor, als sei ich arbeitslos. Nachdem ich mir Trenchcoat, Sweater und Sonnenbrille zugelegt hatte und das Handwerkzeug für mein Vorhaben, gab es nicht mehr viel zu tun für mich.

Ich hielt es zwischen den Schichten zu Hause kaum noch aus und versuchte meiner Freizeit Struktur zu geben. Ich ging viel an die frische Luft, suchte Kontakt zu den Nachbarn und half, wo ich konnte. Ich besuchte sogar meine Mutter im Heim. Jeden Tag marschierte ich in meinen Stamm-Supermarkt, verglich dort akribisch Preise, nur um zum Schluss ein bis zwei Teile zu kaufen. Ich machte Probefahrten in Autohäusern, joggte und schloss mich einer Walking-Gruppe an. Nichts konnte mich ausfüllen.

Der hyperaktiven Zeit folgte die besinnliche.

Ich räumte meine Wohnung auf, wusch alle Gardinen und klebte alle Fotos ein. Ich schrieb allen, denen ich schon immer schreiben wollte. Und wenn ich nicht Bücher aus der Städtischen Bücherei im Gymnasium auf der Blumenthaler Straße verschlang, sah ich fern.

Also eigentlich lief der Fernseher bei mir Tag und Nacht. Haben Sie schon einmal Privatsender stundenlang über sich ergehen lassen? Richtig hingesehen oder zumindest hingehört? Die Sendungen sind eine Zumutung, das Niveau der Talkshows und Gerichtssendungen erschreckend niedrig, aber die Werbung, die hat etwas. Es ist die pure Gehirnwäsche. Flüge, Parfüms, Delikatessen ...

Besondere Aufmerksamkeit schenkte ich der Werbung für Tierfutter. Irgendwie musste ich Siegrid Kempowski fast Recht geben. Wer seiner Katze ein Petersiliensträußchen auf das Futter legt - der hat doch ein Problem! Wer seinem Hund neuseeländische, grünlippige Muscheln gegen Arthrose verabreicht – der ist doch selbst krank! Nur beim Anblick von Super-Premium-Deluxe-Futter mit Lammfleisch, Spurenelementen, Vitaminen, Mineralien ... da lief mir schon das Wasser im Munde zusammen, das muss ich zugeben.

Ach, dieses Jahr wollte einfach nicht vergehen. Es war eine Tortur, sage ich Ihnen, das hätte ich nicht erwartet, und es kam mir wie eine Ewigkeit vor. Dabei bin ich eigentlich nicht der ungeduldige Typ. Natürlich hätte ich es jederzeit auf neun oder zehn Monate verkürzen können, es war schließlich meine eigene Entscheidung. Aber was ich mir einmal vorgenommen habe, das ziehe ich auch durch.

Aber dann konnte ich endlich das letzte Kalenderblatt umdrehen und ich hatte in dieser Woche Spätschicht.

Früh am Morgen hüllte ich mich in Trenchcoat, Sweater und Sonnenbrille und machte mich zu Fuß auf den Weg in meinen Supermarkt. Es befanden sich gerade erst fünf PKWs auf dem weitläufigen Parkplatz. Ich ließ mir Zeit und steuerte gemächlich auf den Eingang zu, klaubte dabei umständlich einen Euro aus dem Portemonnaie, steckte ihn in den Einkaufwagen.

Als sich die Türen vor mir öffneten, war erst eine Kasse besetzt, zwei Verkäufer standen zusammen und quatschten, einer lief wichtig mit einem Schlüsselbund umher, ein anderer schob eine Palette mit Wein durch die Barriere. Die wenigen Kunden verliefen sich in den langen, breiten Gängen. Vor den Tiernahrungsmitteln herrschte gähnende Leere.

Ich erntete ein paar verwunderte Blicke, die aber lediglich meiner Aufmachung und nicht meinen Aktivitäten galten. Später erinnerte man sich an mich.

Ich wäre fast gestorben vor Angst. Beim ersten Mal wäre mir die kleine Schale, als ich sie zurück ins Regal stellte, um ein Haar auf den Boden gefallen, so sehr haben meine Hände gezittert.

Aber als sie schließlich wieder in einer Reihe mit all den anderen stand, überfiel mich ein wonniger Schauer. Ich ging mehrmals an ihr vorbei, weil ich meinen Augen nicht trauen wollte, wie unauffällig sie war und wie selbstverständlich sie da stand. Zum Greifen nah. Ich geriet so in Hochform darüber, dass ich anschließend mehr kaufte, als ich mir eigentlich leisten konnte, und mir zum ersten Mal seit langer Zeit eine richtige vollständige Mahlzeit zu Hause gönnte.

Mir war klar, dass ich nichts darüber in der Zeitung finden würde. Niemand würde eine Obduktion machen. Nicht beim ersten Mal. Beschwingt machte ich mich am nächsten Morgen wieder auf den Weg zum Supermarkt. Ich kaufte alles Mögliche ein, darunter zwei Schalen, die ich treu und brav noch vor Schichtbeginn wieder an ihren Platz zurückbrachte. Das Personal hatte inzwischen gewechselt. Dieses Mal war ich schon mutiger. Ich tat es, obwohl direkt neben mir eine Dame intensiv die Inhaltsangabe einer Dose Welpenfutter studierte. Auch sie hatte keinen Blick für mich übrig. Viel wichtiger war es doch, was sie ihrem kleinen Liebling servieren sollte.

Drei Tage später habe ich den Artikel in unserem lokalen Werbeblatt bestimmt zehn Mal gelesen. Rauf und runter. Ein goldiger Yorkshire war nach dem Verzehr einer Schale Hundefutter elendig eingegangen. Und mein erster Versuch war auch geglückt. Einen Zwergpudel hatte es erwischt. Es muss die beiden Kleinen praktisch zerfetzt haben. Hunde können so unterschiedlich groß sein. Ich war auf Nummer Sicher gegangen. Der Yorkshire sah mich aus tränenfeuchten Augen unter einer roten Schleife auf der Stirn an.

»Tut mir Leid!«, rief ich ihm zu. »Nimm es nicht persönlich. Es ging nicht um dich, Junge!«

In den darunter stehenden Zeilen hieß es dann allerdings, dass es sich um ein weibliches Tier namens Daisy handelte.

Dass man zunächst von vergifteten Ködern ausging, ärgerte mich. Vor allem deswegen, weil ich selbst auf diese Idee nicht gekommen war. Ich hätte mir den Nervenkitzel im Supermarkt sparen können, wenn ich ab und zu am Ufer der Olef einfach etwas fallen gelassen hätte.

Als aber die Besitzerin des Zwergpudels beteuerte, ihr kleiner Schatz habe nie das Grundstück verlassen dürfen, um ihn vor Autos, bissigen Hunden und Hundehassern zu schützen, war schnelles Umdenken gefragt und in mir machte sich Erleichterung breit.

Der Supermarkt zog sicherheitshalber alle Artikel der betreffenden Firma aus dem Verkehr, obwohl ein Sprecher beteuerte, dass es sich – wenn überhaupt – nur um eine einzige Charge handeln könne.

Ich würde also genötigt sein, die Marke zu wechseln.

Kein Problem, es gab genug davon. Die Dosen hätten sie ruhig alle stehen lassen können, es ist praktisch unmöglich sie mit der hauchdünnen Kanüle zu durchstechen. Nicht so bei den Aludeckeln der Schalen.

Als zwei weitere Hunde nach dem Verzehr einer Schale Hundefutter ebenfalls das Zeitliche segneten – dieses Mal handelte es sich um einen Rottweiler und einen Schäferhund, wobei die Bevölkerung sichtlich weniger aufgebracht war – sah sich der Amtstierarzt zu einer Obduktion genötigt und fand eine Überdosis Atropin im Blut, Speichel und Urin der Kadaver.

Die Kripo griff ein. Konnte aber weder im Supermarkt noch in den beiden Hundefutter-Produktionsfirmen gemobbte oder kürzlich entlassene Mitarbeiter, die das Recht zu einer Rache auf ihrer Seite sahen, ausfindig machen. Auch eine Etage höher gab es keine Konkurrenten, Finanzprobleme, Standortdifferenzen oder Ähnliches. Eine Lösegeldforderung ging ebenfalls nicht ein.

Verdächtige Kunden?

Nein. Allgemeines Kopfschütteln.

Doch, eine *Person* käme neuerdings öfter hierher. In Trench, Sweater und Sonnenbrille, sagte eine blonde Auszubildende und wurde rot dabei. Man fuhr ihr sofort über den Mund. »Sie haben wohl zu viele Krimis gesehen, junges Fräulein.«

Und ihr Chef schickte sie an die Arbeit.

Ich wechselte beim nächsten Mal den Hersteller und den Supermarkt, blieb aber Schleiden treu. Hier leben schätzungsweise hundertfünfzig Hunde. Irgendetwas mussten die Viecher ja essen. In der Tierfutterabteilung war eine heftige Diskussionen im Gange.

»Atropin! Jedes Mal! Und keiner unternimmt was!«

»Tiere haben eben keine Lobby. Wenn es einen Menschen treffen würde, was meinen Sie, was dann los wär! Mörder!«

»Und wenn er das nächste Mal Babynahrung nimmt?«

Hey, dachte ich. Die Foliendeckel der Babygläschen würden der spitzen Nadel nicht lange Widerstand leisten. Aber aufmerksame Mütter würden vielleicht das typische »Plop« vermissen und argwöhnisch werden. Und Siegrid Kempowski hatte nichts über eine Abneigung gegen Babys gesagt. Und außerdem hatte es das schon einmal gegeben.

Natürlich sprachen wir auch auf Station über das Thema, besonders die Hundebesitzer unter meinen Kolleginnen waren verunsichert. Siegrid Kempowski nahm an unseren Pausen nicht teil.

»Ich frage mich nur, wie kommt der Mörder an das ganze Atropin?«, fragte ich in die Kaffee trinkende Runde.

Denn das ist doch bei Gift immer das Entscheidende. Woher nehmen und nicht stehlen. Atropin ist verschreibungspflichtig und damit apothekenpflichtig. Wie ich es hasse, in Krimis von Gift zu lesen oder zu hören, das man offensichtlich an jeder Straßenecke oder in jedem Supermarkt bekommen kann. Oder in jeder Apotheke. Ich hab's versucht. Es geht nicht. Glauben Sie mir. Nur Rattengift ist kein Problem, das steht im Baumarkt im Regal. Aber das war genauso wenig das Thema wie Babykost.

Es wurde Zeit, dass etwas geschah, ehe die Schlagzeilen wieder in Vergessenheit gerieten, denn ich hatte mein Pulver verschossen.

»Warum gibst du der Polizei keinen Tipp?«, fragte mich Bettina, unsere Jüngste.

Sie hatte Recht.

Als ich aus dem Fernsehen endlich erfuhr, dass man auf der Suche sei nach jemandem, der Zugang zu Atropin in größeren Mengen hätte, war ich erleichtert. Endlich! Na, geht doch, dachte ich. Warum nicht gleich so?

In der Praxis der drei ortsansässigen Tierärzte gab es keine Unregelmäßigkeiten, in den fünf Schleidener Apotheken ergaben sich keine dubiosen Rezeptverschreibungen, auch in den übrigen Arztpraxen war alles sauber dokumentiert. Man dehnte die Nachforschungen auf die benachbarten Städte Kall und Gemünd aus.

Dann kam der Stein endlich ins Rollen.

In aller Herrgottsfrühe kurz vor Schichtwechsel marschierte eine Abordnung in mein Krankenhaus und durchlief alle Stationen. Und ich stand mitten in der hellen Aufregung. Siegrid Kempowski hatte gerade frei. Im Giftschrank fehlte tatsächlich eine Packung mit zwölf Atropin-Ampullen, das Giftbuch schien in ihrer Handschrift manipuliert. Es war ihren Huskyaugen also nicht entgangen. Ich habe es geahnt.

Wir Schwestern wurden befragt, ob uns irgendetwas aufgefallen sei, und wieder war es Bettina, die sich als Erste erinnerte.

»Hat sie das wirklich gesagt?«, fragte ich ungläubig zurück.

»Ja! Ich weiß es ganz genau!«

»Wann denn?«

»An dem einen Abend bei ihr zu Hause. Du warst da und ich und Gabriele. Dass sie Hunde hasst.«

Gabriele bestätigte die Aussage.

»Und Sie?«, fragte man mich.

»Ach ja!« Mit der flachen Hand schlug ich mir gegen die Stirn, als suche mich gerade erst die ferne Erinnerung heim. »Stimmt! Aber das muss über ein Jahr her sein und war sicher nicht so gemeint!«

»Herauszufinden, wie das gemeint war, überlassen Sie mal schön uns.«

Das tat ich.

Sie verpassten sich, die Herren von der Untersuchungskommission und Siegrid Kempowski. Als sie ihre Wohnung daraufhin in ihrer Abwesenheit öffnen ließen und durchsuchten, stießen sie im Bad in ihrem Medizinschränkchen neben der Badewanne zwischen einem heillosen Durcheinander auch auf eine angebrochene 12er Ampullenpackung Atropin. Die hatten ihre Huskyaugen übersehen. Acht Ampullen fehlten.

Ich weiß bis heute nicht, wer sie vorgewarnt hat, irgendwie muss es durchgesickert sein, denn auf dem Weg zum Krankenhaus hat sie plötzlich Gas gegeben und ist wie eine Furie stadtauswärts auf der B 258 – dieses Mal wieder in Trenchcoat, Sweater und Sonnenbrille – ungebremst gegen den nächstbesten Baum gerast.

Das wäre nicht nötig gewesen, finde ich und das habe ich auch nicht gewollt, jedenfalls nicht in dieser Konsequenz. Damit hat sie mir alles verdorben – auch die Lust auf den Posten der Stationsschwester.

Wir haben immer noch keine auf der Chirurgie. Wir finden einfach niemanden.

Das Fest des Friedens

Er war gekommen, meinen Garten winterfest zu machen, weil ich angeblich zu alt sei für die harte Gartenarbeit. Mein Garten war groß, und mein Rücken machte mir seit einiger Zeit Probleme. Und auch in den Knien zwickte der Rheumatismus, wohl wahr, in meinem Alter war das aber kein Grund zur Besorgnis. Ich kam immer noch gut zurecht. Und was ich nicht schaffte, würde eben liegen bleiben.

Er dagegen war noch jung und sah das anders. Vielleicht deswegen hatte er es schon am Herzen. Ich solle ihn bloß nicht aufregen, wurde mir gesagt.

Er meinte es ja auch gut.

Im Sommer kam er sogar jede Woche, um den Rasen zu schneiden. Er hatte flinke Hände, das muss ich zugeben, die er auch im Haus für kleinere Reparaturen einsetzte. Tropfende Wasserhähne und quietschende Türen waren eine Kleinigkeit für ihn. Und er wollte niemals Geld dafür, wo findet man das heute noch?

Nur von der Elektrik verstand er rein gar nichts. Dafür hatte ich einen Fachmann aus dem Ort, der sich nie lange bitten ließ. Hubert. Kleinere Dinge erledigte ich selbst. Das hab ich immer schon gemacht, schon als ich noch nicht alleine lebte und alt war wie jetzt. Was man einmal gelernt hat, vergisst man nicht so schnell.

Ein Nachteil an ihm war auch, dass, obwohl es ihn nichts anging, er immer wieder versuchte mir seinen Geschmack aufzudrängen. Manchmal diskutierten wir und ich setzte mich durch, aber meistens dachte ich an sein Herz und gab nach.

In diesem Jahr musste der Garten neu angelegt werden, hatte er beschlossen. Von mir aus hätte er so bleiben können, ein wenig verwildert, mit vielen alten, verholzten Büschen und Sträuchern, passte er zu mir.

Außerdem war es jahreszeitlich schon zu spät dafür, fand ich. Der Rasen würde nicht mehr richtig anwachsen, alles wäre kahl und ich hätte monatelang einen Truppenübungsplatz vor dem Wohnzimmerfenster liegen, ähnlich dem, der die nahe liegende Burg Vogelsang umgibt.

Gut, wenn er sich mit seinem kranken Herzen die Arbeit unbedingt machen wollte, bitte schön. Aber eine Bedingung hatte ich.

»Nur, wenn du es bis zum ersten Advent schaffst, die Lichter wieder aufzustellen!«

In acht Wochen war Weihnachten. Meine Tochter und mein Enkelkind Lara würden kommen. Ich hab sie so lange nicht gesehen. Die kleine Lara, wie würden ihre Augen strahlen, wenn alles im Dunkeln weithin leuchtete. Weihnachten war doch das Fest der Lichter.

»Du und deine Lichter!«

Ich hatte ihm erlaubt, mich zu duzen. Obwohl er mir immer fremd geblieben war. Es hatte sich nicht vermeiden lassen.

»Ich denke, die sind inzwischen kaputt!«

»Ich habe neue angeschafft.«

»Oh nein!«

»Doch! Sie sollen wieder im ganzen Garten verteilt sein! Wie ein Lichtermeer!«, wünschte ich mir und breitete die Arme aus.

Mein lieber Mann, Gott hab ihn selig, hatte vor vielen Jahren eine Steinpalisade mit fünf Außensteckdosen neben der Terrasse angebracht, die separat abgesichert und über einen Schalter neben der Terrassentür leicht zu bedienen war. Im Sommer für Rasenmäher, Elektrogrill etcetera gedacht, hielten sie im Winter für meine geliebten Lichterketten mitsamt den entsprechenden Verlängerungskabeln her.

Mit den Jahren war aber das eine oder andere Birnchen defekt geworden, richtig mickrig war die Beleuchtung geworden.

Für dieses Weihnachten hatte ich mich, wie gesagt, mit fünf neuen, besonders schönen Ketten versorgt, auf deren nackten Birnchen sogar Sterne geschraubt werden konnten. Welch eine Verbesserung! Die Industrie erfand immer Neues, Schöneres. Ich war dankbar dafür und hatte zu preiswerter Ware aus den asiatischen Ländern gegriffen und den Hinweis *Nur für innen* erst zu Hause gelesen. Aber mit den Warnhinweisen wird ja immer so was von übertrieben. Ich sah das nicht als Bedingung, sondern eher als Vorschlag.

»Ich werde sie dieses Jahr die neuen Gartenwege entlang setzen. Das ist viel schöner. Du wirst sehen«, sagte er und entfernte bald darauf die Gehwegplatten, grub den Rasen um, machte sich daran, die Hecke und die alten Büsche herauszureißen. Er buddelte einen riesengroßen Krater neben der Terrasse, knapp neben der Palisade. Die überschüssige Erde häufte er zu einem Hügel am anderen Ende des Gartens auf. Tagelang war er beschäftigt, lief mit der Schubkarre hin und her. So krank konnte sein Herz also gar nicht sein.

Der Hügel war keine schlechte Idee, das musste ich zugeben. Man könnte eine Bank darauf stellen und hätte von dort einen guten Blick.

»Hinten links baue ich einen kleinen Spielplatz für dein Enkelkind.«

Dagegen war auch nichts einzuwenden. Obwohl Lara nur dreimal im Jahr zu Besuch kommen durfte. Zu meinem Geburtstag, der im Februar liegt, zu Ostern und eben zu Weihnachten.

»Aber wozu die Grube?«

»Das wird ein Teich. Den lege ich im Laufe des Winters an. Hast du was dagegen?«

Nein, dachte ich. Ein Teich gefällt vielen Menschen. Meiner Tochter zum Beispiel, die neuerdings nicht mehr mit mir sprach. Ob sie wohl Weihnachten den Mund aufmachen würde? Ob wir uns endlich vertragen würden? Weihnachten ist doch das Fest der Liebe.

Wenn dazu ein Teich nötig wäre, von mir aus. Ich würde das Gequake der sich dort bald ansiedelnden Frösche versuchen zu ertragen.

»Aber Vorsicht! Da liegt irgendwo das Kabel für die Außensteckdosen«, erinnerte ich ihn.

»Das ist auch gut so, dann kann ich die Pumpe und die Lampe für den Teich direkt anschließen.«

»In der Garage liegen Bretter. Es wäre besser, du würdest die Grube solange abdecken, damit niemand hineinfällt«, riet ich ihm.

»Ja, ja. Später.«

Aber natürlich hörte er nicht auf mich. Das hätte ich mir denken können. Das tat er nie.

Dann kam er eines Tages vom Gartencenter zurück und hatte den Hänger voller Sträucher. Er hatte mich nicht gefragt, welche mir gefallen würden.

Als er wieder weg war, stieg ich in meine Gummistiefel, umrundete vorsichtig die offene Grube, beugte mich über den Rand. Und was sage ich, da blitzt doch unter einem Erdklumpen ein Stück Draht hervor. Blanker Draht. Ich schüttelte Kopf, sah es als Chance und stapfte durch das, was von meinem Garten übrig geblieben war. Ich begutachtete die Etiketten an den nackten Zweigen. Auch wenn mir die lateinischen Namen zumeist fremd waren, so gefielen mir doch die Abbildungen umso mehr. Alles sehr schön. Kann man nicht anders sagen. Ich wäre mit jedem einzelnen einverstanden gewesen.

Als alles so war, wie er es sich vorstellte, überreichte ich ihm die Lichterketten, die ich bereits mühsam aus ihren Kartons entwirrt hatte. Dorthin würden sie nach getaner Arbeit Ende Januar wieder wandern und bis zum nächsten Jahr ruhen.

Er setzte die Erdspieße der Reihe nach entlang der neuen Gartenwege, führte die Verlängerungskabel bis zur Steinpalisade, steckte die Stecker in die Steckdosen, kam auf lehmigen Sohlen in mein Wohnzimmer, drückte auf den Schalter und betrachtete zufrieden sein Werk.

Dabei ist es in meiner Familie eine heilige Regel, die ich immer beachtet habe, die Beleuchtung nicht vor dem ersten Advent anzumachen. Auch nicht probeweise. Das bringt Unglück. Erst mussten die traurigen Tage vergehen – Sie wissen schon, Volkstrauertag, Totensonntag und so.

Kaum war ich wieder auf mich selbst gestellt, schaltete ich die Festbeleuchtung aus und verteilte alle Erdspieße so, wie es mir passte und soweit die Länge der Kabel es gerade noch zuließ.

Ein paar Tage später kam mein selbst ernannter Gärtner ungebeten zur Inspektion. Es regnete seit Tagen, mein Truppenübungsplatz stand völlig unter Wasser. Dabei war es ungewöhnlich mild, fast drückend für Ende November. Aber vielleicht kam es mir auch nur so vor. Der Backofen glühte. Ich buk gerade Plätzchen. Die Küche dampfte.

»Ich sehe, du hast deinen Willen wieder mal durchgesetzt.«

Ich bestrich das letzte Blech mit Butter, entwarf kleine Kreise und Achten, nickte beiläufig und sagte: »Weihnachten ist doch das Fest der Plätzchen!«

»Sieh dir das an. Die Verlängerungskabel stehen ja unter Spannung. Das kann ich so nicht lassen.«

»Wenn du meinst.«

Ich wusste, dass er sich die Gelegenheit nicht entgehen lassen würde, die Erdspieße wieder zu versetzen, und sah ihn fluchend durch den Matsch stapfen. Über ihm braute sich am Himmel ein drohendes Wolkengeflecht zusammen, als ich dachte, er wolle sicher gleich wieder die Lichter überprüfen, ins Wohnzimmer ging und den Schalter schon mal im Voraus drückte.

Im gleichen Moment erleuchtete ein weißes, grelles Licht den ganzen Truppenübungsplatz, das umliegende Gelände und mein komplettes Wohnzimmer für Sekunden, ein Schrei verhallte in der Einsamkeit meines kleinen Heimatortes, wie der Schrei eines Raubvogels, den niemand beachtet, zumal er von einem krachenden Donner in der Folge nahezu vollständig übertönt wurde.

Ich zuckte zusammen, wich von der Terrassentüre zurück und floh in die Küche. Heute kam aber auch alles zusammen. Es würde mich nicht wundern, wenn im Keller die Sicherung für die Außensteckdosen herausgesprungen wäre. Gut, dass wenigstens die Hauptsicherung durchgehalten hatte, sonst wären meine Plätzchen in Gefahr. Etwas irritiert stach ich die letzten Herzen, Tannenbäume und Engel aus und legte sie sorgfältig aufs Blech.

Hoffentlich war er jetzt nicht vor Schreck in die Grube gefallen, womöglich auf das blanke Kabel, kam gleich wieder herausgekrabbelt und machte mir Vorwürfe. Vorwürfe waren das Letzte, was ich im Moment gebrauchen konnte.

Ich leckte die Teigschüssel aus. Zehn Minuten später klingelte der Küchenwecker und ich holte das Backwerk heraus und legte es zum Abkühlen auf einen Rost.

Ein kleines Herz zerbrach dabei.

Er war noch immer draußen unterwegs. Das Gewitter hatte sich über meinem Heimatort festgebissen. Schwarze Dunkelheit machte sich zwischen den Blitzen breit. Der Regen prasselte gegen die Fenster.

War er so unglücklich in die Grube gestürzt, dass er nicht imstande war wieder hinauszuklettern? Hatte er vorerst nur das Bewusstsein verloren und bedurfte dringend meiner Hilfe?

Oder klebte er etwa mit verbrannten Fingern aufgrund einer Muskelverkrampfung mit der durchnässten, billigen asiatischen Innenbeleuchtung an der Palisade? Mit Strom war nicht zu scherzen. Ich gebe zu, dass mich die Neugier packte. Aber nur bis zu einem gewissen Grad. Nicht so weit, dass ich während eines schrecklichen Unwetters nach ihm sehen würde. Sicherheitshalber stellte ich den Schalter wieder auf Aus, knabberte an dem zerbrochenen, warmen Herz und beschloss früh zu Bett gehen.

Am nächsten Morgen, es dämmerte noch nicht einmal, hielt mich nichts mehr in den Federn. Das Unwetter hatte sich verzogen, der Himmel war wieder klar. Nur eine dünne, nasse Schneedecke zeugte noch vom nächtlichen Inferno und lag wie eine fleckige Tischdecke über meinem Truppenübungsplatz. Die kleinen, durchsichtigen Sternchen meiner Lichterketten blickten wie Schneeglöckchen daraus hervor.

Zuerst legte ich die Plätzchen in die Weihnachtsdose, nicht ohne wieder ein weiteres davon zu naschen. Sie schmeckten immer noch wunderbar, auch wenn ich ofenwarmes Gebäck bevorzuge.

Dann sah ich im Keller nach dem Sicherungskasten. Alles okay.

Draußen fand ich ihn. Seltsam verrenkt, die Beine breitbeinig, den Kopf ungewöhnlich weit im Nacken, quer über einer Zuleitung, die schwarz verbrannten Finger seiner Rechten umkrallten einen Netzstecker, die Linke steckte wie ein vergessenes Gartenhäckchen im Schnee.....

Nach dem heillosen Durcheinander, das in der letzten Nacht auf meinem Truppenübungsplatz geherrscht hatte, wollte ich wirklich wissen, woran er denn nun gestorben war, und rief sofort Hubert, meinen Elektriker, an.

»Kann man davon sterben?«

Er tröstete mich. »Keine Sorge, von 220 Volt ist noch keiner gestorben.«

»Wirklich nicht?«

»Nein, höchstens ein Kind.«

Ein Kind war mein Gärtner schon lange nicht mehr.

»Auch nicht, wenn man es am Herzen hat?«, wollte ich wissen.

»Ne, dazu braucht es schon höhere Spannung, Hochspannung oder ...«

»Oder was?«

»Na, 'nen Blitz, zum Beispiel. So wie gestern Nacht. Warum fragst du? «

Auch wenn mich seine Antwort in gewisser Weise enttäuschte, hatten sich doch, wenn er Recht hatte, all meine Vorkehrungen als überflüssig erwiesen und stattdessen eine höhere Gewalt sich der Lösung angenommen, so war das Ganze trotzdem befriedigend, vom Ergebnis her.

»Bist du noch da?«, fragte Hubert.

»Ja, ja«, besann ich mich.

Seine erneute Frage: »Warum willst du das alles denn wissen?«, ließ ich unbeantwortet.

Als Nächstes hatte ich die traurige Pflicht, meine Tochter anzurufen.

»Ich muss dir etwas Trauriges mitteilen, mein Kind.«

»Ist *ihm* etwa was passiert?«, fragte sie prompt zurück. Und ich würde lügen, wenn ich sagte, es klang nicht ein wenig hoffnungsvoll.

»Wie kommst du denn darauf?«

»Schon gut, vergiss es.« Ihre Stimme wurde wieder harsch und nüchtern. »Was ist denn los? Ich hab wenig Zeit.«

Nun teilte ich ihr mit, dass sie mit ihrer Vermutung alles andere als falsch gelegen habe, dass in der Tat ihr geliebter Ehemann in meinem Garten liege, von einem Blitzschlag tödlich getroffen, und das kurz vor Weihnachten, dem Fest der Liebe.

»Es tut mir Leid, mein Kind«, fügte ich hinzu, was nicht stimmte.

Denn er hatte uns entfremdet, hatte sie fast überredet mich für unmündig erklären zu lassen und ins Heim zu stecken, damit er es sich in meinem Haus und Hof bequem machen konnte. Er hatte es weiterhin eingerichtet, dass Lara mich nicht öfter als dreimal im Jahr sehen durfte, und dann auch nie allein.

Betretene Stille am anderen Ende der Telefonleitung. Jetzt wollte sie sicher erst recht nichts mehr mit mir zu tun haben. Ich wollte schon auflegen, als ein markerschütternder Schrei ertönte.

»Kind beruhige dich doch! Ich kann wirklich nichts dafür.«

Aber dann ging der Schrei in ein schrilles Lachen über, zwischendurch rief sie japsend. Ich traute meinen Ohren nicht, als sie losprustete: »Vom Blitz getroffen? Ach so, Gott sei Dank, ich dachte schon, du hättest was damit zu tun!«

»Ich? Aber Kind, wie kommst du denn darauf?«

»Entschuldigung. Ich weiß, das würdest du nie tun! Wie auch?«

»Eben! Im Gegenteil, ich hatte ihn noch gewarnt.«

»Mach dir keine Gedanken. Hauptsache, wir sind ihn endlich los! Das wird ein Fest! Hahaha! Wir kommen sofort, Lara und ich. Können wir bis Weihnachten bleiben?«

»Aber ja«, stammelte ich, »solange Ihr wollt.«

Später umwickelte ich das blanke Kabel in der Grube mit Isolierband und buddelte es tief ein. Ich kaufte neue Lichterketten. *Für außen* stand groß und breit drauf und auch noch *Made in Germany*. Sicher ist sicher.

Als pünktlich am ersten Advent auf meinem Truppenübungsplatz vor meinen Augen ein Lichtermeer erstand, konnte ich mich im Kreise meiner beiden Lieben kaum satt sehen daran. Und trotzdem hatten sie ein wenig von ihrem Glanz verloren und etwas anderem Platz gemacht. Etwas Größerem. Lichter und Plätzchen kann man sich das ganze Jahr über gönnen.

Aber Weihnachten, finde ich, Weihnachten sollte eigentlich nur das Fest des Friedens sein.

Ich hatte ihn gefunden.

Survival-Training

Sie waren zu fünft. Ingo und Alex, Angela und Britta, Studenten der Psychologie aus Aachen. Und Bernard. Sie diskutieren unter ihren Kapuzen, die Hände tief in den Jackentaschen vergraben, und setzen ihre Stiefel in unberührten Schnee. Der Himmel über ihnen am Ende der Baumwipfel ist frostig blau und wolkenlos. Er verspricht einen schönen Januartag, und sie haben Bernard lange nicht gesehen. Es gibt viel zu erzählen.

Bernard ist ein Ex-Kommilitone und hat sie hierher ins Hohe Venn, das er »Hautes Fagnes« nennt, zu einer Schneewanderung eingeladen. Er hat sein Studium vor einem Jahr an den Nagel gehängt und ist in seinen Heimatort Rocherath zurückgekehrt, wo er heute Morgen zu ihnen ins Auto gestiegen ist.

Er macht jetzt Survival-Training für Städter hier im Grenzgebiet, sagt er. Im dichten Rocherather Forst lehrt er sie Indianertipis zu bauen, eine Toilette als Hochsitz zwischen Fichtenstämmen zu errichten und unter einem Wassersack zu duschen, hinter aufgespannten Zeltplanen mit eiskaltem Wasser, während Eichelhäher über ihnen krächzen. Er zeigt ihnen, wie man Wasser in einem Eimer mit geschichteten Lagen aus Stoff, Sand und Gras reinigt, und wie man Feuer macht, mit Feuerstein und Zunderschwamm. Alles ohne Telefon, Mikrowelle, Zentralheizung. Die Städter zahlen viel Geld für diesen Kick.

»Sie sind ganz andere Menschen, wenn sie sonntags zurückfahren«, schwärmt Bernard und seine Augen leuchten seltsam.

Die Freunde sind begeistert und fragen ihn aus. Nur Britta zieht ihn auf, jetzt nichts als ein besserer Animateur zu sein, und auch damit, dass er wieder mehr Wert auf seinen belgischen Akzent legt, wahrscheinlich um den Teilnehmern wenigstens einen Hauch von Abenteuer und Fremdsein zu vermitteln.

Doch er verteidigt sein neues Leben. »Voilà! Immer noch besser als Taxi fahren!«

Britta findet, dass er einfach lächerlich in seiner dickwattierten, neongelben Jacke aussieht, wie ein Teletubby. Für die Freunde aus der Stadt hat er reflektierende Klettbänder mitgebracht, die er auf ihre Rücken, Arme und Jackentragen klebt. »Das kann Leben retten.«

»Du übertreibst, wie immer.« Britta reisst die Streifen wieder ab und lässt sie in den Schnee fallen. Bernard hebt sie auf, rollte sie sorgsam auf und steckt sie kopfschüttelnd in seine Tasche.

Später deutet er Tierspuren, Vogelschreie und kaut kleine hellgrüne Blattspitzen, die aus dem Schnee hervorkommen. Er hat schon immer etwas Missionarisches gehabt, denkt Britta und mustert sein hageres Gesicht. Er ist dünner geworden, seitdem er Survival-Trainer ist, und wirkt irgendwie gehetzt.

Sie war gegen diesen gemeinsamen Sonntagsausflug nach Belgien gewesen, sie würde lieber zu Hause eingemummelt auf dem Sofa liegen und lesen. Aber Angela hatte sie überredet. Angela ist ihre Freundin, sie wohnen zusammen in einer kleinen Altbauwohnung in der Johanniterstraße.

Angela bleibt plötzlich stehen und sagt: »Britta, warte auf mich. Ich muss mal.«

Die anderen gehen langsam weiter. Angela stapft gebückt ins Unterholz, während Britta von einem Fuß auf den anderen tritt. Die Sohlen ihrer Schuhe sind dünn und viel zu glatt. In Aachen bei ihrer Abfahrt hatte kein Schnee gelegen. Trotzdem hatten die anderen schwere Stiefel angezogen.

Als immer noch keine Geräusche aus dem Unterholz kommen, sieht sie sich um und ruft nach Angela. Aber sie bekommt keine Antwort. Die anderen sind schon hinter der nächsten Wegbiegung verschwunden. Britta wird unruhig, die Kälte kriecht die Beine herauf. »Nun mach schon! Wir werden die Männer verlieren!«

Aber nichts kommt aus der Richtung, in die Angela gegangen ist. Britta folgt ihren Spuren im Unterholz. Sie enden hinter einem Schlehenbusch, der dunkelblaue Beeren trägt. Da ist eine zertrampelte Stelle. Aber der Schnee ist nirgendwo gelb. Und keine Spuren führen von dort weg und Angela ist nicht zu sehen. Britta ruft wieder ihren Namen.

Eben hat Bernard noch über den alten Trappertrick gesprochen, rückwärts in den eigenen Spuren zu gehen, und alle haben darüber gelacht. So ein Blödsinn. Bernard ist mit den anderen beiden hinter der Wegbiegung verschwunden. Wieso merkt niemand, dass zwei fehlen? Wieso hören sie nicht Brittas Rufe?

Britta geht zum Auto auf dem Wanderparkplatz zurück, nicht rückwärts, sondern neben ihren Spuren von vorhin. Aber dort ist Angela auch nicht. Die Autoscheiben sind von einer dünnen Eisschicht überzogen. Sie rüttelt an den Türen, vergeblich, natürlich. Sie hat keinen Schlüssel, es ist Ingos Auto. Wütend tritt sie gegen die Vorderreifen.

Ein paar Meter weiter steht ein hellgrauer Renault mit belgischem Nummernschild, der ihr bei ihrer Ankunft nicht aufgefallen war.

Hier zu warten, bis die anderen endlich von ihrer verdammten Schneewanderung zurückkommen, würde sie zu Eis werden lassen. Also läuft sie los, den gleichen Weg bis zur Wegbiegung, hinter der die Freunde verschwunden waren. Dort trennen sich die Spuren im frischen Schnee, links führt eine in den Wald hinein, rechts eine auf eine Anhöhe. Warum haben sie sich getrennt?

Britta wählt die rechts, nicht aus einem bestimmten Grund, sie ist so gut und so schlecht wie die linke. Oder hat sie doch gehofft, auf der Anhöhe einen Überblick zu haben? Sie weiß es nicht mehr. Aber auf der Anhöhe hören die Spuren auf, einfach nur so, mitten auf dem Weg. Und einen Überblick hatte sie dort auch nicht, die Lichtung ist nur ein kleiner Buckel und dann folgen wieder hohe dunkle Fichtenreihen. Die rechte Spur ist also die falsche.

Ein Gedanke überfällt sie: Und wenn sie sie findet, gleich oder später, wie soll sie ihnen erklären, dass sie Angela verloren hat? War sie nicht bei ihr stehen geblieben, damit sie nicht allein ist, damit nichts passiert?

Britta läuft die Anhöhe hinab und nimmt die linke Spur in den Wald. Die linke Spur ist ebenso falsch, endet abrupt vor einem Baum. Sie sieht sogar den kahlen Baumstamm hinauf bis in den bewachsenen Wipfel, als könnte sich dort oben jemand verstecken. Verzweifelt rüttelt sie an dem Stamm, der unbeweglich ist. Harz bleibt an ihren Händen kleben.

Dann rennt sie atemlos zurück zum Wanderparkplatz. Sie will jetzt doch lieber dort warten, sicher ist sicher. Ihr ist heiß vom Laufen, das wird eine Weile vorhalten. Aber da steht kein einziges Auto mehr, auch nicht der Renault aus Belgien. Die Reifenspuren der beiden Autos führen auf die Durchgangsstraße und vermischen sich dort mit den bereits vorhandenen.

Wie konnten sie ohne sie wegfahren? Ohne Britta und Angela?

Es ist so verdammt still, als sie den Atem anhält und in den Wald hineinhorcht. Die große Stille und Einsamkeit, die sie in der Gruppe nicht wahrgenommen hat, ist auf einmal bedrohlich. Britta fühlt sich bedrängt, eingeengt. Angst kommt von Enge und man kann sie nur von innen heraus vertreiben und bekämpfen, Angst wächst im Kopf – ein Thema ihrer Semesterarbeit – wie leicht es sich darüber reden lässt in einem vollen, beheizten Hörsaal, in dem Licht brennt. Aber hier?

Britta stellt sich an die Durchgangsstraße und wartet auf ein vorbeifahrendes Auto, das sie nach Rocherath bringen kann.

Aber auch nach zwei Stunden hat sich immer noch kein einziges Auto genähert. Rocherath ist mehr als einen Fußmarsch entfernt, rechts oder links die Straße hinunter, sie weiß es nicht und sie ist genug gelaufen.

Sie ist müde, nur noch müde. Die Müdigkeit wird schlimmer als die Kälte und die Angst. Und Bernards Rat fällt ihr wieder ein. Wenn man hier im Schnee einschläft, wird es gefährlich. »Du wachst nicht mehr auf.« Sich an einen Baumstamm zu lehnen und, wenn möglich, sogar daran festzubinden, der Baum gibt Wärme ab, und zu versuchen, sich mit trockenem Laub zu bedecken, könnte das Leben retten. »Sonst kommt der große Bruder des Schlafes.«

Tolle Idee, denkt Britta wütend, sie flucht und lacht plötzlich laut auf. Ihre Stimme hört sich hohl an und fremd und sie erschrickt. Ein Echo lacht höhnisch zurück.

Sie geht ein Stück zurück an den Waldrand, um wenigstens eine Sitzgelegenheit zu finden. Irgendwann fallen ihre Augen zu, sie rutscht von dem kleinen Baumstumpf und rollt sich im Schnee zusammen, zieht die Kapuze bis über die Stirn. Später glaubt sie im Halbschlaf Rufe zu hören, sie hat jedes Zeitgefühl verloren. Sie schafft es nicht mehr, sich bemerkbar zu machen. Arme und Beine sind schwer wie Blei, und als sie den Mund öffnet, kommt kein Ton heraus.

Aus den Augenwinkeln fällt ihr auf, dass ihre neue Winterjacke fast so grün ist wie der Zweig, der dicht und schwer über ihr hängt. Tannengrün. Ihre Lieblingsfarbe. Ein paar Tropfen Schneewasser lösen sich zögernd aus den Nadeln und fallen auf sie herab, dann wird alles schwarz um sie.

GRENZ ECHO

Mittwoch, 19. Januar 2000

Psychopath endlich gefasst.

Der seit drei Wochen flüchtige Bernard Sommel, Patient der Geschlossenen Psychiatrischen Abteilung der Universitätskliniken Lüttich, wurde gestern in der Nähe von Bütgenbach bei einer routinemäßigen Verkehrskontrolle zusammen mit einem Komplizen gefasst. Die beiden Männer hatten bei der Festnahme drei Studenten aus Aachen in ihrer Gewalt, die sie mit Jagdmessern bedrohten. Einer der glücklich Befreiten sagte aus, es habe auch die 24-jährige Britta K., ebenfalls aus Aachen, zu der kleinen Gruppe gehört, die von Sommel zwei Tage lang in Schach gehalten wurde. Sie trägt eine dunkelgrüne Winterjacke, Jeans und schwarze Lederschuhe. Sie hat hellblondes Haar, trägt eine Brille und ist ca. 170 cm groß. Zuletzt wurde sie von ihren Freunden gesehen im Rocherather Wald, am Sonntag, den 16. Januar 2000, gegen vierzehn Uhr.

Sommel und sein Komplize bestreiten allerdings, dass noch eine weitere Person im Spiel war. Neue Schneefälle haben die Suche der Polizei nach der Vermissten erschwert.

Hinweise nimmt jede Polizeidienststelle entgegen.

In Ketten

Eines gleich vorweg: Es ist überhaupt nicht meine Art, Männer umzubringen, Menschen überhaupt, das müssen Sie mir glauben. Ich habe das vorher auch noch nie getan! Es war eine unglückliche Verkettung von Missverständnissen.

Es begann alles an meinem Geburtstag. Einem runden Geburtstag. Das muss Ihnen genügen.

Franz kehrte wieder einmal verspätet von einer Betriebsfeier zurück, roch nach Alkohol und Parfüm und brachte mir ein Geschenk mit.

Und sein Geschenk war eine Kette. Wie immer.

Seit drei Jahren bekam ich von ihm Ketten zu diversen Anlässen geschenkt. Immer mit Expertise. Weihnachten, Ostern und manchmal auch einfach, weil ihm danach war. Sie lauerten wie Schlangen in meiner Nachttischschublade zusammen mit den Expertisen.

Breite und schmale, Reifen, Colliers, mit oder ohne Glieder, mit und ohne Perlen, Diamanten, Saphiren und Rubinen, rotgold, weißgold, silbern, platin. Alles vom Feinsten, handgearbeitete Unikate. Ein kleines Kunstwerk jede für sich.

Obwohl er wissen musste, dass mir Schmuck nichts bedeutete. Und Ketten am allerwenigsten. Ich habe es ein oder zwei Mal angedeutet. Aber für die leisen Töne hat er noch nie ein Ohr gehabt.

Natürlich erwartete er von mir, dass ich wenigstens eine seiner Ketten trug, wenn ich das Haus verließ. Wenn es nach ihm gegangen wäre, hätte ich sie auch alle auf einmal umlegen können. Sodass jeder sie sehen konnte, was im Winter mir oft eine schlimme Halsentzündung bescherte. Aber das Schlimmste war, dass mein Dekolletee auf diese Weise unnötig zur Schau gestellt wurde, was ein wenig unpassend war, da ich, wie gesagt, nicht mehr ... na ja, Sie wissen, was ich meine.

Wenn er mir wenigstens einmal einen Ohrring mitgebracht hätte oder eine Brosche. Nicht, dass ich sie lieber angesteckt hätte, aber ich hätte mich wenigstens der Illusion hingeben können, dass er sich bei seinen Geschenken etwas dachte, und ich hätte einen Schal tragen können.

Oder wenn er nur einmal etwas ganz Unerwartetes geschenkt hätte. Eine echte Überraschung. Zum Beispiel einen Pelz. Da hätten die Nachbarn schon gestaunt. Eine Frau braucht schließlich nicht nur Schmuck.

Die heutige Kette war eine außergewöhnlich lange und schwere Gliederkette aus dunklem roten Gold, die er mir in zwei Lagen auf meine Schultern legte, ohne sich die Mühe zu machen, den Verschluss einzuhaken.

»Ein besonderes Stück«, ermahnte er mich und legte die Expertise in einem Umschlag auf den Tisch, »verlier sie ja nicht, liebe Hilde. Sie ist vom Juwelier Winkelstädt!«

Als hätte ich jemals etwas verloren!

Die liebe Hilde, das bin ich, und Winkelstädt ist *die* renommierte Adresse, darunter gab es für Franz Overmann nichts. Er nannte sich Bauunternehmer. Auch wenn oder gerade weil er im Grunde ein einfacher Maurer geblieben war, der gern einen über den Durst trank, ungewöhnlich laut werden konnte und überall seine staubigen Finger drin hatte, sollte ganz Euskirchen sehen, wie gut sein Geschäft lief und wie großzügig er sein konnte.

Im Innenverhältnis – sag ich Ihnen – da sah das ganz anders aus. Da hielt er mich kurz. In Ketten quasi, gegen Kost und freie Logis. Und mit jenem Versprechen im Hintergrund, mit dem er mich hergelockt hatte. Vor drei Jahren. Warum saß ich wohl hier in diesem verschlafenen Nest namens Euskirchen, wenn nicht der Liebe wegen? Liebe! So war das nämlich gedacht, jedenfalls von meiner Seite aus, als ich meine eigene Wohnung aufgab und zu ihm zog. So war das versprochen, von seiner Seite aus, in seiner Kontaktanzeige.

Aber er hielt mich hin. Und ich hatte keine Alternative mehr. Ich hatte alle Brücken hinter mir abgebrochen.

Eines Tages, wusste ich, fragt er. Warum nicht heute, hier und jetzt? An diesem, meinem runden Geburtstag. So eine schöne Gelegenheit. Die Kette war schon etwas Besonderes. War sie ein Symbol?

Franz war wie immer abgespannt, zog sein Hemd aus, ließ es hinter sich zu Boden wehen, stieg in Trainingshose und Adiletten, sank in seinen Fernsehsessel und hielt mir wortlos seinen Nacken hin. Ich streifte meine Massagehandschuhe über und wollte gerade beginnen, als ich ihn sagen hörte:

»Ach, übrigens, liebe Hilde, ich will endlich heiraten. Ich bin bereit.«

Oh, wie weich meine Knie plötzlich wurden! Hatte ich es doch geahnt! Heute war mein großer Tag. Meine Geduld wurde belohnt. Er wird mich heiraten!

»Franz! Wie wunderbar«, stieß ich hervor und wagte nicht, mich vor ihn zu stellen und in sein Gesicht zu sehen. Ich wankte. Gleich wird er nach meiner Hand suchen und es sagen ... ich begann mich der Massagehandschuhe zu entledigen, die mir für einen Heiratsantrag zu unerotisch vorkamen.

»Maria wird heute noch kommen, um alles zu besprechen.«

Ich erstarrte. »Wer?« Meine Stimme brach. Mir schwanden die Sinne. »Wer?«

»Maria, sag ich doch!«

Entsetzt starrte ich auf seinen Nacken.

Fett war er geworden mit den Jahren. Seine Haut legte sich in drei speckige Falten, die Poren waren groß wie bei einer Erdbeere, zwei Warzen wuchsen auf seiner Wirbelsäule, eine mit, eine ohne Haare. Überhaupt waren die Haare an ihm das Schlimmste. Kein einziges mehr auf dem Kopf, war er doch am Körper üppig bewachsen. Sie kamen auch aus den Nasenlöchern, das konnte ich zwar jetzt, da ich hinter ihm stand, nicht sehen, aber ich wusste es. Die Büschel, die aus den Ohren seitlich abstanden, und die Rückenhaare, die aus seinem Doppelripp-Unterhemd emporwuchsen, entgingen mir dagegen nicht. Er hatte etwas Orang-Utan-mäßiges. Warum war mir das vorher nie aufgefallen?

»Na, was ist?«, brummte Franz. »Ich warte, liebe Hilde. Ich habe nicht ewig Zeit. In einer halben Stunde kommt schon ihr Zug! Ich muss sie doch abholen. Sie weiß doch noch nicht, wo ich wohne.«

Statt einer Antwort zog ich die Handschuhe hoch und stramm, dass das Gummi nur so quietschte. Meine beiden Daumen legten sich wie von selbst auf jede Seite der Wirbelsäule auf das fette, rosige Fleisch und begannen ihr Werk: kreisend, bohrend, schiebend, drückend, knetend, kneifend, während er vor Zufriedenheit brummte und dagegenhielt.

Dabei war ich wirklich nicht bei der Sache, aber Franz bemerkte es nicht. Als ich mithilfe der einen Hand hinter seinem Rücken die neue Kette langsam von meinem Hals zog, massierte ihn die andere in trügerischer Sicherheit weiter. Auch als ich ihm die neue, von mir angenehm vorgewärmte Kette vorsichtig um den dicken Hals gelegt hatte, schien er nichts zu spüren. Erst als ich ein kleines bisschen zuzog, schreckte er auf, fuhr entsetzt zu mir herum und herrschte mich an: »Bist du verrückt geworden!«

Vielleicht war ich das. Denn ich hörte nicht auf, sondern zog so fest ich konnte, kniff beide Augen vor Anstrengung zu, biss die Zähne zusammen und dachte dabei an die drei letzten, vergeudeten Jahre meines Lebens und diese unsägliche Maria, die jeden Moment Euskirchener Boden betreten würde ... so lange bis Franz zurück gegen die Lehne fiel. Der Sessel begann zu kippeln, da stemmte ich einen Fuß und ein Knie gegen die Rückenlehne und wendete so viel Gewalt an wie mir möglich war. Franz versuchte zwischen Kette und Hals einen Finger zu bekommen, um sich zu befreien, aber sein Finger war viel zu fett dafür. Er ruderte mit Armen und Beinen, röchelte und prustete und wand sich wie ein Hummer im Netz. Nach einer Weile war es vorbei.

Ich trat vor ihn hin und studierte sein Aussehen.

Die Kette stand ihm gut.

Mir blieb nicht viel Zeit, seinen Anblick zu genießen. Vorsichtig hob ich die Gliederkette von seinem Hals, wo sie eine blau angelaufene Spur hinterlassen hatte, die aussah wie ein schmaler Reifenabdruck, und wickelte sie in ein kleines Stück Papier.

Ich brachte die Massagehandschuhe an ihren angestammten Platz im Badezimmer zurück, holte alle Ketten aus der Nachttischschublade und stopfte sie mitsamt Expertisen in ein Gobelinbeutelchen. Noch ein paar seiner roten Haare strich ich Franz zum Abschied im Nacken glatt, ehe ich ihn für immer verließ und die Haustüre hinter mir offen stehen ließ. Meine Nachbarn wissen immer, was zu tun ist.

Als eine gewisse Maria etwa zur gleichen Zeit einen ihrer zierlichen Füße auf Euskirchener Boden setzte, wunderte sie sich, dass Franz nicht ihrer in Liebe harrte. Die anderen Passagiere verliefen sich, sie blieb fast allein zurück auf dem fremden Bahnhof und wusste nicht wohin.

Mir kam sie wie gerufen.

»Sind Sie Maria?«, vergewisserte ich mich.

»Ja, Maria Overmann.«

Immer langsam, so weit sind wir noch nicht, dachte ich und drückte ihr das Päckchen in die Hände.

»Das ist für Sie! Von Franz!«

Beeindruckt von dem kostbaren Willkommensgeschenk, verfiel sie zunächst ganz ins Schwärmen und hinterließ währenddessen hemmungs- und ahnungslos der Länge nach und auf beiden Seiten ihre Fingerabdrücke.

»Und wer sind Sie?«

»Seine Schwester«, gab ich kurzerhand vor.

»Wie bitte?«, fragte Maria verdutzt und stutzte.

Ich konnte ihre Zweifel verstehen. Franz und ich sahen uns keineswegs ähnlich. Gott sei Dank. »Ich soll Ihnen sagen«, fuhr ich unbeirrt fort, »Sie können wieder fahren. Er hat es sich nämlich anders überlegt! Das ist Ihr Abschiedsgeschenk!« Ich genoss es, die Botin der schlechten Nachricht zu sein. »Sie wollen ihn bestimmt noch einmal sehen, oder?«

»Dieses Schwein? Ob ich ihn sehen will? Nein! Um Himmels willen! Gott behüte!«

Für Sekunden brachte mich ihre Reaktion aus dem Gleichgewicht, war ich doch davon ausgegangen, die Arglose mit der Mordwaffe überführen, mich entsprechend entlasten zu können und als Heldin des Tages dazustehen. Diese Rolle hätte mir gefallen. Die Polizei stand sicher schon in meiner Wohnung und wartete auf uns, denn meine Nachbarn lassen sich niemals eine offene Türe entgehen.

Aber dann begann diese zierliche Maria zu fluchen und zu zetern wie ein Marktweib, nein, derb wie Hafenarbeiter, und mit jedem unaussprechlichen, nie gehörten Wort verfiel ich ihrem Charme.

»Ich habe noch mehr davon«, sagte ich, als sie Luft holte, um zu einer neuen Tirade anzusetzen und öffnete vor ihren Augen mein Gobelinbeutelchen. »Mit Expertisen. Der ganze Plunder ist gut zwanzigtausend Euro wert. Mögen Sie Ketten?«

»Ich hasse Schmuck!«

Bei so viel Gemeinsamkeit einigten wir uns schnell darauf, die Juwelen zu verscherbeln, uns den Erlös zu teilen und uns ein schönes Leben zu machen, als Entschädigung für entgangene Ehefreuden, so dachte ich. Wir stiegen in den nächsten Zug und kehrten Euskirchen den Rücken. Mir gefiel der Gedanke, mit Franz' Auserwählter gemeinsame Sache zu machen.

Über seinen Zustand ließ ich sie im Unklaren. Sie fragte auch nicht nach ihm. Auch später nicht. Vielleicht hat sie es aber auch erfahren – es stand in den Zeitungen und kam sogar im Fernsehen – und nur nicht darüber gesprochen. Das Kapitel Franz war für uns einfach Vergangenheit.

Ich bezog eine Zwei-Zimmer-Wohnung im Kölner Süden, ganz in ihrer Nähe. Ich genoss das Stadtleben und ihre Gesellschaft, wir schmiedeten Zukunftspläne, aber den Verkauf der Ketten zögerte ich hinaus. Es schien mir nicht ratsam, jetzt schon damit an die Öffentlichkeit zu gehen.

Wenn sie nachfragte, sagte ich: »Ich stehe noch in Verhandlungen.«

Ich selbst war das sparsame Leben gewöhnt. Aber Maria drängte, war offensichtlich nicht mit Gütern gesegnet und konnte es kaum abwarten. So langsam dämmerte es mir zwar, dass ihr wohl mehr an dem Geld als an mir zu liegen schien und das eine nicht ohne das andere möglich war. Aber das kümmerte mich nicht. Alles hat seinen Preis.

Als sich die Veräußerung nicht länger verschieben ließ, schüttete ich beim nächstbesten Juwelier die Kunstwerke aus meinem Gobelinbeutelchen auf die gläserne Theke und entfaltete die Expertisen. Seine Finger glitten über die Ketten, als ich ihn fragen hörte: »Was soll ich damit?«

»Kaufen, was sonst?« Nervös wippte ich auf den Sohlen von hinten nach vorne und zurück.

Da grinste er – hinterhältig, wie ich fand. »Tut mir Leid.«

»Wie, Leid?«

»Nun, das ist doch alles Plunder!«

»Plunder? Und die Expertisen?«

»Sind das Papier nicht wert. Alles wie auf der Kirmes geschossen.«

»Aber Franz ... er hat sie doch ... das kann nicht sein. Er war doch nie auf einer Kirmes!«

Wie in Trance stopfte ich die Ketten zurück in mein Gobelinbeutelchen.

Ein paar Minuten stand ich ratlos auf der Straße. Man konnte nicht sagen, dass ich enttäuscht war, nein, ich fühlte mich eigentlich nur bestätigt. Franz war wirklich das, wofür ich ihn gehalten habe. Ein Schwein! Oh, wie froh konnte er sein, dass er schon tot war.

Ein Blick auf die Uhr, es war halb zwölf.

Die Fahrt im Regionalexpress dauerte exakt dreiunddreißig Minuten. Winkelstädts Laden befand sich auf der Kolpingstraße, das machte noch einmal weitere zwölf Minuten im Laufschritt.

Kurz bevor er seine Mittagspause antreten wollte, trat ich die Ladentüre ein. Der Alarm ging los, als ich die Trennglasscheibe aus der Verankerung riss, meine Hände wahllos in die Auslage griffen. Ich raffte alles zusammen und warf es um mich, dass es nur so klirrte. Glas splitterte, Uhren fielen von den Wänden und schlugen wie wild die volle Stunde, obwohl es erst viertel vor war. Endlich stürzte Heinrich Winkelstädt aus seinem Hinterzimmer.

Im gleichen Augenblick legte sich eine Kette hinterrücks um seinen Hals.

Danach flüchtete ich unerkannt zu Maria und versuchte mich unauffällig zu verhalten. Als ich ihren bohrenden Fragen bezüglich des zu erwartenden Geldes nicht mehr ausweichen konnte, beichtete ich ihr die Tat. Aber nur diese. Und was tat sie? Anstatt mich in die Arme zu nehmen, mich zu trösten und zu sagen: »Geld ist nicht alles«, verpfiff sie mich.

Warum nur?

Ich erfuhr es bei der Gerichtsverhandlung.

Als sie die Bühne betrat, fragte der Staatsanwalt sie: »Wie heißen Sie?«

»Maria Overmann«, sagte sie schon wieder.

»Und in welchem Verhältnis stehen Sie zum Toten?«

»Ich habe ihn gehasst.«

»Ich meine, in welchem verwandtschaftlichen Verhältnis Sie zu ihm standen.«

»Oh«, sie senkte die Stimme, »er war ... mein Bruder.«

Es traf mich wie eine kalte Dusche. Ich duckte mich und zog die Schultern hoch. Als das Rauschen in meinen Ohren endlich nachließ, hörte ich ihn fragen: »Und warum sind Sie damals an seinem Todestag zu ihm gefahren?«

»Wir wollten seine Hochzeit besprechen. Seine Hochzeit mit ...«, Maria drehte sich herum, zeigte auf mich, und ich spürte, wie der Boden unter meinen Füßen nachgab.

Jetzt sitze ich hier, hinter Schlössern, Riegeln und Ketten. Wieder Ketten. Sie verfolgen mich. Bis an mein Lebensende, heißt es. Aber wenn ich mich gut führe, wird man mich vielleicht früher gehen lassen.

Daran arbeite ich und pflege sie derweil, meine Mordswut auf Maria.

Am Ende des Weges

An den Sohn hatte sie nicht mehr gedacht. Sie wollte nicht, dass er erfuhr, dass sein Vater gestorben war. Er würde das nicht verstehen. Sein Vater war wie die Schweine gestorben.

Nur, dass sie zu den Schweinen vorher noch zärtlich war und ihnen ihre Lieblingsspeise vorsetzte, bevor sie sie erschoss, einen Bolzenschuss auf die Stirn gesetzt, zwischen die Augen. Sie achteten nicht auf sie, waren zu gierig, starben mit vollem Maul.

Sie tat es nicht gerne. Die Schweine zu erschießen kostete sie Kraft und Überwindung. Sorgfältig überlegte sie, welches an der Reihe sein sollte, und legte den Tag seines Todes fest. Das auserwählte Schwein behandelte sie in seinen letzten Stunden besonders aufmerksam, streichelte es oft und lange und verwöhnte es mit Leckerbissen. Nicht etwa, um die Qualität seines Fleisches noch einmal zu steigern, sondern weil sie sich entschuldigen wollte für die Notwendigkeit seines Sterbens.

Der Tag seines Todes war jedes Mal ein Tag der Trauer. Aber sie hatte keine Wahl. Von dem Fleisch konnten sie eine Zeit lang leben. Der Bauer aß es auch, nicht sie, sie aß nie Fleisch.

Den größten Teil verkauften sie an das Hotel *Zum glücklichen Schwein*, das Werbung mit Bio-Fleisch machte und Gäste von überall her anlockte, seit es Mode geworden war, Fleisch aus artgerechter Haltung zu essen, auch wenn der Preis wesentlich höher lag als der für Fleisch aus der Massentierhaltung. Gäste, die ihr schlechtes Gewissen damit beruhigten, sanfte Mörder zu sein.

Dass sie die Leiche seines Vaters danach nicht einfach vergraben hatte, lag daran, dass sie es gewöhnt war, alle Dinge zu verwerten, nichts umkommen zu lassen, weil alles von Nutzen ist. Selbst eine Bauernleiche. Als Magd auf einem Bauernhof, ein Leben lang, hatte sie gelernt nichts zu verschwenden.

Sie hatte es nicht geplant, nicht im Voraus, es hatte sich so ergeben. Das fordernde Grunzen der Schweine im Hintergrund hatte den Gedanken nahe liegend gemacht. Denn in dem Winter, in dem der Bauer starb, war das Futter für die Schweine knapp. Die Ernte war mager gewesen und der Hotelier hatte die Fleischpreise gedrückt.

Sie wusste sehr genau, was man an Schweine verfüttert. Rohe Kartoffeln, rohe Karotten und Rüben, die sie selbst anbauten, Gersten und Maismehl, das sie dazukaufen mussten, und tierisches Eiweiß in Form von entrahmter Milch, Molke oder eben Fleisch, gekochtem Fleisch.

Nach dem Schuss war sie fachmännisch vorgegangen. Sie zog den toten Bauern in den abgeschlossenen Hof, hievte ihn an den Beinen gebunden an einem Flaschenzug hoch, legte eine Lage Stroh unter ihn und schnitt ihm die Kehle durch, traf tief über dem Brustbein die Hauptschlagader und ließ das Blut auf das Stroh laufen. Das Blut würde später auf dem Komposthaufen die Gärung in Gang halten.

Am anderen Morgen war der Körper schön steif, sodass sie das Fleisch zerteilen konnte. Die Knochen wanderten in die Knochenmühle und wurden zu wertvollem Dünger. Das Fleisch geriet Stück für Stück in den riesigen Bottich und kochte lange. Sehr lange. Es stank erbärmlich auf dem ganzen Hof, sauer und bitter. Zwischendurch ließ sie das Ganze abkühlen, teilte es in kleinere Portionen auf und kochte es wieder und wieder. Der Gestank jedoch ließ nicht nach.

Die neue, fremde Kost mischte sie zunächst vorsichtig unter das bekannte, gut verträgliche Futter und wartete einen Tag ab. Als sich keine Verdauungsbeschwerden einstellten, sondern stattdessen ein ungewöhnlicher Appetit, zögerte sie nicht länger. Er reichte als Futter für eine gute Woche.

Die Ferkel waren ganz wild auf den Bauern.

Dann schlachtete sie eines der Ferkel und ging mit einer Hälfte im Karren zum Hotel. Neben das Ferkel häufte sie ein paar Kohlköpfe und Möhrenbündel. Mit dem Hotelier war vereinbart, dass der Veterinär zur Freigabe dorthin kam, nicht auf den Hof, der Bauer und sie scheuten jeden Besuch.

Das Fleisch, das sie verkauften, war immer sehr gut. Dass es jetzt noch von hoher Qualität sein konnte, bezweifelte sie, da der Bauer ein durch und durch schlechter Mensch gewesen war.

Er hatte angefangen, sie als sein Eigentum zu betrachten an dem Tag, als ihre Mutter sie auf seinem Hof abgeliefert hatte.

Da war sie vierzehn und, wie alle sagten, »zurückgeblieben«. Ihre Mutter war heilfroh sie gut versorgt zu haben. Kost und Logis frei, ein Taschengeld und eine Lebensanstellung garantiert. Wer sonst sollte die Drecksarbeit machen? Aber sie war nicht zurückgeblieben. Sie sprach nur wenig und wirkte deswegen teilnahmslos. Ihre Mutter verlangte Dankbarkeit und der Bauer auch. Als die Frau des Bauern starb, trat er ihr auch nahe. Sie ließ es sich stumm gefallen. So wie alles. Einmal hat sein Sohn sie dabei beobachtet. Sie wird seine entsetzten Augen nie vergessen, danach hat er den Hof verlassen.

Es kamen jedoch keine Klagen zwei Wochen später über die letzte Lieferung Fleisch. Der Hotelier war wie immer überzeugt, hochwertiges Grundmaterial in seiner blitzenden Küche zu fantasievollen Gebilden zu verarbeiten. Und so verkaufte sie das Ferkel Stück für Stück.

Sie brachte es auch dieses Mal nicht übers Herz das Fleisch zu probieren, obwohl sie eine gewisse Neugier verspürte. Aber das lag nicht am Bauern. Das lag an dem Schwein, das es einmal gewesen war, mit dem sie sich persönlich verbunden fühlte. Jedes Schwein, das sie aufzog, hatte einen Namen und seine besondere Eigenart. Dieses hier hatte zu Durchfall geneigt und zu Lebzeiten auf dem linken Auge geschielt, es hieß Clarissa. Und keines würde je wieder sein wie Clarissa.

Längst hatte sie das letzte Stück Bauernfleisch an die Schweine verfüttert und sich ihr Leben allein auf dem Hof eingerichtet, Frühling und Sommer genossen. Allein mit der Katze, dem Hund, den Ferkeln, die sie großzog und nach und nach schlachtete, und einer Handvoll Hühnern mit ihrem Hahn.

Wobei ihr die Schweine immer die liebsten waren. Kein anderes Tier kann dem Menschen so nahe stehen, wenn er es zulässt. Sie führten ein wonniges Leben bei ihr. Im Sommer im Freien hatten sie die Möglichkeit sich im Schlamm zu suhlen. Ihre prallen Bäuche der Sonne entgegenzustrecken, und in der kalten Jahreszeit wärmten sie sich dicht aneinander gedrängt im Stall.

Es war ein Herbstabend, als er zurückkam. Die Kastanien des Weges, der den Hof mit dem Dorf verband, kräuselten ihre Blätter. Die Früchte waren eingesammelt, und sie saß auf der Bank neben den drei Eingangsstufen. Von hier aus konnte sie den ganzen Weg hinunter ins Dorf blicken, der schnurgerade war und an dessen Ende das Bauernhaus stand, das jetzt ihr Bauernhaus war.

Hier saß sie gerne, wenn sie mit ihrer Arbeit fertig war, obwohl nie jemand den Weg entlang kam, außer ihr selbst, wenn sie alle zwei Wochen in der Frühe den Handkarren zum Hotel zog, beladen mit Gemüse, Obst und Fleisch, auch Eiern, und wenn sie gegen Mittag zurückkam und der Handkarren leer hinter ihr über das bucklige Pflaster holperte. Im Sommer haben noch Wiesenblumen und Klatschmohn unter den Kastanien geblüht, dahinter lagen weite Wiesen und Acker. Ihr Bauernhaus war das einzige in Sichtweite.

An diesem Abend trug sie wie immer die blauen Arbeitshosen und das karierte Hemd. Ihre Hände lagen in ihrem Schoß. Sie war noch nicht dreißig, schmal und stark. Ihr Gesicht war nicht hässlich, ihr helles Haar in einem Zopf.

Sie hatte den dunklen Punkt am Ende des Weges zuerst übersehen. Aber er wurde größer und bewegte sich. Und sie erschrak. Sie lief ins Haus und stellte sich hinter das Küchenfenster. Sie brauchte zwanzig Minuten für den Weg, mit leerem Karren. Der Punkt hatte schon ein Drittel hinter sich gebracht und war jetzt ganz deutlich zu erkennen: ein Mann.

Sie hatte ihn über zehn Jahre nicht gesehen. Und alles fiel ihr wieder ein, als sie ihn erkannte. Die Szene in der Scheune, sein Vater über ihr und sein Kopf im Tor. Seine Flucht. Das Schlagen des Tores. Das Schimpfen und Poltern des Bauern, wie er hinter ihm herlief. Die Jahre danach, sie und der Bauer allein auf dem Hof, die Qual und die ständige Angst und dann der Tag, als sie zum Bolzenschussapparat gegriffen hatte, ihn an seinen Nacken gesetzt hatte, als er über den Waschtisch gebeugt sich wusch.

Jetzt kam sein Sohn auf das Haus zu und blieb stehen. Dann setzte er sich auf die Bank. Als sie herauskam, stand er auf und gab ihr die Hand. Er hatte sich nicht verändert, seine Augen hatten sich nicht verändert. Als er nach dem Vater fragte, sagte sie ihm, dass er gegangen wäre.

»Er hat es nicht mehr ausgehalten hier, ohne Frau und ohne dich.«

»Du warst doch da.«

»Ja. Ich war da.«

Er wollte das Haus sehen. Sie führte ihn herum, auch in den Stall. Und er war zufrieden, alles so vorzufinden, wie er es verlassen hatte.

»Ich bin zurückgekommen«, sagte er dann.

Sie konnte es ihm nicht verwehren, wieder in seinem Haus zu wohnen, und zog sich zurück in die Kammer, in der sie gelebt hatte, bevor der Bauer starb. Sie fürchtete, dass er wie sein Vater sein könnte, aber er war freundlich und scheu und wagte kaum sie anzusehen.

Nach einer Weile stellte sie fest, dass sie sich zu ihm hingezogen fühlte und gern in seiner Nähe war. Noch nie war jemand so freundlich und sanft zu ihr gewesen. Sie gab sich besondere Mühe beim Kochen, bügelte seine Hemden mit viel Hingabe und versuchte, ihm das Leben auf dem Hof so angenehm wie möglich zu machen. Manchmal hatte sie den Eindruck, dass er ihre Gefühle erwiderte, manchmal schien es nur bequem für ihn zu sein. Dann wieder berührte er ihren Arm ohne Zufall, und ein anderes Mal schien er geistesabwesend, wenn sie ihn ansah oder ansprach.

Sie hatte keine Übung im Umgang mit Menschen. Sie wusste nicht, was sein Verhalten bedeuten konnte, bis er in einer Nacht an ihre Zimmertür klopfte und, als sie öffnete, sich wortlos an sie drängte. Am anderen Morgen war er wieder so, als sie hätte sie die Nacht nur geträumt.

In ihren Augen lebten sie dennoch gut zusammen. Er fragte nie nach seinem Vater. Er mochte die Schweine ebenso wie sie. Und er nahm ihr das Schlachten ab.

Manchmal nahm er ihr auch den Weg zum Hotel ab, so auch an dem Tag, an dem er nicht zurückkam. Jedenfalls nicht um die gewohnte Zeit, sondern erst in der Nacht, so dass sie schon glaubte, es wäre ihm etwas zugestoßen. Und er war nicht allein. Das Lachen kam aus dem Schweinestall und dort fand sie sie auch.

Dieses Mal entschloss sie sich dazu, das Fleisch nicht an die Schweine zu verfüttern, sondern es direkt zu verkaufen. Sie wollte nicht noch einmal den ganzen Gestank in Haus und Hof haben und außerdem waren die beiden jung und nicht zäh, das merkte sie schon beim Zuschneiden. Zusammen wogen sie mehr als drei gemästete Ferkel, was bedeutete, dass drei ihrer Lieblinge ein ungewohnt langes Leben auf ihrem Hof genießen konnten.

Erst als sie mit der Fuhre vor dem Hotel stand, fiel ihr der Veterinär ein, und sie wollte schon kehrtmachen, da kam der Hotelier ihr entgegengelaufen, in freudiger Erwartung, und sagte: »Heute ohne Veterinär. Ist Ihnen das recht? Wir beide wissen doch, dass Ihr Fleisch einwandfrei ist. Brauchen wir einen Veterinär? Die Kosten können wir uns sparen, nicht wahr?«

Sie nickte.

Der Hotelier versicherte ihr zwei Wochen später wortreich, dass er noch nie so würziges und zugleich zartes Fleisch von ihr gekauft hätte. Die Farbe und die Fasern wären von ungewöhnlicher Art. Und der Duft absolut delikat. Der Geschmack geradezu unbeschreiblich, unvergleichlich.

»Nicht zu fassen. Da braucht man nicht mehr nachwürzen«, meinte er. »Wie haben Sie das geschafft?« Und er wollte ihr Geheimnis wissen.

Sie lächelte verlegen und zuckte mit den Schultern.

Dass sie nicht antwortete, war er gewöhnt. »Wenn Sie es mir nicht verraten, werde ich wohl mal vorbeikommen und mir die Tiere anschauen müssen.«

Sie wehrte ab, schüttelte den Kopf, wurde bleich und ihre Hände begannen zu zittern.

»Schon gut, keine Sorge. Nicht, wenn Sie nicht wollen. Wenn ich Sie nur ein einziges Mal einladen dürfte, zu einer Kostprobe. Wenn ich einmal für Sie kochen dürfte.«

Sie zögerte. Sie hatte kein großes Interesse, den Sohn des Bauern oder dieses Mädchen zu kosten.

Aber der Hotelier ließ nicht locker. »Bitte. Ich will es Ihnen beweisen. Ich bin ein Fünf-Sterne-Koch!«

So gab sie schließlich nach.

»Nächsten Samstag! Ich akzeptiere kein Nein«

Natürlich vermisste man das Mädchen, das mit dem Sohn des Bauern weggegangen war, und den Sohn des Bauern auch, doch niemand kam auf die absurde Idee, in der Hotelküche nachzusehen oder den Dünger unter ihren Kohlköpfen zu analysieren. Das konnte man auch von keinem Kommissar erwarten. Obwohl der Kommissar, den man auf diesen Fall angesetzt hatte, sehr entschieden und fähig wirkte. Die Kleidung des Sohnes und des Mädchens hatte sie in winzige Fetzen zerschnitten und auf den Kompost geworfen, da wo auch ihr Blut bereits gärte. Der Kommissar stocherte auch nicht im Komposthaufen herum. Auch das konnte man ihm nicht verübeln, er kam aus der Stadt und hatte eine sehr empfindliche Nase.

Sie hatte nichts in ihrer Kammer, was sie in seinem Fünf-Sterne-Hotel anziehen konnte. Und so fuhr sie noch vom Hotel aus mit dem Bus ins Tal nach Trier. Er sollte sich nicht mit ihr blamieren, sie würde nicht in ihrer Arbeitshose kommen. Sie verlor sich in der ungewohnten Menge und war nicht in der Lage, sich zu entscheiden, und ließ sich schließlich von einer Verkäuferin ein schwarzes, ärmelloses, kurzes Kleid aufreden, eine dünne, glänzende Perlenkette und hohe Schuhe, Nylonstrumpfhosen und einen Friseur, der ihren spröden Zopf in eine Lockenmähne verwandelte. Sie bezahlte mit dem Geld, das sie für den Sohn des Bauern und das Mädchen bekommen hatte, und es blieb noch etwas übrig.

Nichts an ihr sah mehr aus wie eine Magd, nichts mehr wie eine Frau, die Schweine schlachtet. Nur die Hände, die ungewöhnlich groß und kräftig waren und ohne einen einzigen Ring. Aber sie glaubte nicht, dass jemand auf ihre Hände achten würde.

Als sie an dem vereinbarten Samstagabend die Hotelhalle betrat, wurde ihr schwindlig. Sie kannte bis zu diesem Tag nur den Eingang zur Küche im Hof, wo sie ihre Waren ablieferte. Die Füße brannten in den hohen Schuhen, und das enge Kleid nahm ihr den Atem.

Der Hotelier jedoch ließ ihr keine Zeit, die Meinung zu ändern, stürmte auf sie zu, nahm ihr den alten wollenen Mantel ab, den sie widerwillig hergab, und pfiff anerkennend durch die Zähne.

»Kleider machen Leute!«, rief er und ließ seine Augen an ihr auf- und abwandern.

Sie spürte, wie ihr die Röte ins Gesicht stieg und dort blieb. Ihre Wangen waren plötzlich heiß und ihre Lippen trocken.

»Wie darf ich Sie anreden?«

»Anna Bungert«, sagte sie leise, sie war es nicht gewöhnt ihren Namen auszusprechen, und er kam ihr fremd vor.

»Frau Bungert, Frau Anna Bungert«, wiederholte der Hotelier, nach dessen Namen sie nicht fragte, »heute ist ein besonderer Abend für mich und dieses Haus. Und ich hoffe, er wird es auch für Sie.«

Er führte sie in den Speisesaal, eine Hand auf ihrem Rücken zwischen ihren Schulterblättern an einen langen Tisch, der zu ihrem großen Entsetzen nicht für zwei, sondern für viele Personen eingedeckt war. Für zwölf, wie sie mit schnellem Blick zählte. Kaum hatte er sie auf den Stuhl am Kopfende gedrückt, entschwand er durch eine Pendeltür. Sie sah sich um. Kein anderer Tisch war gedeckt. Eine große geschlossene Gesellschaft, und der Hotelier und sie würden nicht allein sein. Unruhe überfiel sie.

Vor ihr lagen silberne Messer, Gabel und Löffel in vielen verschiedenen Größen, blinkende Kristallgläser standen aufgereiht, und die Teller hatten einen goldenen Rand. Die Tischdecke war steif gebügelt. In der Mitte ragten drei Kerzenleuchter auf, deren rote Kerzen darauf warteten, angezündet zu werden. Nur vor ihrem Teller stand kein Namensschild.

Am Ende des Saales war ein Rednerpult vor einer Leinwand aufgebaut, auf der in großer Schrift der Name des Hotels flimmerte, *Zum glücklichen Schwein*, zusammen mit einem Schweinekopf mit einem Rosmarinzweig im lachenden Maul. Vor dem Rednerpult waren in gebührender Entfernung noch einmal zwölf Stühle in zwei Reihen aufgestellt.

Nach und nach kamen junge Männer herein, beachteten sie nicht und suchten sich murmelnd in den beiden Stuhlreihen einen Platz. Männer in schwarzen Anzügen und weißen Hemden, glatten Gesichtern und kurzen Haaren. Sie scharrten mit den Füßen und rutschten auf den Sitzen hin und her, auf seltsame Weise sahen sie alle gleich aus.

Dann kam auch der Hotelier zurück und an seiner Seite ein wütend aussehender Mann von besonderem Ausmaß. Er hatte einen weißen, gestutzten Bart und eine weiße, wehende Haarpracht, sein Gesicht war rot, und seine Augen darin waren klein und blitzten in grellem Blau. Er nahm in der Mitte in der ersten Reihe Platz und war demnach die Hauptperson des Abends.

Jetzt holte der Hotelier sie vom Esstisch zu den Stuhlreihen und stellte sie vor: »Anna Bungert. Die Fleischlieferantin des Hotels. Michel Promeneur. Der berühmte Gourmetpapst.«

»Ach! Hören Sie mit dem französischen Firlefanz auf. Ich heiße Michael Wanderer«, protestierte der wütend aussehende Mann und fuchtelte mit seinen dicken kurzen Armen herum.

Sie sollte an seiner linken Seite sitzen. Zu seiner Rechten nahm der Hotelier mit einem Seufzer Platz, als hätte er eine große Leistung vollbracht. Im gleichen Moment stand Michael Wanderer auf, stellte sich hinter das Mikrophon und ergriff das Wort. Das Hotellogo verschwand sofort zugunsten einer riesengroßen, überdimensionalen Zunge, deren Ränder in verschiedene Bereiche aufgeteilt waren und die in einem dunkelroten Schlund endete. Die Zunge war großporig und höckerig, die Mitte durchzog eine tiefe Rille.

Striche und Pfeile führten zu der Erklärung, dass die Zungenspitze für süße, die vorderen Seiten für salzige, der darauf folgende Bereich für saure und der hintere Rand schließlich für bittere Speisen zuständig sein sollte, was sie insgesamt für sehr unwahrscheinlich hielt, da die Zeichnung den größten Teil der Zunge, die gesamte mittlere Fläche, anscheinend für völlig bedeutungslos erklärte. Welche Verschwendung der Natur, wenn dies wahr wäre.

Michael Wanderer korrigierte die Zeichnung nicht, er würdigte die wohlgemeinte technische Ausstattung des Hotels mit keinem Blick.

»Heute haben wir eine junge Dame hier«, seine Stimme war donnernd, nur sie konnte gemeint sein, sie war die einzige Frau, seine Augen fixierten sie, »die, wie mir unser Hotelier versichert, Fleisch von völliger, absoluter Reinheit und allerhöchster Qualität herzustellen vermag. Wir wollen nicht in ihr Geheimnis dringen, wissen jedoch mit an Sicherheit grenzender Wahrscheinlichkeit, dass ihre Tiere – junge Schweine – in Harmonie und Eintracht, völliger Abgeschiedenheit und unberührter Natur leben. Und das ist das Ergebnis. Sie haben zu Lebzeiten keine lange Reisen unternommen und haben nicht erbarmungswürdig in Ställen zusammengepfercht ein grausames Dasein gefristet. Und was lernen wir daraus?«

Neun fragende Gesichter.

»Kalifornische Weine!«, fuhr er übergangslos fort und mit plötzlicher, rasender Wut. »Wenn ich das schon höre! Wenn Sie glauben, der Kerosingestank würde nicht durch den Korken dringen, sind Sie hier fehl am Platz, mein Herren! Er tut es!«

Niemand wollte fehl am Platz sein, sie duckten sich unter dem Gebrüll.

»Wenn Sie glauben, abertausende Kilometer Transport würden ihm nichts anhaben, dann vergessen Sie diesen Beruf, werden Sie Krämer! Oder Kiwis! Kiwis isst man in Neuseeland. Sind wir hier in Neuseeland?«

Die neun schüttelten die Köpfe wie Marionetten, und Anna Bungert fragte sich, was Kiwis sind.

»Afrikanische Erdbeeren, irische Butter, das Zeugs muss doch auch alles hergeflogen werden. Das verpestet die Umwelt, und die Umwelt ist nicht irgendwo, sie ist genau hier, wo Sie Ihr erbärmliches kleines Leben führen. Servieren Sie gefälligst den Wein der Region, meine Herren! Kochen Sie heimisches Gemüse, das dort wächst, wo Sie arbeiten! Mohren, Rüben, Kohl! Butter von Nachbars Kuh, Erdbeeren aus Großmutters Garten und schließlich Fleisch, wie diese Frau es anscheinend liefern kann. Und genau das werde ich jetzt überprüfen.«

Er verließ prompt das Rednerpult und stapfte auf den Esstisch zu. Schon wirbelten Kellner herbei, zündeten die Kerzen an, und alle folgten ihm brav und ohne Murren.

Jetzt stand ein Namensschild vor ihrem Teller. Anna Bungert, direkt neben Michael Wanderer. Es sah gut aus, den eigenen Namen in goldener Schrift zu sehen, es machte sie zu einer wirklichen Person.

Die Kellner schleppten Schüsseln und Schalen und tischten auf.

Und wieder kam es zu einer Rede, als der Hotelier an sein Glas klopfte, umständlich aufstand und erklärte, dass sich die Herren ja mit besonderer Sorgfalt dem Fleisch und seiner Zubereitung widmen sollen und er gespannt auf ihr Urteil sei.

»Ich habe es nur kurz von beiden Seiten vier Minuten angebraten, es muss innen noch rosa sein ohne zu bluten. Ich habe es in keiner Weise gewürzt, um nicht den Eigengeschmack zu beeinflussen. Das Öl ist reines Rapsöl. Ich persönlich bin der Meinung, in meinem Leben nie etwas Besseres gegessen zu haben, und ich habe schon viel probiert. Ich habe die fünf Sterne nicht umsonst. Meine Zunge ist verwöhnt und überaus kritisch.«

Und dann aßen sie es alle. Und es war still im Saal bis auf das Geräusch der schneidenden Messer auf den Tellern. Sie bekam keinen Bissen herunter und starrte in das flackernde Kerzenlicht.

Jetzt. Jetzt.

Tatsächlich sprang Michael Wanderer auf, tat einen Schrei gegen den gläsernen Himmel des Hotels, wie ein sterbender Bär, und brüllte: »Mein Gott!« Er trommelte mit den Fäusten wie besessen auf die Tischplatte. »Darauf habe ich ein Leben lang gewartet!«

Und dann fiel er erschöpft auf den Stuhl zurück. Die neun Nachwuchsköche machten überraschte, ahnungslose Gesichter, sie hatten nichts Außergewöhnliches feststellen können.

Nach ein paar Bissen, die Michael Wanderer langsam und mit geschlossenen Augen kaute, in seinem Mund hin und her spülte wie einen guten Wein, beugte er sich zu ihr vor und flüsterte, wobei kleine Speisereste aus seinem Mund fielen: »Das, meine Liebe, ist kein Schwein.«

Er kaute.

»Kein Rind.«

Er kaute.

»Kein Lamm, kein Geflügel, kein Wild, nicht einmal Pferd. Es gibt noch eine einzige Art Fleisch, die ich nicht erwähnt habe.«

Er kam noch näher, und sie roch Alkohol und Nikotin. Sein Gesicht war jetzt noch röter, und sie fürchtete, dass ihm die Aufregung, die ihn offensichtlich befallen hatte, nicht bekommen könnte.

»Und nur wir beide wissen, was ich meine.«

Sie nickte vorsichtig und bereitete sich vor. Es war soweit.

»Wir beide begeben uns jetzt auf Ihren Hof. Ganz still und leise. Ohne Aufhebens.«

Sie schüttelte den Kopf.

»Und Sie zeigen mir die ... Strauße.«

Sie stutzte. Zwanzig Minuten den Weg entlang, vielleicht würden es mehr, er war nicht mehr nüchtern und in den hohen Schuhen war sie nicht schnell. Sie brauchte Zeit zum Überlegen. Zeit.

»Wir gehen zu Fuß«, sagte sie plötzlich und viel zu laut, dass alle es hörten und sich nach ihr umsahen. Sie hatte den ganzen Abend noch kein Wort gesagt.

»Auch das, wenn Sie wollen.«

Michael Wanderer hatte es jetzt eilig. Er wischte sich die Speisereste mit dem Handrücken aus den Mundwinkeln, ließ den Rest des Weines in seine Kehle laufen und stand auf. Sein

Stuhl kippte um, als er ihn zurückschob, und er stieg achtlos über die Beine. Seine Hand umfasste ihr Handgelenk, und er zog sie an seiner Seite hinaus.

Der Hotelier war verzweifelt über das jähe Ende der Veranstaltung. Ohne Michael Wanderer und Anna Bungert schien das gesamte Fest zerstört. Am meisten aber litt er unter der Tatsache, dass er nicht wusste, was sie vorhatten. Trotz aller Bemühungen hatte er kein Wort verstanden, das Michael Wanderer geflüstert hatte. Dabei war er doch derjenige gewesen, der sie zusammengebracht hatte. Wäre es da nicht Wanderers Pflicht und Schuldigkeit gewesen, ihn einzuweihen? Anstatt mitten im Hauptgang sein Hotel zu verlassen. Und zu Fuß! Soweit er wusste, ging Michael Wanderer nie ein einzigen Schritt zu Fuß, das verbot sich bei seinem Körperumfang von selbst. Und wohin? Etwa zu Anna Bungerts Bauernhaus, dessen Zutritt sie ihm, ihrem Entdecker und Förderer, bisher verweigert hatte? Und wenn sie vorhatten, in Zukunft ihr Geschäft ohne ihn abzuwickeln? Er blieb mit einem Berg unbeantworteter Fragen zurück und ohne Appetit auf das Zitronensorbet, während die Nachwuchsköche, befreit von der Nähe des wortgewaltigen Vorbildes, kräftig zulangten, als sei nichts geschehen. Sie lachten sogar.

Im Foyer des Hotels half Michael Wanderer ihr in den Mantel und hielt ihr die Tür auf. Beides empfand sie als angenehm, beides war ihr noch nie widerfahren.

Den ganzen Weg entlang summte er. Er war guter Dinge. Zwischendurch rieb er sich den enormen Bauch, einmal rülpste er. Seine Schritte waren nicht gleichmäßig, und sie drängte ihn nicht. Dennoch schien der Weg kürzer zu sein als sonst. Zu kurz. Es wollte ihr einfach keine andere Lösung einfallen.

Auf dem Hof zeigte sie ihm den Stall, die Schweine, die Hühner und den Hahn, die Katze und den Hund.

»Mädchen«, brummte er ungeduldig, »ich will nicht deinen gesamten Hausstand sehen, zeig mir endlich die Strauße.«

»Es gibt keine.«

Er begrub einen Hocker unter seinem gewaltigen Hintern und sagte: »Ich habe Zeit.«

Schließlich nahm sie den Bolzenschussapparat aus der Wandhalterung und hielt ihn in ihren Händen, während sie sprach, und sie stellte fest, dass es schwerer war es auszusprechen als es zu tun. Es hörte sich auf einmal wie ein Verbrechen an, so grausam und brutal. So war es ihr nicht vorgekommen. Es war ein Handwerk gewesen und selbstverständlich. Als sie alles gesagt hatte, zielte sie auf seine Stirn, aber er trat keinen Schritt zurück und anstatt entsetzt zu sein, wie sie es erwartet hatte, weiteten sich seine Augen ... vor Bewunderung. Er zeigte keine Angst und keine Abscheu. Nur echte Bewunderung. Verehrung geradezu, Ehrfurcht fast. Ein Mann wie er, der alles in Grund und Boden toben konnte, der die Welt gesehen hatte und wusste, was Kiwis sind, dieser Mann sah aus, als würde er gleich vor ihr auf die Knie fallen.

Es war diese Reaktion, die sie aus der Fassung brachte und das gute Gefühl, das sich dabei einstellte. Schon wieder. Erst das Kleid, das sie veränderte, ihr Name in goldener Schrift, und jetzt das.

Er nahm den schweren Bolzenschussapparat aus ihren Händen, legte ihn vorsichtig auf den Boden zwischen sie, und zog ihre Hände an seinen Mund. Als sie seine Lippen spürte, zuckte sie zusammen. Er streichelte die rauen Handrücken mit seinen Daumen. »Diese Hände sollten nicht schlachten«, sagte er nachdenklich und heftete seine Augen auf sie: »Du liebst deine Schweine, nicht wahr?«

»Ja.«

»Mehr als alles auf der Welt? Warum schlachtest du sie dann?«

Sie sah ihn fragend an und zuckte mit den Schultern.

»Du musst, ich weiß. Aber ich könnte dir helfen.«

»Ich ...«

»Wir könnten einen Weg finden ... zusammen. Ich könnte jemanden einladen, damit du die Schweine nicht mehr schlachten musst. Ich kenne viele Leute.«

»Und der Veterinär?«

Er füllte den Stall mit seinem Lachen. »Wo war der Veterinär, als du den Sohn des Bauern und das Mädchen ins Hotel geliefert hast?«

Sie machte die Handbewegung, die man macht, wenn etwas durch Zauberhand verschwunden ist.

»Niemand wird hier etwas finden, nicht wahr? Ich habe auch nichts gefunden. Sagtest du nicht, der Kommissar war schon da?«

Eine Weile sahen sie sich stumm an, und dann sagte sie leise: »Sind sie jung?« Sie erschrak selbst über ihre Frage.

»Ja«, er lächelte, »es wird gutes Fleisch sein, wir werden unserem Ruhm alle Ehre machen. Gut und ökologisch ernährt, keine Raucher, keine Trinker.«

Wie seltsam es sich anhörte, als er sagte *unserem* Ruhm. Und wie gut.

»Viele?«

»Ja«, sagte er, »neun.«

An den folgenden Tagen wollte er alles über die Schweine wissen. Von der Zeugung bis zum Tod. Er hatte Schwierigkeiten, sie auseinander zu halten, nachdem sie ihm ihre Namen genannt hatte, weil er meinte, sie sähen alle gleich aus. »Schwein ist Schwein.«

Da zeigte sie ihm die kleinen Unterschiede, die sie zu Einzelwesen machten. Ein Muttermal am Hals, ein Schlappohr hier, ein Unterbiss dort. Martin mit seinem ungestümen Wesen und Josef, der besonders anlehnungsbedürftig war. Berta, die in der Lage war, kleine Kunststückchen vorzuführen. Sie sprang mit fröhlichem Quieken über einen Stock, ohne mit den Hinterbeinen hängen zu bleiben, und vollführte anschließend einen Purzelbaum. Zugegeben, der Purzelbaum war noch nicht perfekt, daran mussten sie noch arbeiten. Aber vom Ansatz her bewies er Talent.

Eine gute Woche später saßen sie zusammen auf der Bank neben den drei Eingangsstufen, ihre Hand in seiner, und sie sahen auf den schwarzen Punkt am Ende des Weges, der sich bewegte und größer wurde. Zwanzig wunderbare Minuten lang. Es war ein herrliches, erregendes Gefühl und drüben im Stall jubelten die Schweine.

Der freie Tag

Mechthild Breuer war auf der A 1 auf dem Heimweg. Sie hatte heute ihren freien Tag, an dem sie ihre Mutter in Nettersheim besucht hatte. Ihr zuliebe trug sie ihre roten Haare noch hochgesteckt, hatte auf jegliche Schminke verzichtet, das dunkelblaue, strenge Kostüm mit der hellblauen Rüschenbluse und die dazu farblich passenden Pumps angezogen. Alle Klunker abgelegt, ihr Parfüm nur kurz und dezent aufgesprüht. Sie wollte ihrer Mutter eine Freude machen.

Das war ihr gelungen. Einen netten Tag hatten sie verbracht. Mittagessen, Kaffeetrinken, bis sie letztendlich doch wieder zum leidigen Thema Heirat gekommen waren. Früher – so erzählte Mutter zum hundertsten Male und Mechthild verdrehte dabei wie stets die Augen – früher, da mussten die Mädchen spätestens Anfang zwanzig unter der Haube sein, wenn sie noch anständig versorgt sein wollten. Alle Mädchen in Nettersheim in Mechthilds Alter waren verheiratet. Mutter wollte nicht verstehen, dass es ausgerechnet Mechthild nicht gelingen konnte, einen Mann zu finden, so hübsch wie sie war.

Was war mit ihrem Chef?

Sie ging davon aus, dass ihre Tochter Vorzimmerdame war. Sie wusste nichts von ihrem wirklichen Berufsbild, wusste nicht, dass Mechthild selbstständig war. Sie hatte keinen Chef. Das hatte Vorteile und Nachteile: Jedenfalls, in einem Beruf wie sie ihn hatte, lernte man keinen Mann fürs Leben kennen.

Angeblich sollte es ja welche geben, die einen da herausholten nach dem Motto: »Was macht ein hübsches Mädchen wie du hier?« Aber Mechthild hatte das noch keiner gefragt. Und ein Mädchen war sie schon lange nicht mehr. Der Zug war abgefahren. Jetzt galt es noch ihre Schäfchen ins Trockene zu bringen. Und das hatte sie vor.

Mechthild hielt sich am Autobahnende bei Blankenheim links in Richtung Hillesheim. Es war wieder einmal im Gespräch, die Lücke in der A 1 zwischen Blankenheim und Prüm endlich zu schließen. Für Mechthild Breuer wäre das der Supergau. Sie konnte nur hoffen, dass es noch so lange dauern würde, bis sie den Absprung gefunden hatte. Aus eigener Kraft. Ohne den Prinzen. Sie sparte dafür eisern jeden Euro, der hereinkam, und legte ihn sicher an.

Auf der B 258 fuhr sie zunächst in geringem Tempo weiter und nahm sich Zeit für einen Blick auf die Wohnwagen und Wohnmobile, die mehr oder weniger versteckt links und rechts am Straßenrand standen. Nur einer von ihnen war dunkel.

Die Nachfrage hielt sich in Grenzen. Sonntags, früher Abend, war nicht gerade die »rush hour«. Vor allem kein LKW-Verkehr. Man bastelte auch an einer Aufhebung des Sonntagsfahrverbots für LKWs, hatte sie irgendwo gelesen oder gehört. Dagegen wiederum hätte Mechthild Breuer überhaupt nichts einzuwenden.

Bald befand sie sich auf dem geraden Stück der B 258, das leicht bergauf eine schmale Schneise in den Wald schlägt. Sie schaltete die Scheinwerfer ein, obwohl das Tageslicht erst auf der Kippe stand. Der Himmel über ihr zwischen den Baumwipfeln war wolkenverhangen. Eben hatte sie noch mit Mutter draußen im Café gesessen. Jetzt sah es aus, als gehe die Welt gleich unter.

Schon von weitem sah sie auf dem Seitenstreifen den Mann winken, er war nicht allein, nein, hinter ihm, leicht schräg im

Straßengraben, lag sein vermutlich defektes Auto. Ein spontanes Gefühl der Schadenfreude konnte sie sich nicht verkneifen. Da würde er lange stehen können.

Mechthild wollte schon mit einem Lächeln und einem freundlichen Winken an ihm vorbeiziehen, als sie im letzten Moment aus den Augenwinkeln die Erinnerung traf wie ein Blitz.

Irritiert nahm sie den Fuß vom Gas, zögerte die Weiterfahrt hinaus und trat schließlich auf die Bremse. Ein langer Blick in den Rückspiegel.

Er war es!

Nicht, dass Mechthild ein besonderes Verhältnis zu Autos hätte, nein, aber trotzdem konnte sie sich Autos eher merken als Gesichter, jedenfalls die der Männer, die sie aufsuchten.

Er war es! Keine Frage.

So lange war das noch gar nicht her. Wie ein Walfisch war es ihr vorgekommen, das Auto. Es gibt nicht mehr viele davon, hatte der Besitzer beteuert. Sie erinnerte sich genau, wie stolz er darauf gewesen war.

Welch himmlische Fügung, dass sie ihn hier antraf und in dieser Situation. Angewiesen auf ihre Hilfe. Mechthild würde sie ihm gewähren. Nichts lieber als das.

Sie ließ sich zurückrollen, bis sie auf gleicher Höhe zum Stehen kam. Der Mann davor war unauffällig, hatte ein nichts sagendes Allerweltsgesicht mit einer ebensolchen Frisur und Figur und war von unbestimmbarem Alter.

Dass er sie nicht sofort erkannte, war sie gewöhnt. Später würde er es tun. Da war sie ganz sicher.

Erste vereinzelte Regentropfen landeten satt und ungewöhnlich dick auf der Windschutzscheibe, als Mechthild ihr Äußeres im Rückspiegel überprüfte. Sie zog eine Strähne glatt, leckte sich über die Lippen und ließ die Seitenscheibe heruntergleiten.

Der Mann schlug den Kragen seines Jacketts hoch, trat näher und bückte sich ein wenig zu ihr herab.

Mechthild bemühte sich um einen säuselnden, Vertrauen einflößenden Ton. »Brauchen Sie Hilfe?«

»Wie man sieht.«

Oh, er sollte freundlicher sein, dachte sie.

»Ich kann hier nicht einmal telefonieren«, beschwerte er sich.

»Nein«, sagte sie lächelnd und musterte den Wal. Er war dunkelrot bis auf das schwarze, lang gezogene Dach. Er hatte Weißwandreifen. Naturfarbene Ledersitze. Er war blitzblank gewienert. Und er hatte ein Dauner Kennzeichen. Er hatte alles, was sie wollte. Damals war er auf der Flucht gewesen, heute sah er gestrandet aus. Der Arme. All seine Schönheit nichts wert.

»Wahrscheinlich ein verdammtes Funkloch, die ganze Eifel.«

»Wer weiß?«

»Und jetzt?« Verzweifelt war das Allerweltsgesicht.

»Soll ich Sie vielleicht ein Stück mitnehmen?«, säuselte Mechthild weiter.

»Das wäre nett«, sagte er ohne es wirklich so zu meinen. Es schien ihm eher eine Selbstverständlichkeit. Wie naiv zu glauben, dass er keinen Preis dafür zahlen müsste. Wie naiv!

Geschäftig langte er nach einer Aktentasche auf dem Rücksitz, schloss seinen Wagen ab und stieg ohne zu zögern um. Männer denken sich nichts dabei, bei einer fremden Frau ins Auto zu steigen. Männer können sich das leisten. Das und noch viel mehr, dachte Mechthild bitter, und die Erinnerung ließ ihre Lippen schmal werden.

Er ließ sich neben sie fallen, legte die Aktentasche auf seine Knie und faltete die Hände darauf.

»Wo müssen Sie denn hin?«

»Hillesheim.«

»Ach, so ein Zufall. Ich auch. Wohnen Sie schon lange dort?«

»Nein.«

»Sonst wären wir uns ja auch schon einmal über den Weg gelaufen.«

In Gedanken bei seinem Walfisch, nach dem er sich ein letztes Mal umdrehte, war er nicht weiter ansprechbar. Sicher hätte er ihn unter normalen Umständen nie allein gelassen. Schon gar nicht mitten auf der Landstraße. Schon gar nicht bei Regen.

»Was ist denn mit Ihrem schönen Auto passiert?«, fragte Mechthild nebenbei und schaltete die Scheibenwischer ein.

»Nur vorne der rechte Reifen ist geplatzt. Sonst ist er top.«

»Und einen Reservereifen haben Sie nicht zufällig dabei?«

Die Antwort war ein eisiges »Nein«.

Schweigend fuhren sie nebeneinander immer tiefer in die Eifel, den Abend und einen gewaltigen pechschwarzen Schauer hinein. Bald lief das Wasser in Bächen von der Straße. Ihr Beifahrer machte sich nicht die Mühe einer Konversation.

Als sie aufs freie Feld kamen und sich dem Kreisverkehr näherten, versuchte er wieder zu telefonieren.

Die erste Anwahl ging ins Leere, obwohl er es ausdauernd klingeln ließ, ehe er aufgab.

»Der ADAC?«, fragte Mechthild einfühlsam nach.

Er nickte.

Bei der nächsten Nummer schien sich nur die Mailbox gemeldet zu haben, denn er sprach mit automatischer Stimme zu einer Person, die er nicht mit Namen anredete. Mutter oder Ehefrau? Er informierte sie über den Stand der Dinge und erwähnte zum Schluss, dass er auf dem Wege nach Hause sei, weil ihn jemand mitgenommen habe.

»In einer halben Stunde bin ich spätestens da«, versprach er.

Wie sicher er sich war! So wie es aussah, würde er den Termin nicht einhalten können, dachte Mechthild, beugte sich weit vor, um draußen überhaupt noch etwas erkennen zu können.

»Haben Sie auch abgeschlossen?«, fragte sie ihn nach einer Weile und musterte ihn von der Seite her.

Sein entsetzter Blick sprach Bände. Er wusste es schon nicht mehr. Schweiß bildete sich auf seiner Stirn, und er lockerte seine Krawatte. Fieberhaft suchte er dann nach dem Schlüssel, wurde aber nicht ruhiger, als er ihn aus seiner Anzugtasche zog.

»Na ja, wird schon gut gehen. Ein Auto mit einem Platten ist ja nicht so leicht zu klauen. Obwohl bei so einem Auto, wer weiß, da könnte man sich schon was einfallen lassen ...«

Wie das Blut sich in seinem Kopf staute!

Was für ein dankbares Opfer er war.

»Was ist denn das eigentlich für ein Auto? So eines habe ich ja vorher noch nie gesehen.«

»Ein Citroen DS 23«, kam es wie aus der Pistole geschossen aus seinem Mund, und seine Hände krampften sich in wachsender Panik um die Aktentasche. »Baujahr 1972, 115 PS. Der berühmte Wal, wenn Ihnen das was sagt!«, stieß er voller Abschiedsschmerz hervor, als hätte er ihn schon verloren.

»Sehen Sie«, rief Mechthild erfreut und erleichtert aus. Sie hatte sich nicht geirrt! »Das habe ich mir gleich gedacht, als ich ihn gesehen habe. Wie ein Wal.«

»Es gibt nicht mehr viele davon. Auf der Welt, meine ich. Und in Deutschland erst recht nicht. Und hier in der Gegend bin ich der Einzige. Garantiert.«

Er wiederholte sich.

Danach hatte Mechthild keine Fragen mehr. Große Ruhe und Zufriedenheit überkamen sie. Sie verlangsamte das Tempo, lehnte sich entspannt in den Rücksitz, drehte das Radio auf und klopfte den Takt des Liedes auf dem Lenkrad mit.

Artig ließ sie den Traktor vor, der aus einem Feldweg scherte und mit 30 weiterrattern würde bis Gott weiß wohin. Sie hatte alle Zeit der Welt, und der Bauer kennt keinen Sonntag. Er hatte wohl erst vor dem Regen die Waffen endgültig gestreckt. In seinen Ackerfurchen stand das Wasser. In den Profilen der riesigen Reifen klebte die Erde und fiel in Klumpen herab. Mechthilds Nachbar scharrte mit den Füßen, und sie wartete, dass er etwas sagen würde.

Prompt fragte er: »Wollen Sie etwa die ganze Zeit hinter dem herfahren?«

»Ja.«

Unverständnis. Kopfschütteln.

Sie entlockten Mechthild nur ein Lächeln.

Die Straßen von Hillesheim waren trocken. Mechthild hielt vor einem mehrstöckigen Haus in der Augustiner Straße, in dessen Erdgeschoss sich ein Ladenlokal befand. Damenmode. Hier hatte sie sich das dunkelblaue Kostüm zugelegt. Sie stiegen beide aus.

»Ich muss noch zwei Straßen weiter«, sagte er unentschlossen, klemmte die Aktentasche unter den Arm und schlug die Türe zu, wandte sich ab und stapfte davon.

»Ich habe oben die Rufnummer eines zuverlässigen Notdienstes!«, rief sie ihm nach.

Er blieb stehen, ohne sich umzudrehen.

»Wenn Sie wollen, ich mach Ihnen auch 'nen Kaffee in der Zwischenzeit.«

Als er sich langsam zu ihr umwandte, war er so mürbe und so fertig, dass er nur noch nicken konnte.

»Kommen Sie nur! Kommen Sie!«

Sie ging voraus, und er folgte ihr die Treppe hinauf. Sie spürte seinen Blick auf ihren Beinen, als sie ihn hinter sich fragen hörte: »Sie sind ganz schön mutig, einen fremden Mann mit in Ihre Wohnung zu nehmen. Kann da nicht Gott weiß was passieren?«

»Doch«, sagte sie, blieb auf einer Stufe stehen, sah hinab auf ihn und lächelte vage.

Und so war es.

Oben in ihrer kleinen Wohnung, kaum war die Tür hinter ihnen ins Schloss gefallen, öffnete sie ihre langen Haare und schüttelte die dunkelblauen Pumps von den Füßen, ließ das Kostüm mitsamt Rüschenbluse zu Boden fallen, stand plötzlich da vor ihm, in schwarzen Dessous samt Strapsen.

Ihm fielen die Augen aus dem Kopf, starr vor Schreck, öffnete er den Mund zu einem stummen Schrei, trat einen Schritt zurück und griff Hilfe suchend nach der Klinke.

Aber Mechthild Breuer war schneller, presste ihn gegen die Tür und – ohne Licht zu machen – fiel sie über ihn her. Ohne einen Kaffee oder die Chance auf ein Telefongespräch vom Festnetz aus wurde er von ihr nach allen Regeln der Kunst und zunächst gegen seinen ausdrücklichen Willen verführt.

Halb zog sie ihn, halb sank er hin. Und obwohl ihm nach Sex erst nicht der Kopf zu stehen schien, legte sich das bald. Mit wenigen gezielten Handgriffen brach sie seinen Willen. Kein Wunder.

Wer könnte mehr davon verstehen als Mechthild Breuer, die sich während ihrer Geschäftszeiten im Wohnwagenbereich am Autobahnende bei Blankenheim Susie nannte. Und dort an ihrer goldblonden Perücke, schwarzen Lack-High-Heels bis zum Umfallen, einem roten Plüschcape und schwarzen Dessous samt Strapsen zu erkennen war.

Aber jetzt war der Spaß vorbei. Sie zerrte ihn aufs Bett, fesselte ihn mit den Handgelenken an das Bettgestell. Sie hatte immer ein paar silberne Handschellen im Nachttisch für unerwarteten Besuch.

Rittlings setzte sie sich auf ihn und beugte sich über ihn, so dass ihre lockige Mähne über sein Gesicht fiel. Noch hielt er es für ein Spiel. Voller Wonne schloss er die Augen und stöhnte schon im Voraus auf, als sie ganz nah und völlig unerotisch in sein Ohr zischte.

»Falschgeld!«

Entsetzt fuhr er aus seinen Fantasien. »Was?«

»Du Schwein!«

»Ich? Wieso? Ich hab doch gar nichts gemacht.«

»Du elendes Schwein! Es war Falschgeld!«

»Aber ich kenn Sie doch gar nicht. Ehrlich nicht.«

»Nein, natürlich nicht, du warst auch noch nie bei mir. Ich weiß, das sagen alle.«

»Wirklich nicht!«

»Ach, vergiss es!«

»In meiner Hose steckt mein Portemonnaie, nehmen Sie sich, was Sie wollen. Von mir aus auch alles.«

»Das reicht mir nicht, ich will eine Entschuldigung, eine Erklärung, eine ...«

»Aber ich war es doch nicht! Ehrlich!«, bettelte er und faltete flehend die Hände in den Handschellen.

Mechthild stellten sich die Nackenhaare auf.

»Können wir das nicht hinterher klären?«, hörte sie seinen letzten, kläglichen Versuch, doch noch zum Zuge zu kommen, bevor ihr der Kragen platzte.

Wütend sprang sie von ihm herunter und schleuderte eine Wolldecke über ihn. Verzweifelt strampelte und tobte er darunter, während sie das Messer mit dem silbernen Knauf aus der Schublade zog, dass sie ebenfalls immer für unerwarteten Besuch in ihrem Nachttisch verwahrte.

Wahllos stach die Klinge durch die Decke zu. Immer wieder. Immer wieder. An verschiedenen Stellen. So lange bis es endlich ruhig darunter war und das Blut hellrot durchsickerte.

Dann hob sie seine Hose vom Boden auf. In der Gesäßtasche fand sie seine Brieftasche. Sie könnte sie plündern, aber das war nicht ihre Art. Sie war keine Diebin. Sie nahm sich nur, was ihr zustand, einen 100-Euro-Schein für damals und einen weiteren für heute und überprüfte beide mit dem neuen Stift sorgfältig auf Echtheit. Er hatte Glück, beide Scheine bestanden den Test. Sie wusste nicht, was sie mit ihm gemacht hätte, wenn das Ergebnis anders ausgefallen wäre.

So verschnürte sie ihn zu einem Paket und brachte ihn im Schutz der nächtlichen Dunkelheit zurück zu seinem geliebten Auto. Seinem Wal hatte niemand etwas angetan.

Sie setzte ihn hinter das Steuer, legte seinen Kopf an die Kopfstütze und schob die Fahrertür sanft aber bestimmt zu und atmete tief durch. Sie war ins Schwitzen gekommen von der körperlichen Anstrengung, aber auch die Luft war schwül nach dem Regen.

Es war das erste Mal. Spontan und ohne Plan hätte das Ganze auch als Schuss nach hinten losgehen können. Aber es war besser gelaufen, als sie gedacht hatte. Reibungslos. Sie musste zu Hause nur noch das Bett frisch beziehen und sich bei Gelegenheit eine neue Wolldecke zulegen. Und ihr blieb von ihrem freien Tag zumindest noch ein freier Abend. Abgesehen von dem guten Gefühl.

Als sie dem Wal zum Abschied freundschaftlich aufs Dach klopfte, klingelte in seinem Inneren ein Handy. Mechthild konnte nicht widerstehen, fischte es unter der Wolldecke mühsam aus der Brusttasche des Jacketts des Fahrers und fragte mit belegter Stimme: »Ja?«

Eine weibliche Stimme keifte sofort los: »Wo bleibst du denn? Du hast gesagt, in einer halben Stunde bist du hier. Es darf doch wohl nicht wahr sein, dass diese elende Karre schon am ersten Tag liegen geblieben ist. Ich hab dir doch gleich gesagt, lass die Finger von dem Auto.«

Bitte ein Bit

Sein Leben war eine einzige Pleite gewesen.

Schon bei seiner Geburt hatte es Schwierigkeiten gegeben. Nachdem man ihn dann schließlich per Kaiserschnitt zwangsweise ans Licht von Bitburg befördert hatte, war er lange Zeit der Mittelpunkt in der Familie. Udo, das Sorgenkind. Udo, der Star.

Er war ein besonders hübsches Kind gewesen, eines, das immer lächelte, mit reizenden Grübchen und lockigem Blondhaar.

Er habe nichts zurückbehalten, hieß es, medizinisch gesehen. Gott sei Dank, sagten alle. Er sei nur zu schwer gewesen für eine normale Geburt.

Das Dicke war nicht weggegangen. Ein Leben lang.

Bis zu dem Tag, an dem er vor Johanns Tür stand, da war er mager wie eine Hand voll Knochen, grau im Gesicht, mit kahl rasiertem Schädel, abgetragenen Klamotten, einer vergammelten Sporttasche in den Händen, nur noch ein Schatten seiner selbst.

Das strahlende Lächeln war ihm wohl vergangen.

Es war spät, kurz nach Mitternacht, also kaum die richtige Zeit, jemanden zu besuchen, den man jahrelang nicht gesehen hatte. Auch wenn es der eigene Bruder war.

Ihre Wege hatten sich getrennt. Nie hatten sie ein Wort miteinander wechseln können, ohne aneinander zu geraten, und ihr jugendlicher Ehrgeiz bestand vor allem darin, sich gegenseitig auszutricksen.

Udo hatte seine Heimatstadt verlassen und mehrere Laufbahnen eingeschlagen, während Johann geblieben war und wie sein Vater in der Brauerei am südlichen Stadtrand angefangen hatte. Er war Werbefachmann geworden. Zum Chef der Abteilung hatte es noch nicht ganz gereicht, aber er arbeitete daran.

Der enttäuschte Vater hatte Udo aus seinem Leben gestrichen. Nach dem frühen Tod des Vaters hatte Johann über die Mutter immer mal wieder von seinem Bruder gehört. Nichts Gutes. Er hieß, er habe die Ausbildung abgebrochen, wechsele die Jobs, habe unpassende Beziehungen, ziehe von einem Ort zum anderen und fange immer wieder von vorne und bei Null an. Er mache Schulden und sei chronisch pleite.

Als die Mutter auf dem Sterbebett Johann bat, sich um den Kleinen, wie sie ihn immer noch nannte, zu kümmern, versprach er es natürlich, aber es war bis heute nicht dazu gekommen. Im Gegenteil. Nach der Beerdigung verlor er ihn endgültig aus den Augen.

»Komm rein«, sagte er jetzt und schloss die Haustüre schnell hinter ihm. Sie gaben sich nicht die Hand. Udo latschte geradewegs durch in Richtung Wohnzimmer. Johann registrierte den Dreck, den Udos Turnschuhe auf den weißen Fliesen hinterließen – Schutt, als käme er von einer Baustelle.

»Was ist passiert?«

»Nichts. Was soll passiert sein?«

»Ich meine ja nur. Du siehst schlecht aus. Wo wohnst du?«

»Ich? Nirgends.«

»Hast du einen Job?«

»Nö. Wieso?«

Udo blieb erst im Türrahmen stehen, warf von dort aus seine Sporttasche auf das weiße Ledersofa und steckte seine Hände in die ausgebeulten Hosentaschen. »Edel, edel!«, sagte er und durchmaß dann den Raum mit schlurfenden Schritten. Durch die Fenster schimmerten die beleuchteten Wahrzeichen der Stadt: die Türme der Brauerei.

Als Johann neben ihn trat, machte er einen vorsichtigen Bogen um die mannshohe Glassäule. Unter dem Metalldeckel waren Spots angebracht. Sie beleuchteten sechs Glasböden. Auf den oberen vier standen Biergläser in allen Formen und Größen, auf den beiden unteren Krüge.

Sein Schatz, teils aus den Gründerjahren, teils Einzelstücke, die er selbst entworfen hatte. Kostbar, unersetzlich und verknüpft mit seinen persönlichen Erfolgen und denen seiner Firma.

Diese Sammlung war das einzige farbige Zugeständnis und pure Emotion, verglichen mit dem Rest seines Appartements, das von grauem Granit und Stahl beherrscht wurde und eher Kälte und Unnahbarkeit dokumentieren sollte.

Ein riesiger Fernseher der neuesten Generation hing wie ein Bild an der Wand gegenüber dem Sofa, unsichtbar der Safe dahinter. Ein überdimensionaler Flachbildschirm beherrschte einen überdimensionalen Schreibtisch aus Glas und Stahl. Die Musikanlage dagegen war mikroskopisch klein. Die CD-Sammlung klassisch und reichte von Bach bis Stockhausen, die Bibliothek von Goethe bis Ulrich Wickert. Alles hinter gefrostetem Glas.

»Da kannst du mir ja ein Bier spendieren«, sagte Udo und wies mit einem Kopfnicken auf die Glassäule. »Gläser hast du ja genug.«

Johann hatte nichts anderes erwartet. Er kannte seinen Bruder viel zu gut, um nicht zu wissen, dass er für Werte, Stil und Schönheit weder Blick noch Bildung genug hatte.

»Was hättest du denn gerne? Licher, Wernesgrüner, Köstritzer, König Pilsener...?«

»Ich denke, du arbeitest immer noch hier bei Bitburger.«

»Haben wir alles aufgekauft.«

»Wir?«, wunderte Udo sich erst und bestellte dann: »Bitte ein Bit.«

Vom Wohnzimmer führte ein Durchgang zur Küche, die ebenfalls technisch und optisch auf dem allerneuesten Stand war. Johann ließ ihn ungern allein zurück, horchte auf die schlurfenden Schritte, das Plumps und ein Aufstöhnen. Er dachte mit Schrecken daran, wie schwierig es war, das weiße Ledersofa zu reinigen.

Als er mit der Flasche und dem passenden Glas zurückkam, war Udo bereits weggedämmert. Er stellte beides auf den Couchtisch, setzte sich ihm gegenüber und beobachtete ihn.

Seine Blicke weckten den Bruder; er rieb sich die Augen, fuhr sich durch die Haare, gähnte mit offenem Mund und ließ eine Reihe schwarzer Zahnplomben sehen.

»Die da drin sind dir wohl zu schade für mich?«, fragte er.

»Diese Gläser sind nicht für den Gebrauch bestimmt«, wies Johann ihn zurecht.

Johann zuckte zusammen, als Udo sagte: »Nippes also«, aber er widersprach nicht. Besser sein Bruder ahnte nicht den Wert der Sammlung, sonst käme er noch auf Gedanken. Im Prinzip galt das auch für sein gesamtes Appartement.

Udo trank aus der Flasche. »Eh, könnte ich vielleicht bei dir ein paar Tage wohnen?«

Irgendwie hatte Johann auch diese Frage erwartet.

»Bin zur Zeit ein wenig knapp. Muss mir erst was Neues suchen.«

»Hier?«

»Ja, warum nicht? Was ist, kann ich oder nicht?«

»Ja, ein paar Tage sind okay«, gab Johann widerwillig nach. »Drüben ist ein Gästezimmer. Willst du duschen?«

»Nö. Warum?« Udo rülpste, lehnte sich zurück, legte ein Bein so übers andere, dass der rechte Turnschuh über den Tischrand ragte. Aus den abgelaufenen Profilen rieselte der Staub auf den Berber.

»Hast du 'nen zweiten Schlüssel für mich?«

»Nein.« Johanns Stimme klang eisig.

»Dann lass einen machen.«

»Nein«, wiederholte er, dieses Mal noch eisiger. Udo war der Letzte, dem er seinen Ersatzschlüssel aushändigen würde. »Wenn dir das nicht passt, es steht dir frei ...«

»Ach, mach doch mal Musik«, wechselte Udo flugs das Thema.

»Hab keine, die dir gefallen würde.«

Udo hatte zeitweise in einer Band Heavy Metal gespielt. Natürlich war das auch nur vorübergehend gewesen. Johann war sicher, sein Aufenthalt hier konnte auch nur vorübergehender Natur sein. Wie alles in seinem Leben. Eine Laune.

Es kam anders.

Tagsüber, wenn Johann in der Brauerei war, trieb Udo sich draußen herum, kehrte er zurück, saß er bereits auf der Treppe und wartete.

Wenn er dann nicht die Nacht verschlief, verbrachte er viele Stunden vor dem Computer und zappte sich durchs Internet, anstatt sich mit sinnvollen Programmen zu beschäftigen. Johann ließ ihn gewähren, auf diese Weise machte er keinen Dreck und keine Dummheiten, und sie mussten sich nicht unterhalten. Es war kein Problem nachzuverfolgen, wo er gesurft hatte. Es waren keine anstößigen Seiten darunter. Er zockte wohl bei ebay herum, ohne dass jemals Transaktionen stattfanden.

Johann traute dem Bruder nicht über den Weg. Es konnte also nicht schaden, zu kontrollieren, ob Udo nichts heimlich mitgehen ließ. Es gab genug, was ihn reizen musste. Bei der Glassäule genügte ein Blick, und er wusste, dass nichts fehlte. In der Küche und im üppig ausgestatteten Kleiderschrank musste er auch schon einmal nachzählen und sich die Ergebnisse notieren, er hatte schließlich noch andere Dinge im Kopf.

Manchmal ließ er ein paar Euro herumliegen, als Test. Erstaunlich aber wahr: Es kam nichts weg. Udo vergriff sich an nichts. Vermutlich arbeitete er an einem größeren Coup. Johann war sich fast sicher und hielt die Augen auf.

Zunächst lief es insgesamt ein wenig besser, als er befürchtet hatte. Oberflächlich, aber im Inneren musste es doch brodeln. Der Neid musste Udo förmlich zerfressen, er kaschierte es nur mit seinen albernen Respektlosigkeiten. Johann konnte nachvollziehen, was in Udo vorging. Wäre er an seiner Stelle, ihm würde es doch genauso gehen. Das ist doch nur menschlich.

Wenn Johann Damenbesuch hatte, tauchte Udo gern aus dem Gästezimmer auf und versuchte ihm die Tour zu vermasseln.

Zum richtigen Eklat kam es bei Rita, einem hinreißenden blonden Geschöpf, das Johann in seiner Firma aufgegabelt hatte: frisch, hell und klar wie ein Wernesgrüner. Sie war etwas Besonderes – in jeder Hinsicht –, und er hatte nicht vor, sie und ihre gemeinsame Zeit in irgendeiner Form mit Udo zu teilen.

»Verschwinde«, zischte er ihm zu.

»Ach, lass ihn doch.« Rita schien sich zu ihm hingezogen zu fühlen, setzte sich neben ihn, zu nah, wie Johann fand, Schenkel an Schenkel, und ging auf seine abstrusen Gespräche über Gott und die Welt ein.

Johann traute seinen Ohren nicht. Rita katapultierte sich mit ihren unqualifizierten Äußerungen selbst an den Rand der Gesellschaft, wo Udo ihrer schon in Ungeduld harrte. Sie fanden Gemeinsames, kaum zu begreifen, aber wahr! Ihre Liebe zum Antikapitalismus, zur ungerechten Verteilung des

Geldes, zum Weltfrieden und zur Selbstbestimmung der Frauen! Wie hatte er sich so in Rita täuschen können? Johann war entsetzt.

Als sie dann noch begannen, sich köstlich über seine Nippes-Sammlung und das Ambiente in seinen vier Wänden zu mokieren, zögerte er nicht, Rita vor die Türe zu setzen und Udo auf sein Zimmer zu schicken.

Udo aber ging nicht auf sein Zimmer, sondern brachte Rita nach Hause. Und er blieb auffällig lange. Johann lief im Appartement auf und ab.

»Wirst du sie wiedersehen?«, fragte er, als Udo endlich wieder ermattet auf der Bildfläche erschien.

»Möglich«, knurrte Udo und verschwand im Bad.

Johann stellte sich hinter die Türe. »Die ist nichts für dich. Die hat Ansprüche, die kannst du nicht mal im Traum erfüllen. Sie hat dir was vorgemacht.«

Drinnen wurde gegurgelt, geschnaubt und gesummt.

»Du hast doch überhaupt keine Ahnung von Frauen. Du hast überhaupt keine Ahnung von irgendetwas. Dein Leben ist doch eine einzige Pleite. Sieh dich doch mal an! Wie lange willst du eigentlich hier noch wohnen? Ich dachte, du suchst dir einen Job.«

Drinnen ging die WC-Spülung, der Deckel fiel herunter.

Die Monate vergingen, und Udo machte keine Anstalten, sich nach etwas Neuem umzusehen. Johann ließ seine Verbindungen spielen und fand endlich für seinen Bruder einen Job in der Brauerei. Er forderte ihn auf, ihn am nächsten Samstagabend auf eine Party auf dem Firmengelände zu begleiten. Dort würde er ihn mit seinem neuen Chef bekannt machen, damit er endlich wieder auf eigenen Füßen stehen könnte. Er ließ Udo über seine Pläne im Ungewissen, sonst hätte er sich vermutlich gedrückt.

Sie kamen zu spät, Udo hatte sich stundenlang im Bad aufgehalten, ohne dass das Ergebnis hätte überzeugen können. Johann hatte ihm seinen alten Anzug von Boss überlassen, den er ohnehin nicht mehr trug, sie hatten jetzt die gleiche Kleidergröße. Aber auch der machte ihn nicht wirklich gesellschaftsfähig. Man sah ihm den Versager einfach an, da konnte man tun, was man wollte.

Die Party war bereits in vollem Gange, und Rita tänzelte auch durch die Räume, das ließ sich nicht vermeiden. So wie viele von Johanns abgelegten Frauen.

Mit den Worten: »Das ist Udo, unser Sorgenkind«, stellte er seinen Bruder dem Chef der Abfüllabteilung vor. Man wechselte bedeutungsvolle Blicke. Johann hatte ihn vorgewarnt. »Eine Fließbandarbeit in der Abteilung Abfüllung wartet auf dich, Bruderherz. Wirst du das schaffen?«

Udo zuckte mit den Schultern.

»Aber blamier mich nicht.«

Wenn Udo sich überfahren vorkam, so ließ er sich nichts anmerken, sondern willigte ohne viel Gerede in einen Arbeitsbeginn am kommenden Montag ein. Danach versackte er an der Bar, aber er tat es wenigstens still und leise und allein. Beruhigt stellte Johann fest, dass er nicht die Nähe zu Rita oder anderen Frauen suchte. Er selbst machte an diesem Abend wieder mal eine neue Eroberung. Gut, dass die Fluktuation in seiner Firma groß war. Julia.

Und wenn er auf dieser Party nicht seinen Schlüssel verloren hätte, wäre sie ein voller Erfolg geworden. Irgendwann zwischen Büffet und Tanzfläche musste ihm der Bund aus der Hosentasche gerutscht sein. Danach war der Abend für ihn gelaufen und für die anderen Gäste auch. Das große Suchen begann. Johann verlor die Beherrschung. Aber dann fand man den verdammten Schlüsselbund, jedoch fehlte ein

Schlüssel an der schwarzen Lederschlaufe, in die das Bitburger Logo eingraviert war. Der Schlüssel zur seinem Appartement auf der Moselstraße.

Dass er Udo den Zweitschlüssel nicht überlassen hatte, stellte sich nun als ausgesprochenes Pech heraus. Udo! Wo war er überhaupt? Er schien in dem Durcheinander verschwunden. Und Rita? Ihre hellblonde Mähne war auch nirgendwo mehr zu erspähen. Natürlich! Eines war so sicher wie das Amen in der Kirche: Sie nutzten die Gelegenheit, was sonst! Er sah die beiden vor sich, wie sie Hand in Hand sein Appartement ausräumten, alles an sich rafften oder zerschlugen ... und er rief nach der Polizei.

Man kam zeitgleich am Tatort an, der keiner zu sein schien. Ritas Auto stand nicht am Straßenrand. Hinter den Gardinen im dritten Stock kein huschender Lichtstrahl, hinter der Wohnungstür keine heimlichen Schritte. Als der Polizist zögerte, die Wohnung aufzubrechen, bestellte Johann per Handy den Schlüsselnotdienst.

Bis zu dessen Eintreffen litt er Höllenqualen, während derer der Polizist ihm abenteuerliche Einbruchsgeschichten mit und ohne Leichen, mit und ohne Feuer erzählte, um ihn abzulenken, was ihm nicht gelang.

Nachdem der Schlüsselnotdienst in Gestalt eines älteren Mannes aufgetaucht und Johann die Türe unter Seufzen und vorsichtig, ohne das Schloss zu zerstören, geöffnet hatte, stürzte sich dieser ohne Licht zu machen auf seine transportablen Kostbarkeiten.

Alles wie gewohnt vorhanden: Teppiche, Küchenmaschinen, der Fernsehschirm, der Computer, der Inhalt der Glassäule, nicht einmal der Safe war berührt.

Ein Blick ins Gästezimmer. Das Bett war ungemacht, Kleidungsstücke bedeckten den Boden. Aber irgendwie hatte er das Gefühl, es sei doch jemand hier gewesen. Es lag was in der Luft. Es roch nach Zerstörung.

Der Polizist mit der blühenden Fantasie konnte mit seinen Ahnungen nichts anfangen und trat ab, der seufzende Mann vom Schlüsselnotdienst ließ sich vorher noch seine Arbeitszeit quittieren. Montag früh würde Johann sich sofort in seinem Betrieb wegen eines Sicherheitsschlosses beraten lassen.

Endlich allein, kramte er den Ersatzschlüssel hervor und versuchte sich zu beruhigen. Vielleicht wurde man noch fündig, sobald der Partyraum aufgeräumt war.

»Du bist zu spät«, sagte er zu Udo, als dieser weit nach Mitternacht klingelte. »Wie immer.«

»Wofür?« Udo schlängelte sich an ihm vorbei.

»Um die Gläser zu zerschlagen und dir den Computer unter den Nagel zu reißen oder ...«

Udo lachte auf und schlug die Tür des Gästezimmers vor seiner Nase zu, ehe Johann auflisten konnte, was er noch für zerstörungs- oder eines Diebstahls würdig fand.

Johann drehte den Ersatzschlüssel später gleich zweimal um und lag die halbe Nacht schlaflos im Bett bei Festbeleuchtung.

Den ganzen Sonntag über verließ keiner der Brüder das Appartement. Udo verbrachte den Tag schweigend vor dem Computer, Johann in Lauerstellung. Irgendetwas war hier faul. Er putzte akribisch die Glassäule und wischte die Gläser ab, er saugte Staub, ließ derweil Gustav Mahler laufen.

Am Montagmorgen, seinem ersten Arbeitstag, sollte Udo das Appartement früh und vor Johann verlassen. Aber natürlich verschlief er, Johann musste ihn erst wecken. Schweigend frühstückten sie zusammen und beobachteten einander.

Er setzte Udo in der Brauerei ab und musste sich dort sagen lassen, dass man seinen Schlüssel inzwischen abgeschrieben habe.

Anschließend begab er sich zum Fachgeschäft *Schloss und Schlüssel*. Der Verkäufer nahm sich Zeit und Johann zuerst auch. Man kam vom Hölzchen aufs Stöckchen. Johann ließ sich sämtliche Versionen ausführlich erklären, aber nach einer Weile fühlte er die innere Unruhe wieder aufsteigen. Fast zwei Stunden waren vergangen, seitdem er sein Appartement verlassen hatte ... zu lange.

Wieder erstanden ein leer geräumtes Appartement, Splitter und Scherben vor seinen Augen, das Knirschen von Glas und Porzellan unter Udos Sohlen war unüberhörbar.

Er entschied sich für das nächstbeste Exemplar und verließ fluchtartig das Geschäft. Der Monteur sollte ihm in Kürze folgen und das Ganze einbauen.

Wieder Fehlalarm, dachte er noch, als er einen hastigen Blick schweifen ließ. Aber dann die Glassäule. Sie stand offen und die Glasböden waren leer gefegt. Kleine runde Abdrücke zeugten noch von dem, was einmal gewesen war. Hatte er es doch gewusst!

Und dennoch spürte er fast so etwas wie Erleichterung. Scherben wären bitterer gewesen. Irgendwo gab es seine Trophäen also noch, vermutlich ganz in seiner Nähe. Es war nicht alles verloren.

»Udo!« Er rannte in die Küche, griff nach dem größten Messer aus dem Messerblock und stürzte sich auf die Tür des Gästezimmers. »Udo!«

Sie gab bei der ersten Berührung nach, und im Türausschnitt erschien in Augenhöhe ein riesiger Stapel unterschiedlich großer, miteinander verknoteter Kartons, hinter denen Udo sich versteckte. Johanns Hand mit dem Messer langte hinüber. Die Spitze zuerst, er spürte einen Widerstand. Ein Schrei. Prompt begann der Turmbau zu kippeln.

»Ich lasse alles fallen, wenn du nicht sofort ...«

Udos Stimme kam dumpf hinter den schwankenden Kartons hervor. Und fremd. Und warnte vor dem Schlimmsten. Johann trat beiseite und zog das Messer ein, er ließ es am weit ausgestreckten Arme hängen, während die Kartons an ihm vorbei zum Ausgang schwebten, auf Jeanshosen und den üblichen verdreckten Turnschuhen.

»Du wirst nicht weit kommen damit, Udo!« Johann, unfähig etwas anderes zu tun als zu drohen, folgte ihm wie in Trance.

»Keine Angst, ich hab nur den Nippes genommen. Du kannst ihn dir bei ebay wiederholen! Ha. Ha.« Typisch Udo. Er würde seinen Schatz einfach verzocken.

Nachdem die Türe ins Schloss gefallen war, nahm Johann ein kleines, kaum hörbares Klirren wahr, dass sich in seinen Ohren in eine dröhnendes Scheppern verwandelte.

Er wusste nicht, wie lange er dem Echo gelauscht und wie durch einen Tunnel auf die Türe gestarrt hatte. Es mussten Stunden gewesen sein, denn er saß plötzlich im Dunkeln, als sich Schritte näherten, das Schloss sich drehte. Seine Hand umfasste das Messer mit neuer Kraft. Er war zu allem bereit. Dieses Mal würde er zustechen.

Zuerst erschien eine Hand im Türrahmen, die ihm seinen Wohnungsschlüssel wie einen Hauptgewinn entgegenstreckte, dann Udos glatt rasierter Schädel. »Der muss die ganze Zeit vor deiner Türe gelegen haben, da drüben auf der grauen Stufe, kein Wunder, dass wir ihn nicht gesehen haben. Übrigens, mein neuer Job ist gar nicht so schlecht ... aber was stehst du denn hier im Dunkeln herum? Mensch! Hattest du eine Erscheinung?«

Udos Blick wanderte hinunter zum Messer in Johanns Hand, über dessen Klinge ein Blutstropfen lief. Eine Haarsträhne, schwarz wie ein Köstritzer, löste sich im gleichen Moment und segelte lautlos zu Boden.

Waterzooi

Sie steckte ihren Kopf durch den Türspalt und sah ihn mit riesigen wasserblauen Augen und einem steinalten Gesicht an.

»Frau Kowalski? Die Pension *Am Eckchen* ist belegt. Aber die Besitzerin sagte mir, Sie hätten auch Zimmer zu vermieten.«

»Oh ja!« Sie schien sich zu freuen, öffnete ihre Türe weit. »Kommen Sie herein.«

Bert Nickel betrat einen schmalen, dämmrigen Flur.

»Für wie lange?«, fragte sie, zog ihre blaue Strickjacke zu und ordnete dann mit beiden Händen ihre langen grauen Haare, aber sie fielen sofort wieder auseinander.

»Eine Zeit«, antwortete er vage, »ich weiß es nicht genau. Kommt drauf an, wie die Geschäfte laufen. Was wird es kosten?«

Verwundert sah er sich um. An den Flurwänden hingen Zeichnungen von Fischen, die Tapete hatte ein filigranes Fischmuster, so wie der Läufer und der vergilbte Lampenschirm. Auf der Fensterbank standen Blumen wie Algen. Ein modriger Geruch nach Brackwasser lag über allem.

»Nicht viel, junger Mann. Das kommt drauf an. Möchten Sie mehr als ein Frühstück? Vielleicht auch ein Abendessen?«

»Vielleicht morgen«, redete er sich heraus.

Frau Kowalski ging mit rollendem Gang voraus, die wasserblau gestrichene, steile Holztreppe hinauf, deren Stufen bei jedem Schritt knarrten wie Schiffe im Hafen. Als sie das Podest im ersten Stock betraten, sang eine belegte Stimme *God save the Queen*. Ein singender Gummifisch, an ein Brett genagelt, wackelte dazu mit Kopf und Schwanz.

Frau Kowalski blieb vor einer der vier wasserblau gestrichenen Holztüren stehen und legte den Finger auf den Mund.

Hinter ihr am Flurfenster hing ein leuchtender Fisch. Ein sehr dicker, grün-blau leuchtender Fisch, der nicht singen konnte, aber im Luftzug hin und her baumelte. Es zog vom Dachboden her.

»Hier ist Ihr Zimmer. Ich muss Sie um Ruhe bitten. Im ganzen Haus.«

»Ich bin ein sehr ruhiger Mensch«, sagte Bert, und das war er wirklich. Er hörte nie Radio und sah nie fern. Er lag gern stundenlang auf seinem Bett und dachte nach.

Frau Kowalski zeigte hinter sich: »Die nächste Tür führt zum Bad, das Sie sich mit mir teilen müssen.«

Bert nickte, er stellte keine großen Ansprüche.

»Die dritte Tür ist meine«, fügte sie hinzu und machte ein geheimnisvolles Gesicht, »die vierte führt zu einem weiteren Gästezimmer. Es ist nicht belegt zur Zeit.«

Endlich öffnete sie seine wasserblaue Zimmertür und ließ ihn eintreten.

»Oh«, sagte er und blinzelte verwundert, »Fische sind wohl Ihre Lieblingstiere?«

Sein Zimmer war wie ein Aquarium, und er meinte ein Blubbern zu hören. Die beiden unteren Drittel der Wände waren wellenförmig und nachtblau gestrichen, im oberen schien hell die Sonne. Vorsichtig setzte er einen Fuß vor den anderen, als könnte er versinken.

»Mehr als das«, sagte Frau Kowalski, »mein Leben.«

»Ich verstehe.«

Sie ließ ihn allein und ging auf Zehenspitzen. Bert stellte die Reisetasche auf sein Bett. In die weiße Tagesdecke waren goldene Fische gestickt.

Als er das Bad benutzte, stellte er fest, dass es ebenfalls von Fischen übersät war, denn aus dem Beckenausguss und den Kachelritzen krochen massenweise Silberfischchen, blitzschnell und geübt, sie kannten sich aus. Bert war erst angewidert, aber dann sagte er sich, dass es nicht für lange sei und Silberfischchen an sich harmlose Gesellen.

Er schlief ausnehmend gut in seinem Aquarium.

Zum Frühstück erschien er in Frau Kowalskis schmalem Wohnzimmer, an dessen Wänden sich statt eines Wohnzimmerschrankes verschieden große und tiefe Aquarien aneinander reihten. In ihnen glitten glupschäugige, breitflossige, gestreifte oder gepunktete, verschwindend kleine oder unflätig große Fische lautlos dahin – in allen Regenbogenfarben, mit und ohne Stachel. Die Sauerstoffpumpen sprudelten leise, das Zimmer erschien in bläulichem Unterwasserlicht, Frau Kowalski war nicht zu sehen.

Bert räusperte sich, und es war als brauste ein Sturm auf.

Sie kam auf Zehenspitzen herbeigeeilt, bedachte ihn mit leicht vorwurfsvollem Blick, legte den Finger auf den Mund und zeigte auf die Aquarien.

»Kaffee oder Tee?«, fragte sie leise.

Als er die Haustür später hinter sich zuschlug und auf die Straße trat, hatte er das Gefühl soeben eine andere Welt verlassen zu haben, aufgetaucht zu sein aus den dunklen Tiefen der Meere, wie Poseidon selbst, und er sah an sich herab, als könnten Reste von Krabben oder Muscheln seine Herkunft verraten. Sorgfältig fuhr er sich durch die Haare und war fast erstaunt dort keine Algen zu finden. Er schüttelte sich und hinterließ doch keine Wassertropfen.

Als Revisor für *Blocks & Sohn*, Anlageberatung, war er für ein paar Tage in der Kölner Filiale tätig. Er war gern auf Reisen. Da er allein lebte, war es stets eine nette Abwechslung, in einer anderen Stadt zu sein, neue Leute kennen zu lernen, und so bevorzugte er immer kleine Pensionen, in denen die Wirtsleute noch das Gespräch mit ihren Gästen suchten.

Die Pension *Am Eckchen* war ihm von einem Kollegen empfohlen worden, aber nun war er doch in Frau Kowalskis Haus gelandet, einer ganz besonderen Unterkunft. Er erzählte im Büro davon, aber niemand hatte je von ihr gehört und niemand kannte das schmale blaue Haus in der Sinkgasse, von dem er sprach.

Leider hatte Frau Kowalski keine Anstalten gemacht ihn auszufragen, woher er käme und warum. So konnte er selbst auch schlecht mit Fragen daherkommen, dabei hätte er gern über ihre Leidenschaft für Fische gesprochen.

Am Abend aß er allein in einer nahe gelegenen Gaststätte an der Theke gebratenen Seelachs mit Salzkartoffeln und trank dazu ein Kölsch. Sein leichter Dialekt des Nordens verriet den Reisenden, und der Wirt fragte freundlich, ob er gut untergekommen sei.

»Ja, das bin ich. Bei Frau Kowalski.«

Der Wirt runzelte verwundert die Stirn.

»In der Sinkgasse«, fügte Bert hinzu und leerte das schmale Glas in einem Zug. Der Wirt aber zuckte mit den Schultern und zapfte ihm ein neues Kölsch.

Durch die bunten Fensterscheiben sah Bert es draußen dunkler werden. Frau Kowalski hatte ihm keinen Hausschlüssel überlassen, und da er sie nicht aus dem Bett holen wollte, machte er sich auf den Heimweg.

Als sie ihn sah, schlug sie entsetzt die Hände vor Mund und Nase, sodass Bert nur noch ihre riesigen wasserblauen Augen sah, und er dachte mit schlechtem Gewissen, es wäre der Alkoholgeruch, der ihm entströmen musste, als sie sagte: »Sie haben Fisch gegessen.«

Bert nickte mutig.

»Wie können Sie nur?!«

Sie ließ ihn stehen.

Beim Frühstück am nächsten Morgen fragte Bert nach einem warmen Abendessen, er wollte seinen Fehler wieder gut machen. Sie lächelte glücklich und nannte den Aufpreis, der Bert günstig erschien.

Das Essen, das er dafür bekam, war jedoch miserabel. Eine Fleischrolle unbekannter Herkunft, die nicht nach Schwein oder Rind schmeckte, für Geflügel war sie zu dunkel, für Wild zu trocken. Auf die Frage, um was es sich handelte, sagte Frau Kowalski nur: »Kein Fisch jedenfalls.«

Er arrangierte sich, teilte das Bad mit Frau Kowalski und den Silberfischchen, schlief in seinem Aquarium, ging täglich mehrmals an *God save the Queen* vorbei und würgte jeden Abend tapfer ihr seltsames Fleischgericht herunter und erntete dafür ein freundliches Lächeln.

Sein Magen rebellierte, wenn er abends im Bett lag und verdaute. Er konnte sich einfach nicht daran gewöhnen und beschloss eines Morgens, der Sache auf den Grund zu gehen, vernachlässigte seinen Job und folgte ihr, als sie das Haus verließ, durch die verwinkelten Straßen der Kölner Altstadt, um ihre Einkaufsquelle herauszufinden. Aber sie kaufte nicht ein, jedenfalls kein Fleisch und dennoch lag am Abend wieder ein Fleischgericht auf seinem Teller.

»Heute Abend gibt es Geschnetzeltes!«, kündigte Frau Kowalski am nächsten Tag an, und Bert musste bei dem Gedanken daran würgen.

Nach dem Frühstück warf er die Tür zu, als ginge er zur Arbeit, kam aber zurückgeschlichen und beobachtete sie im Haus. Auch als sie in den Keller ging, folgte er ihr ein paar Stufen später.

Entsetzt sah er sie über den feuchten Boden kriechen und Rattenfallen leeren, vier Stück, die fünfte war leer, mit ihrem Fund zurück in die Küche schlurfen, dort den Tieren das Fell abziehen und die schleimigen Eingeweide herausziehen. Dann hackte sie alles in unerkenntlich kleine Stücke, briet sie an und gab etwas Sahne und Gewürze dazu. Sie rührte und rührte und ihre riesigen, wasserblauen Augen begannen feucht zu glänzen.

»Geschnetzeltes«, murmelte Bert, rannte ins Bad, an *God save the Queen* vorbei, und übergab sich.

Kurz darauf klopfte es an der Tür: »Sind Sie schon zurück?«

»Ja, ich fühle mich nicht wohl.«

»Ich werde Ihnen ein kräftigendes Essen kochen.«

»Oh nein. Auf keinen Fall: Ich kann heute nichts essen«, antwortete Bert mit erstickter Stimme. Schon spürte er Krankheiten in sich aufsteigen, Bakterien verseuchten in Scharen sein Blut, drangen vor bis zu Leber und Nieren, siedelten in den Windungen seines Gehirnes, vermehrten sich unkontrolliert wie ... wie die Silberfischchen vor seinen Augen. Und er schwor Rache.

»Ich muss morgen abreisen«, sagte er zu Frau Kowalski beim nächsten Frühstück und schluckte, »ich möchte mich für all die Freundlichkeit und das gute und günstige Essen und Wohnen revanchieren, lassen Sie mich für Sie zum Abschied kochen.«

Verlegen willigte sie ein. Aber seinen Vorschlag, derweil das Haus zu verlassen und erst zum Essen wieder zu erscheinen, damit die Überraschung perfekt sei, lehnte sie kategorisch ab. Sie wolle die Zeit in ihrem Zimmer verbringen und ihm die Küche überlassen.

Nun war Bert kein Koch.

Aber er hatte einen guten flämischen Freund, Huub van der Botteren aus Rotterdam. Und wenn Bert nicht sehr irrte, hatte dieser ihn, während einer gemeinsamen nächtlichen Schiffstour durch den Hafen von Rotterdam, einmal zu einer Art Fischsuppe oder Fischragout eingeladen, mit dem seltsamen Namen »Waterzooi«, was angeblich nichts anderes als »Kochendes Wasser« hieß. Und wenn Bert weiterhin nicht sehr irrte, bestand dieses Waterzooi – von Fischen einmal abgesehen – nur aus verschiedenen Suppengemüsen, Sahne, Wein und Gewürzen. Das müsste ohne Rezept zu schaffen sein.

Ob Süßfisch oder Meeresfisch in das Waterzooi gehörten, daran schieden sich die Geister der Gourmets, hatte Huub van der Botteren ihm damals umständlich erklärt. Die einen schwörten auf Ersteres, andere wollten den Duft des Meeres riechen. Huub hatte bei diesen Worten seine riesige, immer rote Nase in den Wind gehalten. Da müsste man sich entscheiden, entweder oder.

Bert hatte sich längst entschieden. Für eine gesunde Mischung aus Frau Kowalskis geliebten Aquarien.

Zur vereinbarten Zeit stieg sie über die knarrenden Stufen in den ersten Stock, an *God save the Queen* vorbei, und zog sich schweren Herzens in ihr Zimmer zurück.

»Kommt her, meine Süßen«, rief Bert, rieb sich voller Vorfreude die Hände, eilte ins Wohnzimmer und griff ins erstbeste, voll besetzte Aquarium.

Eine Alarmanlage schrillte kreischend los, als seine Hände das Wasser berührten. Entsetzt riss er sie heraus. Es war wieder totenstill.

Bert versuchte es beim nächsten Aquarium, mit dem gleichen Ergebnis. Nur ein kleiner, blau gepunkteter Fisch, nicht viel größer als sein Daumennagel, hatte sich in seiner rechten Hand verfangen.

Schon hörte er *God save the Queen* und Frau Kowalski die Treppe herunterpoltern, stopfte den Fisch in seine Hosentasche, wo er seinem Ende entgegenzappelte.

»Bert Nickel!« Frau Kowalski stand mit den Händen an den Hüften vor ihm, »Sie haben es gewagt, meine ...«

»Nein, wirklich nicht, Frau Kowalski, es war nur ein Versehen.«

Das Wasser in den beiden Aquarien schaukelte noch verdächtig.

»Ein Versehen?«

»Ja, ich schwöre. Ich bin rein zufällig an ein Aquarium gestoßen.«

Der kleine, blau gepunktete Fisch hauchte gerade sein Leben aus, und in Berts Hosentasche wurde es ruhig.

Frau Kowalski zog sich mit misstrauischem Blick wieder zurück.

Wütend lief Bert im Wohnzimmer auf und ab, die Zeit verstrich und die Gelegenheit für eine ausgefeilte Rache ebenfalls. »Fische, Fische, Fische«, fluchte er vor sich hin.

Siedend heiß und im letzten Moment fielen ihm die Silberfischchen im Badezimmer wieder ein. Er griff nach einer Plastikschüssel, stolperte die Treppen hinauf und unterwanderte *God save the Queen* vorsichtig auf allen vieren, die Schüssel zwischen den Zähnen.

Geschickt fing er die Silberfischchen ab, als sie nichts ahnend wie immer aus den Ritzen der Kacheln krochen, ihre Höhlen unter den Fensterbänken verließen, um sich hinter der Toilette zu versammeln und zu vermehren. Er schätzte seine Beute bald auf ein gutes, glibberiges Pfund und lächelte.

God save the Queen schwieg entsetzt zu seinem Plan.

Die Silberfischchen verkochten mit den anderen Zutaten zu kleinen Würmern im Waterzooi, ihre harten Insektenpanzer knackten einer nach dem anderen mit einem hellen »Pling« auf, und ein seltsamer, nicht unangenehmer Duft verbreitete sich in der Küche. Die kleine blau gepunktete Beute aus seiner Hosentasche hackte Bert zum Schluss und in winzigen Stücken dazu, mischte sie gut unter, würzte kräftig nach Gutdünken und hoffte inständig, dass Frau Kowalski an den Silberfischchen krepieren möge.

»Ein echt flämisches Waterzooi. Guten Appetit!«, wünschte er ihr und stellte den Teller vor sie auf den Wohnzimmertisch.

»Was ist da drin?« Sie beugte sich über den Teller und schnüffelte misstrauisch.

»Geheimnis, Geheimnis«, rief er und strahlte, »probieren Sie nur.«

»Und Sie?«

»Später, wenn noch etwas übrig ist.«

Er setzte sich ihr gegenüber und legte sich auf die Lauer. Ahnungslos ließ sie den ersten Löffel Waterzooi in ihren Mund laufen.

»Hm. Ich weiß nicht. Nun sagen Sie schon, was da drin ist.«

»Raten Sie!«

Aber noch während sie sich den zweiten Löffel in den Mund schob, lief sie rot an, verdrehte die Augen, fiel hinterrücks vom Stuhl, zappelte auf dem Boden wie ein Fisch ohne Wasser, und grüner Schaum bildete sich in ihren Mundwinkeln.

Bert lief entsetzt in den Flur und fand neben dem Telefon nach einigem Suchen die Nummer des Hausarztes.

»Anaphylaktischer Schock«, diagnostizierte Dr. Hellwig gelassen und schloss für immer Frau Kowalskis riesige, wasserblaue Augen. »Was hat sie gegessen?«

Bert kam ins Strudeln, gestand zögernd alles, fast alles, jedenfalls die Silberfischchen als wesentlichen Bestandteil des Waterzooi. Dr. Hellwig schüttelte den Kopf, aber zeigte auf gewisse Weise auch Verständnis, denn Ratten stünden Silberfischchen in nichts nach.

»Aber davon stirbt man nicht«, tröstete er Bert, »denn, Gott sei Dank, gehören die Silberfischchen oder auch Lepisma Saccharina genannt trotz ihres irreführenden Namens nicht zur Kategorie Fisch, sondern zu den Insekten, wie Sie wahrscheinlich selbst wissen.«

Bert verstand nicht ganz und beobachtete irritiert den Arzt, wie er im Teller herumstocherte und sich von ihm die weiteren Zutaten zu diesem ganz speziellen Waterzooi aufzählen ließ.

»Wieso Gott sei Dank?«, fragte er schließlich zaghaft nach und starrte auf einen winzigen blauen Punkt, der gerade unter einem Stück Staudensellerie verschwand.

»Nun, Herr...«, Dr. Hellwig räusperte sich und sah endlich auf.

»Bert Nickel«, stellte Bert sich aufgelöst vor und fügte, um seine Seriosität zu beweisen, gleich seinen Beruf hinzu: »Revisor bei *Blocks & Sohn*, Anlageberatung, seit vierzehn Jahren.«

»Frau Kowalski hatte eine außerordentlich schwere Fischallergie, verstehen Sie? Aber Fisch sehe ich hier keinen. Es wird also das Herz gewesen sein.«

Nikolaus, komm in unser Haus

Schwiegermutter kündigte sich dieses Jahr bereits für den ersten Advent an.

»Kommt nicht in Frage!« Heike wollte das nicht wehrlos zulassen.

»Sei doch froh!«, ermunterte ihr Ehemann sie, »sie wird dir bei den Vorbereitungen für das Fest helfen. Du weißt, sie kann wunderbar backen.«

Das war es ja, Schwiegermutter konnte alles wunderbar und vor allem besser.

»Sie kommt doch nur einmal im Jahr! Du kennst sie doch.«

»Eben.«

»Sie bringt doch immer so tolle Geschenke mit«, fielen ihr die Kinder in den Rücken.

»Ach, Heike, ich habe doch nur noch sie!«, steuerte ihr Ehemann namens Hans-Georg bei.

Er war als verwöhntes Einzelkind aus einer früh geschiedenen Ehe groß geworden. Wenn er nicht auf Dienstreisen das Weite suchte, hing er abends bei seinen Freunden herum, in seiner Stammkneipe, in der Garage, vor dem Fernseher. Herumhängen war seine Spezialität.

Sobald seine Mutter aber an Weihnachten auf der Bildfläche erschien, drehte er sich um einhundertundachtzig Grad, spielte den perfekten Ehemann und hingebungsvollen Sohn. Er nahm sich Urlaub, wich ihr nicht von der Seite und las ihr jeden Wunsch von den Augen ab. Schwiegermutter zögerte nicht, klar zu stellen, dass sie nur wegen Hans-Georg jedes Mal die weite Reise auf sich nahm. Wenn er nicht wäre, müssten alle auf sie verzichten.

»Das wird böse enden«, drohte Heike.

Schwiegermutter segelte vierzehn Tage später bepackt mit Geschenken ins Haus:

»Heike, meine Teuerste, alle Häuser in eurer Straße sind geschmückt! Alles sieht so wunderbar aus!«

»Ja, es würde mich nicht wundern, wenn sich demnächst hier ein Flugzeug verirrt.«

»Was ist nur schon wieder mit dem Haus meines Sohnes?«, fuhr Schwiegermutter vorwurfsvoll fort, stieg aus ihrem Pelzmantel und reichte ihn Heike. Unförmig stand sie in ihrem Lurex Pulli in der Diele. »Jedes Jahr das Gleiche. Was sollen denn die Leute denken?«

»Keine Zeit!«, knurrte Heike.

»Aber jetzt bin ich ja da! Ich werde dir helfen, wo ich nur kann. Überlass nur alles mir!«

Das tat Heike und floh in ihr kleines Nähstudio, das sie einige Straßen weiter betrieb, mehr Fluchtpunkt als Arbeitsplatz, wo sie sich ein wenig Freiheit und Selbstständigkeit sicherte.

Zur Zeit nähte sie Engel, Weihnachtsdecken, Sterne, sie konnte die rot-grünen und goldglänzenden Stoffe schon nicht mehr sehen. Aber sie musste Zeitgemäßes in das kleine Schaufenster legen, wenn sie wollte, dass ab und zu die Ladenglocke klingelte. Nach Weihnachten würde sie sich dann mit den gelb-grünen Stoffen auf Ostern vorbereiten.

Mutter und Sohn ließen keine Zeit verstreichen und schafften aus dem Keller herauf, was nötig war, um das Haus anzugleichen, dass man am Abend Mühe hatte, es ausfindig zu machen. In die Fenster gehörten goldene Sterne, an die Haustüre ein Kranz, im Eingang stand bald ein Nikolaus und im Vorgarten ein Tannenbaum mit Lichterkette.

»Was jetzt noch fehlt«, meinte Schwiegermutter selbstzufrieden, »ist der Nikolaus an der Hauswand.«

»Nein!«, entfuhr es Heike.

»Doch! Das hat man jetzt. Hast du keine Augen im Kopf? Sieh dich doch mal um. Warum nähst du keinen? Ich denke, du bist so gut im Nähen?«

Hilfesuchend wandte Heike sich an die Kinder und Hans-Georg. Aber natürlich konnten sich alle plötzlich ebenfalls nichts Schöneres vorstellen.

Heike floh wieder mal in ihr Nähstudio und nähte mit vor Zorn zitternder Nadel. Nach einem halben Tag lieferte sie einen krüppeligen, zwergesgroßen Nikolaus ab. Schwiegermutter hielt gerade im Vorgarten die Leiter fest, auf der Hans-Georg stand und an der Lichterkette nestelte.

»Was ist das denn?«

»Der Nikolaus!«

»Aber du willst doch wohl nicht ... sieh mal da drüben, eure Nachbarn haben einen viel größeren!«

»Na und?« Heike schluckte und presste die Lippen aufeinander.

»Den sieht man ja gar nicht, der ist ja ... der muss mindestens so groß sein wie mein Sohn!«

»Mit oder ohne Leiter?«

Schwiegermutter fegte die Frage beiseite. Die Leiter wackelte in diesem Moment bedenklich. Heike stockte der Atem. Aber sie fiel nicht um.

»Hans-Georg ist einseinundsiebzig und wiegt siebenundsechzig Kilo!«

»Wie du willst!«

Wutentbrannt kehrte Heike in ihr Nähstudio zurück, lief dort auf und ab, setzte sich, nahm eine Nadel zur Hand, stach sich in den Finger, als sie einen grünen Faden einfädeln wollte, ließ alles fallen und sprang wieder auf. Etwas in ihr wehrte sich noch. Ihre gute Erziehung?

Sie stellte sich ans Schaufenster und sah ratlos hinaus. Ihre kleine Siedlung lag im tiefen Frieden. Aber auch gegenüber hing ein Nikolaus an einer Regenrinne. Auch er war groß wie ... da wusste sie plötzlich, dass sie es einfach tun musste. Sie folgte der Logik.

Für zwei Tage zog sie sich ganz in ihr Studio zurück, vom Frühstück bis zum Abendessen wurde sie nicht gesehen. Abends erkundigte sich die Familie nach dem bestellten Nikolaus.

»Wartet es ab«, sagte Heike jedes Mal.

»Da bin ich aber gespannt«, sagte Schwiegermutter. »Wenn du es nicht schaffst, sag rechtzeitig Bescheid, dann müssen Hans-Georg und ich eben einen kaufen gehen. «

Am Morgen des dritten Tages bat Heike ihn, sie zu begleiten, um ihr beim Transport des Nikolauses behilflich zu sein.

»Endlich! Da wird Mutter sich freuen! «

»Das glaube ich auch. «

»Warte, ich sag ihr nur schnell Bescheid. Ich verrate aber nichts, was meinst du? Wollen wir sie überraschen?«

»Von mir aus. Sag ihr doch, ich bringe ihren Sohn auf die Weihnachtsfeier seines Chefs.«

»Ja, genau, gute Idee. Dagegen kann sie nichts haben.«

Sie durchfuhren mit dem Kombi die kleine geschmückte Siedlung, und Hans-Georg zeigte auf jede vermaledeite Hauswand, an der ein Nikolaus hing.

»Ich hoffe, er ist auch so groß wie die da.«

»Ist er. Wenn nicht sogar noch größer.«

»Da wird Mutter sich aber freuen.«

»Das sagtest du bereits.«

Heikes Nähstudio lag etwas abseits an einem Wendehammer. Neben ihr gab es noch eine Reinigung, die dicht gemacht hatte und ein Nagelstudio, das nur am Wochenende öffnete. Die Rolllade vor ihrem Schaufenster war heruntergelassen. Heike schloss die Ladentüre auf, ließ Hans-Georg vorgehen, folgte ihm, sperrte wieder zu und drehte das kleine Schild auf die richtige Seite: Heute geschlossen. Es war ein Freitag.

Gegen Abend kehrte sie allein nach Hause zurück. Schwiegermutter stand in der Küche und schrubbte sicherheitshalber alle Töpfe noch einmal durch.

»Dein Nikolaus ist fertig«, verkündete Heike. »Aber ich kann ihn nicht allein tragen.«

»Wo ist Hans-Georg denn?«

»Auf der Weihnachtsfeier seines Chefs, hat er dir das nicht gesagt?«

»Doch, ja, ich erinnere mich, er sprach davon. Das ist schön für ihn, da hat er wenigstens ein bisschen Spaß, nicht wahr? Und die Kinder?«

»Sind bei Freunden. Hilfst du mir?«

»Ich muss ja wohl.« Sie trennte sich von den Töpfen, band die weiße Schürze los, zog den rosafarbenen Pulli glatt und war bereit. »Sonst lohnt sich das Ganze ja gar nicht mehr.«

»Es lohnt sich, du wirst sehen«, versprach Heike.

Minuten später fuhren sie in den Wendehammer ein und parkten mit der Kofferraumtür Richtung Studio. Es galt nur noch einen knappen Meter zu überbrücken. Das gute Stück lag auf dem Fußboden. Schwiegermutter beugte sich über ihn. »Mein Gott, Heike. Hast du nicht etwas übertrieben?«

»Ich glaube nicht.«

Gemeinsam schleppten sie den Nikolaus aus dem Laden. Er war schwer und unhandlich. Das Auto ging ganz schön in die Knie dabei.

»Er ist sicher der größte Nikolaus, den die Bergstraße je gesehen hat!«, stöhnte Schwiegermutter. Sie war ganz rot im Gesicht und außer Puste. »Womit hast du ihn gefüllt?«

»Mit Sand!« Das war die Wahrheit. Jedenfalls zu einem Teil.

Ihr Zustand verschlimmerte sich noch, während sie den Nikolaus mithilfe der Kinder, die inzwischen heimgekehrt waren, versuchten an der Hauswand zu befestigen. Viel weiter als über das Erdgeschoss kamen sie trotz Leiter nicht hinaus. Sie hievten ihn mit vereinten Kräften einen knappen Meter über den Gartenweg, banden ihn jeweils an Händen und Füßen mit dicker Kordel am Regenfallrohr fest, richteten seinen schlackernden Kopf so aus, dass er sehnsüchtig nach oben blickte. Heike hängte ihm noch einen braunen Sack über die Schultern.

»Los geht's!« rief sie.

»Hoffentlich hält er auch!«

Man ließ den Nikolaus los und trat einen Schritt zurück. Er sackte in der Mitte etwas durch, baumelte von rechts nach links, pendelte sich aus ... und hielt. Das Fallrohr schwankte erst bedenklich unter seinem Gewicht und kam dann auch zur Ruhe.

Die Kinder klatschten und jubelten. Auch Heike musste zugeben, er machte sich dort gut.

Schwiegermutter strahlte. »Wenn das Hans-Georg sieht! Wo bleibt er nur?«

»Keine Ahnung, wo der wieder rumhängt. «

Der Bestseller

Es gibt ihn eben nicht«, sagte Theo und gab dem Wirt ein Zeichen für ein neues Bier.

»Doch, wenn ich es dir sage. Wetten?«

»Vergiss es. Ich wette nicht.«

»Hör doch einfach zu.«

Theo zündete sich eine neue Zigarette an und seufzte. »Na gut, leg los.«

»Aber unterbrich mich nicht sofort.«

»Nein. Fang endlich an. Es ist schon spät.«

Und ich nicht mehr klar im Kopf, hätte er hinzufügen müssen. Er hatte viel zu viel getrunken, weil Eddy zu viel trank. Er verführte ihn jedes Mal.

Aus gutem Grund. Sein Problem wuchs ihm langsam über den Kopf. Es machte ihn wahnsinnig, war längst zur fixen Idee geworden. Theo Weitzmann war immer auf der Suche nach neuem Stoff, worunter nicht ein Rauschmittel zu verstehen war, obwohl es in seinem speziellen Fall fast eines war. Theo war auf der Suche nach Stoff zum Niederschreiben. Nach dem perfekten Plot. Er war Autor, Autor von Kriminalromanen.

Seine letzten Kritiken waren gar nicht schlecht gewesen, die Verkaufszahlen wurden langsam interessant, aber er wollte mehr. Er wollte endlich den ultimativen Bestseller schreiben. Er musste. Er hätte seine Seele dafür verkauft.

Er hatte das schon für weniger getan. Zum Beispiel für einen der oberen Plätze in den Bestseller-Charts, eine gute Rezension in den entscheidenden Blättern, aber auch für Lappalien wie Unwetter bei einer verhassten Grillparty, das Lösen einer hartnäckigen Schreib-Blockade oder den tödlichen Herzinfarkt eines bedeutenden Kollegen.

Denn was nach seinem Tode mit ihm geschah, das war ihm herzlich egal. Nach dem Bestseller konnte kommen was wollte.

Der Teufel schien nicht interessiert, er meldete sich nie zu Wort, ließ sich auf keinen Deal ein, und nie gab er ihm einen brauchbaren Tipp.

Und jetzt saß Theo hier betrunken mit seinem betrunkenen Freund Eddy an der Theke. Eddy ertränkte seinen Kummer in Rotwein, Theo den seinen in Bier. Schon immer war es so gewesen. Seit Eddy Familie hatte, kamen Abende wie diese selten vor. Umso mehr genossen sie die gemeinsame Zeit.

Nach oberflächlichem Hin und Her, was machen die Kinder und so, waren sie wieder bei Theos Dauerthema gelandet. Aber Theo hatte dieses Mal nicht angefangen. Jetzt – um halb zwei in der Frühe – behauptete Eddy allen Ernstes plötzlich und aus heiterem Himmel den perfekten Plot gefunden zu haben. Er lallte schon, aber er ließ sich doch nicht davon abbringen ihn loszuwerden.

Was der perfekte Plot in einem Kriminalroman ist?

Eddy und er waren sich vor langer Zeit einig geworden, ihn nicht so zu definieren, dass ein Mord als natürlicher Tod durchgeht. Das ist zwar im eigentlichen Sinne auch perfekt, passiert aber jeden Tag überall auf der Welt und ist deswegen keine große Kunst. Die Dunkelziffer in diesem Bereich ist auch deswegen so hoch, weil die Pathologischen Institute der Rechtsmedizin heillos überfordert sind. Für akribische, zellgenaue Nachforschung *per se* fehlt die Zeit. Allein aus Personalmangel werden viele Tote überhaupt nicht obduziert. Und wenn, dann oftmals im schludrigen Eilverfahren. Man glaubt ja nicht, wie viele Morde den Herrschaften so durch die Lappen gehen. Die Kommissariate werden nicht undankbar sein für einen Fall, der nicht als solcher erkannt wird. Sie sind ebenfalls an ihrem Limit.

Nein, nein, es sollte der nie gelöste Fall sein, der die Kommissariate vor den Kopf stößt, Sokos provoziert, die Presse in Atem hält, um schließlich in einer staubigen Schublade zu versauern, und auf ewig der dunkle Fleck in der Karriere des leitenden Kommissars bleibt.

Eddy hatte Theo oft geholfen, wenn der sich in seinem Manuskript verheddert hatte. Er hatte gute Ideen und hätte selbst schreiben können. Er hatte aber nicht den Mut dazu, sondern blieb lieber seinem Posten als Beamter treu. Er habe schließlich Frau und Kinder, war sein Argument. Die Familie musste über die Runden kommen. Er sah ja an Theo, wie hart es war, sein Geld als Künstler zu verdienen. Nie wusste man, was im nächsten Monat hereinkam, das wollte er seiner Frau nicht antun. Aber er spann für sein Leben gern herum. Wenn er die Kinder im Bett hatte, so wie jetzt, konnte man ihn kaum bremsen.

Theo nahm einen letzten Schluck aus dem verschmierten Glas. Er hatte den Anfang von Eddys Konzept verpasst. Er wusste nicht genau, wovon er gerade sprach. Die Augen fielen ihm immer zu. Seine Erwartungen hielten sich in Grenzen. Hauptsache, Eddy war bald fertig und er konnte nach Hause gehen, den Rausch ausschlafen.

»Das ist es doch, oder?«, fragte Eddy und tippte sein Rotweinglas gegen Theos Bierglas. »Prost!«

»Was ist was?«

»Hast du nicht zugehört?«

»Doch, aber ich verstehe nicht ganz.«

»Theo! Die Opfer völlig unbescholtene Bürger, keine Beziehung zwischen Täter und Opfern, keine Übereinstimmungen von Tatort, Tatzeit etcetera und keine Motive. Was gibt es daran nicht zu verstehen?«

»Ja, ja. Und?«

»Oh Mann, ich sag es noch einmal! Weil du es bist.«

»Warte, warte, erst noch ein Bier.«

Als beide versorgt waren, fing Eddy von vorn an. Theo lehnte sich an seine Schulter und beugte den Kopf vor, sodass seine Nasenspitze fast im Glas steckte. Er nickte, um zu beweisen, dass er Eddy folgen konnte. Das Nicken ging in ein stereotypes Wippen der oberen Körperhälfte über. Zögerlich drang der Inhalt von Eddys Worten von seinem Außenohr über das Trommelfell und Innenohr über sein Hörzentrum bis zu seinem Zentrum für Sprachverständnis. Mühsam machte er sich dort die alkoholisierten Bahnen frei und landete nach einer Analyse in der rechten Hirnhälfte. Dort traf die Erkenntnis Theo wie ein Schlag ins Genick.

Eddy hatte Recht. Verdammt noch mal, er hatte Recht. Und wie! So Recht wie noch nie in seinem ganzen Leben. Verdammt, warum war er nicht selbst darauf gekommen. Theo fiel ihm um den Hals und begann ihm das Gesicht und die Ohren zu küssen.

»Geh weg«, schubste Eddy ihn beiseite.

»Ich liebe dich.«

»Ja, ja, ich weiß. Das ist er, stimmt's?«

»Ja, mein Lieber, das ist er.«

»Ich schenk ihn dir.«

Theo nahm Eddys Gesicht in beide Hände. »Ich liebe dich.«

»Schreib es lieber auf.«

»Ja. Ja, sofort.« Theo ließ sich vom Barhocker fallen, hielt sich daran fest, zog einen Schein aus der Hosentasche und warf ihn auf die Theke. »Ich zahle alles.« Er winkte Eddy noch, als er durch die Türe hinaus ins Freie stolperte.

Zu Hause hielt er sofort schriftlich fest, was ihm sonst wieder entfallen wäre: Eddys perfekten Plot. Drei Zeilen. Eddy hatte dafür Stunden gebraucht. Dann ließ er sich aufs Bett fallen.

Am nächsten Morgen fühlte er sich verändert.

Als er sich über die drei Zeilen beugte, dröhnte ihm der Schädel, klar, das kam vom Alkohol, aber als eine Stimme ihm zuraunte: »Teste ihn«, da sah er sich um. Niemand außer ihm stand in seinem verräucherten Arbeitszimmer. Die Tür war verschlossen, so wie die Fenster, die Gardinen noch zugezogen. Die Kaminklappe verriegelt. Einen Schrank gab es nicht, nur Bücherregale. Aber die Stimme war unüberhörbar gewesen. Sie wiederholte sich. Denn im Prinzip war er mit dieser Botschaft aufgewacht. Es war sogar mehr gewesen als das. Ein Deal. Ein Versprechen: der Bestseller.

Er schüttelte sich, zog den gestreiften Bademantel fester zu und ging in die Küche, um Kaffee aufzusetzen.

Es ging hier um alles. Seinen ultimativen Welt-Bestseller. Sonst würde er so etwas niemals auch nur denken. Einen Plot in die Tat umsetzen. Teuflisch. Wenn man viele Jahre lang über Morde schreibt, kann man doch auf den Gedanken kommen, selbst einen auszuüben, entschuldigte er sich vor sich selbst, besonders wenn der Plot so perfekt stand. Was sollte da passieren? Gleichzeitig würde sich der Bestseller wie von selbst schreiben, hatte ihm die Stimme versprochen.

Und außerdem – erst in der Praxis zeigen sich mögliche Lücken der Theorie.

Teuflische Versuchung! Hatte der Kerl sich doch gemeldet?

Am nächsten Tag erwarb er bereits die erste Urne. Nicht käuflich, dass hätte ihn verraten können, sondern er betrat dazu an einem unbedeutenden Tag den Friedhof einer großen Stadt, deren Name hier selbstverständlich nicht genannt werden kann. Er suchte mit einem Einkaufsbeutel in der Hand die kleinen Urnengräber auf, erwählte ein älteres, nach willkürlichem Prinzip, und hinterließ eine unauffällige Grabstelle. Nein, eine kleine Eskapade gönnte er – der Künstler –

sich doch. Einen Blumenstrauß, den er zuvor am Wegesrand eigenhändig zusammengestellt hatte, legte er auf das Grab, weil er keine Vase fand.

Er hielt den Tag schriftlich in allen Einzelheiten fest. Das erste Kapitel.

Auf diese Weise kam er im Laufe des Monats zu zwei weiteren Urnen. Selbstverständlich stammten sie von unterschiedlichen Friedhöfen in unterschiedlichen Großstädten.

Als die drei Urnen in zwangloser Reihe vor ihm auf seinem Schreibtisch standen, schaltete er die Schreibtischlampe aus und genoss den Anblick im bläulichen Licht der Straßenlaterne. Die linke war aus Messing, die mittlere aus Edelstahl mit einem Kreuz auf dem Deckel als Griff, die rechte bronzefarben und eher oval. Er hatte auf ihr Aussehen keinen Einfluss gehabt, aber es war ihm recht, so wie sie waren.

Einen Tag später schritt Theo zum Wochenmarkt, um Blumen für seine Balkonkästen zu erstehen. Da der Balkon, bei dem es sich eher um eine Loggia handelte, nur am Morgen in der Sonne lag, riet die Verkäuferin zu Fuchsien, die den Schatten liebten und ihm diese Lage mit monatelangem Blühen danken würden. »Im Winter müssen Sie sie hereinholen.« Er wählte eine fast lilafarbene Sorte. Für drei Kästen benötigte man neun Pflanzen. Ob er noch Blumenerde habe? Ja, bestätigte er. Und Dünger? Dünger auch.

Zu Hause streifte er Arbeitshandschuhe über, nahm die mit alter Blumenerde gefüllten Blumenkästen aus der Befestigung, stellte sie auf den Boden, leerte die drei Urnen, indem er den Inhalt untermischte. Er setzte die Fuchsien ein und befestigte die Blumenkästen wieder. Er goss die Pflanzen sorgsam an.

Als er seine Straße hinauf- oder hinabblickte, konnte er sich vergewissern, dass niemand sonst Fuchsien in den Balkonkästen hatte. Die meisten Balkone waren nackt. Ein Einblick in die Loggien auf Möbel oder Ähnliches war nicht möglich. So hatte auch ihn niemand beobachten können.

Er schloss die Balkontür sorgfältig, zog die Gardine vor, reinigte die Urnen unter Wasser und stellte sie zurück auf seinen Schreibtisch. Er war zufrieden mit dem Ablauf, bis hierher, und schrieb beflügelt ein weiteres Kapitel in seinem Bestseller. Danach schaltete er sein Notebook aus und lehnte sich zurück und schloss die Augen.

Er hätte das alles einfacher haben können? Gewiss, aber das lag ihm nicht. Er war Künstler und liebte Inszenierungen wie die der letzten Tage. Es klang doch jetzt schon ungleich spannender, als wenn er die drei wackligen Pappkartons genommen hätte, die Eddy vorgeschlagen hatte.

Außerdem hatte er das prickelnde Gefühl auf dem Friedhof, das Beratungsgespräch auf dem Markt und das Knien auf dem nackten Loggia-Beton-Fußboden genossen wie einen Rausch.

Seine nächste Aufgabe war die Bestückung der Urnen. Hier hielt er sich enger an Eddys Vorgaben. Eine Stadt-Land-Fluss-Variante hatte er gesagt. So nannte Theo auch sein drittes Kapitel.

In die Messing-Urne wanderten fünf gefaltete Zettel mit Familiennamen, in die Edelstahl-Urne fielen fünf Zettel, auf denen Städte vermerkt waren, die bronzefarbene Urne war für Mordarten vorgesehen.

Die Namen waren von üblicher Natur, wie sie überall in Deutschland anzutreffen sind. Die fünf Städte hatte er einer Deutschlandkarte entnommen. Er hielt sich an ein einziges Bundesland, nicht sein eigenes. Das benachbarte Rheinland-Pfalz bot sich an, da er kein Kilometerfresser war.

Mit geschlossenen Augen hatte er den Finger wandern lassen, bis zehn gezählt und na ja ... wie man das so macht.

Vielleicht nicht gerade seriös, eher spielerisch, aber auf jeden Fall rein zufällig.

Um sich für fünf Mordarten zu entscheiden, braucht ein versierter Krimi-Autor keine zwei Minuten.

Das Ganze wurde jeweils gut gemischt und ein paar Tage betrachtet, ehe er seinen ganzen Mut zusammennahm und den ersten Deckel öffnete. Obwohl bis hierher alles seiner eigenen Fantasie entsprang, waren doch die Zusammenhänge ab jetzt nicht mehr unter seiner Kontrolle.

Ohne hinzusehen zog er den ersten Zettel aus der Messing-Urne und faltete ihn auseinander und las: *Frau Fischer*.

Hallo Frau Fischer, murmelte er und starrte auf die Buchstaben, du bist die Erste. Ich hoffe, du bist dir der Ehre bewusst.

Er wechselte zur bronzefarbenen Urne. Er war gespannter zu erfahren, wie Frau Fischer sterben würde, als in welcher gottverdammten Stadt sie wohnte.

Pistole stand da klar und deutlich. Theo verfügte aus Recherchegründen über eine kleine, bescheidene Waffensammlung. Es war alles legal. Er hatte einen Waffenschein. Er hatte noch nie eine Waffe benutzt.

Die weitere Ziehung ergab, dass Frau Fischer in Daun wohnte. Dass es in Daun vermutlich mehrere Fischerinnen geben würde, war kein Hindernis. Einer Telefon-CD konnte er alles Nähere entnehmen. Er entschied sich für eine kleingedruckte Frau Fischer ohne Fax und Handy. Es ging schließlich darum, völlig unauffällige und unbescholtene Bürger zu erwischen.

Das war also das Procedere.

Theo hatte selbstverständlich nicht vor, fünf Morde zu begehen, nein, drei hatte Eddy vorgegeben. Das war in Ordnung so. Sie liebten beide diese Zahl. Drei genügten völlig, denn ab da beginnt für die Polizei eine Serie. Aber er wollte eine gewisse Auswahl haben. Er und der zukünftige Leser sollten nicht nach der zweiten Ziehung schon wissen, was bei der dritten bevorstand. Spannung erzeugen ist leicht, sie zu halten ist etwas ganz anderes und ein zentrales Element bei jedem guten Plot.

Ein paar Tage später fuhr Theo mit dem Auto nach Daun. Er benötigte zwei weitere Anläufe, weil an Frau Fischer nicht so leicht unauffällig heranzukommen war. Er musste sie erst ausfindig machen. Er war entsetzt darüber, wie alt sie war. Er musste sie abpassen, sie ging, wenn es dunkel war, kaum vor die Türe.

Am dritten Tag dann erwischte er sie endlich, als sie die Mülltonne an den Bürgersteig zog. Er ging kein hohes Risiko ein. Die Umgebung war wie leer gefegt. Überall die Rollläden heruntergelassen. Es gab keine Zeugen. Er hatte einen Schalldämpfer. Als er in den Rückspiegel sah, hatte er das Gefühl, Frau Fischer lebte noch. Er wendete. Auch wenn das nirgendwo vorgesehen war, wollte er doch auf Nummer sicher gehen.

Danach ließ er sich Zeit alles niederzuschreiben, vor allem die widersprüchlichen Gefühle, die er dabei empfunden hatte. Es hatte funktioniert. Das war die Hauptsache. Es bestand kein Verbesserungsbedarf für den Plot.

Die Dauner Polizei hatte nicht den blassesten Schimmer einer Ahnung. Man hatte eine ältere Frau erschossen und anschließend überfahren aufgefunden. Über das Wie und Warum war man entsetzt. Eine sinnlose und beispiellose Brutalität, so nannte man sein Vorgehen. Und so sollte es sein. Theo nannte dieses Kapitel *Daun*.

Er wusste nicht, was als Nächstes kommen würde. Und dennoch hatte er das dringende Bedürfnis, wenigstens einen winzigen, verstohlenen Hinweis zu geben. Das steigerte das prickelnde Gefühl erheblich. Er würde versuchen, die nächste Tat wieder auf einen Donnerstag zu legen. Da hatte seine Putzfrau frei.

Noch bevor er den zweiten Fall ziehen konnte, traf er zufällig Eddy in seiner Kneipe.

»Und wie läuft es?«, fragte der als Erstes.

»Super. Ich habe schon vier Kapitel.« Theo tat sorglos. Es war ganz unmöglich, Eddy einzuweihen. Genauso unmöglich kam es ihm vor, nicht mit ihm darüber zu reden. Er klopfte ihm auf die Schulter und blieb stehen.

»Setz dich doch. Du wirst sehen, das ist dein Durchbruch. Ich bestell dir ein Bier.«

Theo sah auf die Uhr. »Ich hab wirklich nur Zeit für eines, Eddy, du verstehst.«

»Klar verstehe ich. Du bist jetzt im Schreibwahn, ich kenn dich doch.«

»Genau.«

Theo würde die Kneipe vorläufig meiden.

Das nächste Kapitel in Theos Beststeller spielte in Mainz. Ein gewisser Herr Kellermann wurde anscheinend völlig sinnlos in seinem Schrebergarten erstochen und anschließend in seinem kleinen Fischteich ertränkt.

Im sechsten Kapitel verunglückte eine Frau Bach aus Bitburg mit ihrem Auto, das von einer kleinen Seitenstraße abkam und direkt gegen einen Baum prallte. Als die Rettungssanitäter eine der Türen mit Gewalt öffneten, war nicht zu übersehen, dass Frau Bach hochschwanger war. Auf dem Gaspedal lag ein Gesteinsbrocken. Sie war nicht an den Folgen dieses Unglücks gestorben, sondern erwürgt worden, mit einem dünnen Drahtseil. Stunden vorher. Wieder sprach man allerorts von »völlig sinnloser, beispielloser Brutalität«. Die einzige Gemeinsamkeit zwischen den drei Morden, die niemand in einen Zusammenhang brachte. Theo war es tatsächlich gelungen alle drei Fälle auf einen Donnerstag zu legen, das war nicht einfach gewesen. Er spürte Wut in sich aufsteigen, dass es niemandem aufgefallen war.

»Ihr habt Fährten einfach nicht verdient!«

Theo war am Ende seines Romans angekommen, als ihm auffiel, dass es eine klaffende Lücke in der Perfektion gab!

Eddy.

Eddy hatte zwar den wunderbaren Plot entwickelt, aber er hatte etwas Entscheidendes vergessen. Er war der einzige Zeuge. Und Zeugen kann man nicht gebrauchen. Nicht in dem perfekten Plot. Da half kein Wenn und Aber. Wenn man einmal so weit gegangen war wie Theo Weitzmann für seinen Bestseller, gab es kein Zurück mehr.

Er lud Eddy zu sich nach Hause ein, legte ihm das Manuskript vor und servierte ihm dazu seinen Lieblingsrotwein. Eddy las viele Stunden, die ganze Nacht. Er trank nebenher, ihm fiel nicht auf, wie viele Gläser es waren. Theo schenkte nach und beobachtete seinen Freund.

Als Eddy auf der letzten Seite angekommen war, ließ er den Stapel Papier auf seinen Schoß sinken und murmelte: »Das ist er. Ich gratuliere.«

»Danke, Kumpel. Ich muss noch das letzte Kapitel schreiben. Einen sauberen Schluss. Dann schick ich ihn an den Verlag. Es ist spät, du wirst die Kinder wecken, willst du nicht hier schlafen?« Er zeigte auf das ausgebeulte Ledersofa, auf dem eine Decke und Kissen lockten. Eddy nickte. Er schien wirklich reif für die Federn.

Es war ganz einfach für Theo, ihm wenig später eines der Sofakissen auf das Gesicht zu drücken. Eddy wehrte sich nicht. Theo dachte dabei nicht an ihre langjährige Freundschaft, das wäre zu schmerzhaft gewesen, er dachte an seinen Bestseller, für den er bisher schon so viel gewagt hatte.

Er war trotzdem geknickt, musste er doch den Verlust seines besten Freundes beklagen.

Am Morgen rief er Eddys Frau an und den Arzt. Eddy war im Schlaf an einer Alkoholvergiftung gestorben, stellte dieser ohne langes Zögern fest. Eddy hatte schon immer viel zu viel getrunken. Seine Frau und seine Kinder waren untröstlich. Er bekam ein eigenes Kapitel in Theos Bestseller. Natürlich mit geändertem Namen. Und eine echte Widmung:

Für meinen Freund Eddy.

Es dauerte dann doch noch ein gutes Jahr, ehe das Buch mit dem Titel *Des Teufels* begleitet von einer großen Werbekampagne auf dem Markt erschien und tatsächlich auf Anhieb ganz oben auf die Bestsellerliste kam. Neben Sprache und Stil wurde besonders seine Nähe zur Realität gelobt. Es wurde als eine Art Enthüllungsroman charakterisiert und gefeiert. Genau so könnte es gewesen sein, die Presse war begeistert. Theo Weitzmann war am Ziel seiner Wünsche angekommen. Er war berühmt.

Für einen Sommer. Denn wie das mit Beststellern und Verbrechen so ist: Nach ein paar Monaten verschwand das Buch von der Bühne des allgemeinen Interesses. Genauso wie die Akten zu den drei »völlig sinnlosen und beispiellos brutalen Morden« in den Ablagen irgendwelcher Kommissariate landeten und dort vergessen wurden. Genauso wie der Name des Autors. Für Theo war das in Ordnung. Er war einmal ganz oben gewesen.

Er war ganz entspannt, denn Eddys Frau wollte das Buch nicht lesen. Auf keinen Fall, niemals. Es erinnerte sie zu sehr an ihren verstorbenen Mann. Wie gut sie daran tat.

***

Nur um ihn zu beschäftigen und sich ein wenig vom Hals zu halten, deckte knapp drei Jahre später der leitende Kriminalkommissar den jungen Inspektor Kai Berger mit einem Aktenberg alter, ungelöster Fälle ein.

Kai Berger vertiefte sich tagelang in den staubigen Papierkram. Mit einer Leidenschaft, die seinen Chef erstaunte. So was machte normalerweise niemand gern. Er wusste nicht, dass Kai Berger ebenfalls ein leidenschaftlicher Krimi-Leser war. Kaum ein Krimi fehlte in seiner Sammlung. Auch *Des Teufels* nicht.

Eines Abends, nach Dienstschluss, nahm er sich vor, dem Autor einen Besuch abzustatten. Der Verlag hatte ihm die Adresse herausgegeben.

Als Kai Berger vor dem Haus aus seinem Auto stieg und die Stockwerke hinaufsah, wusste er, dass er hier richtig war. Im dritten Stock hingen drei Balkonkästen. Fuchsien blühten darin fast lilafarben um die Wette.

Der Autor öffnete ihm. Er schien nicht oft Besuch zu bekommen, seine Freude war echt. Er trug nur einen gestreiften Bademantel, seine Haare standen wirr vom Kopf. Kai Berger stellte sich als Journalist vor.

Theo Weitzmann führte ihn in sein Arbeitszimmer. Die Tür zum Balkon stand halb offen, die weißen Gardinen davor wehten leicht im Wind hin und her. Die Fuchsien standen in einer langen lilafarbenen Reihe dahinter.

Im Arbeitszimmer fand Kai Berger das ausgebeulte Ledersofa mit der Wolldecke und den Kissen, den Kamin und die Bücherregale aus dem Roman. Es war wie ein Film, in dem er selbst eine Rolle hatte. Welches Spiel spielte Weitzmann?

Das Spiel war schon vorbei, als Berger die drei Urnen auf Weitzmanns Schreibtisch sah. Sie standen in zwangloser Reihe nebeneinander, die Messing-Urne, die Edelstahl-Urne mit dem Kreuz als Griff, und rechts die bronzefarbene, eher ovale Urne. Berger kannte sie alle drei aus dem Roman. Ihm wurde schwindlig; und er bat kurz auf die Toilette gehen zu dürfen.

»Aber bitte, dort rechts. Was trinken Sie? Einen Kaffee?«

»Ja.« Berger Stimme zitterte. »Bin gleich zurück.« Auf der Toilette erbrach er sich, schlug sich anschließend Wasser ins Gesicht, wisperte in sein Handy »Ich brauche Verstärkung«, kam zurück und strahlte gequält. »Ich habe wohl gestern Abend ein wenig zu viel getrunken.«

»Ja, das kenne ich«, sagte Theo Weitzmann und goss ihm lächelnd Kaffee ein. »Was möchten Sie denn wissen?«

»Warum immer an einem Donnerstag?«, fragte Berger und zückte sein Notizbuch.

Ein starker Partner

Willi Wißkirchen, der in Zülpich-Ülpenich einen kleinen Edeka-Markt führte, wollte sich in jener Nacht Zigaretten holen. Er konnte nicht schlafen, zahlte auch, wie sich das gehörte, in die eigene Kasse ein, als er eine Stimme hörte, *seine* Stimme. Sie kam direkt aus *seinem* Büro.

Klara, seine einzige Angestellte, der er eine Dachwohnung im gleichen Haus zur Verfügung gestellt hatte, saß dort im Dunkeln und im Nachthemd an *seinem* Schreibtisch, was er ihr strengstens untersagt hatte, auf *seinem* Sofa, das tabu für sie war, hatte den Hörer von *seinem* Telefon genommen und äffte ihn nach.

»Herr Verkaufsleiter? Oh, schönen Tag. Was kann ich für Sie tun? Ja, selbstverständlich. Wird sofort erledigt. Schöne Grüße auch an die Frau Gemahlin. Immer zu Diensten. Auf Wiederhören ...«

»Hältst du wohl den Mund! Du ... du dusselige Kuh!«, entfuhr es ihm.

Das hatte er schon oft gesagt, aber dieses Mal war alles anders.

Wie von ferner Hand gelenkt öffnete sich plötzlich die Schreibtischschublade, eine echte Pistole kam Klara entgegen, legte sich in ihre Hand und entsicherte sich. Klara musste nur noch zielen und abdrücken: Peng!

Erschrocken hielt sie inne. Zu spät. Sie hatte seinen Mund getroffen, obwohl es dunkel war und sie völlig ungeübt. Das Schussgeräusch hatte sich in Grenzen gehalten, der Chef musste einen Schalldämpfer mitgekauft haben. Der Rückschlag warf sie kurz aus der Bahn, schnell fing sie sich wieder. Im Gegensatz zum Chef. Mit weit aufgerissenen Augen rutschte er am Türblatt entlang abwärts und kam auf dem Linoleum zum Sitzen.

Eine Patrone kam nicht wieder heraus, so angestrengt Klara ihn auch beobachtete. Entweder hatte sie sich in seinen ständig entzündeten Nasennebenhöhlen festgesetzt oder in seinen Hamsterbacken verirrt. Hatte sie aber nicht.

Klara kontrollierte auch die Rückenpartie, ob die Patrone außerhalb ihres Gesichtsfeldes den Körper stillschweigend verlassen und in das Türblatt eingeschlagen war. War sie aber nicht.

Sie ging auf die Knie, legte ein Ohr an den Brustkorb ihres Chefs und horchte in ihn hinein. So nah war sie ihm noch nie gekommen. Es gab keinerlei Innengeräusche. Kein Rumpeln, Knirschen, Metall an Knochen oder tieftöniges Glucksen. Aber auch keinen deutlich hörbaren Herzschlag mehr. Es war still. Sehr still in dieser Nacht im Edeka-Markt von Zülpich-Ülpenich.

»Von so einer winzigen Patrone. Mein Gott! Nicht größer als ein Zäpfchen!«

Wie viele hatte sie von davon genommen, wenn der Rücken nicht mehr aufhören wollte wehzutun. Aber Männer lassen sich ja gehen, das ist ja nichts Neues, kränkeln schnell und ausgiebig. Auch der Chef. Gerade der. Schnupfen, Kopf- und Magenschmerzen, immer Tragödien mit ungewissem Ausgang, bei denen er siechend das Bett hütete und Klara die ganze Arbeit allein machen ließ.

»Mensch, Chef. Stell dich nicht so an!«

Aber Willi Wißkirchen war schon immer stur gewesen.

»Mein Chef ist Zigaretten holen gegangen und nicht wieder gekommen«, gab Klara wahrheitsgemäß Auskunft, als der Verkaufsleiter einige Tage später die Filiale inspizierte.

Obwohl Klara Reifferscheid keinerlei kaufmännische Ausbildung nachzuweisen hatte und bereits in die Jahre gekommen war, gab er ihr eine Chance. Sechs Monate, wenn die Zahlen stimmten, wollte er über einen Folgevertrag nachdenken.

Willi Wißkirchen hatte den Edeka-Markt auf eine griesgrämig pedantische, knickerig kleinkarierte Weise geführt.

Mit Klara sollte alles anders werden. Sie hatte diesen Laden schon immer haben wollen und brachte ihn nun auf Vordermann, lockte mit Sonderangeboten, Verkostungen und verlängerten Öffnungszeiten, denn sie wohnte ja über dem Laden. Sie schrieb an, gewährte Kredite ohne Ende, schaltete und waltete nach Herzenslust.

Extra für Gerda Wollersheim, eine Stammkundin mit niedrigem Blutdruck, richtete sie eine Kaffee-Ecke ein, damit sie sich für den Heimweg stärken könne.

Extra für Hübi, Kalli und Theo, die sich vor dem Sportheim des TUS Olympia Ülpenich am Ortsrand einen Wohnwagen teilten, sammelte sie die Lebensmittel, die das Mindesthaltbarkeitsdatum gerade eben überschritten.

Auch den Kindern steckte sie immer etwas zu. Alle lebten gut von ihr, und ein wenig hoffte sie, damit wirkliche und wahre Freunde zu gewinnen. Denn es war doch recht einsam geworden ohne Willi.

Und dann waren da noch die Nächte, in denen Klara Reifferscheid in Nachthemd und Pantoffeln hinunter in den Laden steigen und den Verkaufsraum aufschließen konnte, um dort mit dem Dosenöffner in der einen und mit den Fingern der anderen Hand über die Konservendosen in den Regalen zu tippen, im Schein der Straßenlaterne eine auszuwählen, zu öffnen und ohne zu wissen, was sie erwartete, den ersten Löffel kalt zu verschlingen. Dazu hockte sie auf dem verbotenen Sofa, das jetzt ihres war, wie alles hier, strahlte mit jedem Bissen kalter Köstlichkeit ein bisschen mehr, wippte summend auf und ab.

Gott in Frankreich war nichts gegen Klara in Zülpich-Ülpenich!

Nach einem Monat kreuzte der Verkaufsleiter wieder auf und stellte mit einem Blick auf ihre Buchführung fest: »Frau Reifferscheid, Sie schreiben rote Zahlen.«

Dabei waren die Zahlen eindeutig mit dem blauen Füllfederhalter vom Chef notiert.

»Ich meine, Sie sind in den Miesen.«

»Aber mein Laden ist ein Taubenschlag!« Klara war entrüstet. Sie tat, was sie konnte.

»Aber Ihre Täubchen scheinen nicht alle zu bezahlen. Sie werden vermutlich bestohlen.«

Klara machte sich also auf die Suche nach dem Unbekannten, der versuchte, ihr das neue Glück unter den Kreppsohlen wegzuziehen. Und sie fand auch einen, knapp vier Wochen später, ertappte sie ihn in flagranti. Hübi. Einer aus dem Wohnwagen, den sie mit durchfütterte. Das hätte sie nicht erwartet.

Eine Flasche Edeka-Wodka und zwei Pakete Salami aus dem Sonderangebot zu klauen, war zwar anständig von ihm gewesen, er hätte auch die teure Herta nehmen können und den Wodka von Gorbatschow oder irgendeinem anderen russischen Präsidenten, aber dennoch, er hatte sie zutiefst enttäuscht.

Sie bat ihn zu einem Gespräch in ihr Büro und bot ihm ihr Sofa als Sitzgelegenheit an. Sie wollte die Situation im Guten klären.

»Weißt du, Hübi«, begann sie, »es geht hier um meine Existenz.«

»Um meine auch«, unterbrach Hübi sie, »also, reg dich ab, du ... du dusselige Kuh!«

Da lag es nahe, dass sich die Schreibtischschublade wieder öffnen musste, die Pistole Klara entgegenkam, sich in ihre Hand legte und entsicherte. Klara zielte und drückte ab: Peng!

Ein Rinnsal dunkles Blut sickerte aus Hübis rechtem Mundwinkel heraus, er sackte weg und setzte einen komplizierten Mechanismus in Gang, denn das Sofa war kein Gewöhnliches. Es handelte sich um ein braun-beige geblümtes Kippsofa. Die beide Hälften schnappten sofort hoch und zu wie eine fleischfressende Pflanze.

Klara legte die Pistole zurück, nahm einen Schluck vom gestohlenen Edeka-Wodka, schüttelte sich und blickte interessiert in den geräumigen Bettkasten des Kippsofas. Natürlich drängte dieser sich nun als Aufenthaltsort für Hübi förmlich auf.

Nur ... da lag schon der Chef, verschweißt in Verpackungsfolie Klasse 3, klarsichtig, reiß- und verrottungsfest. Seine linke Hand umklammerte noch die Zigarettenpackung, HB.

Klara hatte lange nicht nach ihm gesehen.

Er hatte sich verändert, er war kaum wiederzuerkennen. Sein spitzer Bauch war endlich eingefallen. Wenn er das noch erlebt hätte! Keine Diät der Welt hatte das geschafft. Mühelos konnte Klara jetzt Platz für Hübi schaffen und ihn nach hinten durchschieben, ohne dass er wieder an der Mittelstütze hängen geblieben wäre. Als sie die Sitzfläche herunterdrückte, spürte sie zwar noch einen Widerstand, aber letztendlich glich erst Hübi alle Sitzkuhlen wirklich aus. Klara nahm einen weiteren Schluck Edeka-Wodka und schüttelte sich.

Die Ladenglocke.

Der Verkaufsleiter war zurückgekehrt.

»Bei Ihnen wird immer noch gestohlen«, sagte er nach einem kurzen Blick auf die Zahlen, die Klara ihm an der Kasse präsentierte.

»Jetzt nicht mehr.«

»Haben Sie ihn erwischt?«

»Jawoll.«

»Haben Sie auch die Polizei gerufen?«

»Nee. Wir haben das unter uns ausgemacht.«

»Ich habe Ihnen doch gesagt, Sie müssen ein Exempel statuieren.«

»Das habe ich getan. Er wird es nie wieder tun.« Und mutig vom Edeka-Wodka fügte sie hinzu: »Ich bin ihm an die Wäsche gegangen.«

»Frau Reifferscheid!«, stieß der Verkaufsleiter hervor, trat einen Schritt zurück, kontrollierte seinen Hosenschlitz und klammerte sich an sein Handy, drehte Klara den Rücken zu und murmelte flehend Unverständliches hinein bis auf die letzten Worte: »... natürlich ... kündigen ... das sehe ich auch so ... fristlos ... selbstverständlich ... nur eine dusselige Kuh.«

Kaum war das letzte Wort verklungen, marschierte Klara voller Zuversicht in ihr Büro. Tatsächlich hatte sich die Schreibtischschublade bereits geöffnet, die Pistole war schon auf dem Weg zu ihr, Klara musste nur zurück in den Verkaufsraum gehen, zielen und abdrücken ... als ihr einfiel, dass im Bettkasten kein Platz mehr war.

In diesem Augenblick drehte der Verkaufsleiter sich um und starrte mit weit aufgerissenen Augen starr vor Schreck in den Lauf der Pistole und verließ dabei rückwärts stolpernd den Laden.

»Ein Versehen!«, rief Klara ihm noch nach, nahm einen weiteren Schluck Edeka-Wodka zu sich, schüttelte sich und legte sich auf dem Kippsofa zurecht und bereute, auf den

Verkaufsleiter verzichtet zu haben, nur wegen eines banalen Platzproblems. Während sie noch überlegte, wo man ihn wohl unterbringen könnte, schlief sie ein. Überm Chef liegen zu können, schien ein Gedicht, Hübi störte dabei wirklich nicht, aber dann änderte sich die Situation.

Die beiden tauchten drohend vor ihr auf und knisterten in ihren Plastiksäcken um sie herum. Ihre weit aufgerissenen Münder schworen boshaft Rache. Schweißgebadet wachte Klara auf. Das hatte der Chef sich nicht getraut, als er noch allein da unten gewesen war.

Aufgebracht lief sie in den Verkaufsraum und erkundigte sich auf dem Müllkalender nach den Abfuhrzeiten des Sperrmülls. Sie hatte Glück. Bereits morgen in aller Frühe fand eine Abfuhr statt.

Sie verriegelte den Bettkasten, verbog zuerst die Hebel des Kippmechanismus an den Längs- und Breitseiten so weit, dass sie unter Stöhnen brachen, und jagte dann alle zehn Zentimeter einen Sieben-Zöller durch die Polsterung in den Rand.

Gegen Abend bugsierte sie das gute Stück, das glücklicherweise über Messingrollen unter jedem Fuß verfügte, vor ihren Laden. Da stand es mutterseelenallein unter der Straßenlaterne. Gemischte Gefühle, als habe sie einen Hund ausgesetzt.

Trost fand sie bei einem weiteren Schluck Edeka-Wodka und einem nächtlichen Festmahl, saß dabei an ihrem Schreibtisch und blickte ratlos auf den hellen rechteckigen Fleck auf dem Linoleum, zwei rote Heftzwecken und eine Handvoll toter Fliegen, etliche Wollmäuse und die Abdrücke der vier Rollen.

Irgendwie kam immer alles ganz anders.

Und es war noch nicht vorbei.

Am folgenden Tag gegen Mittag stürmte Gerda Wollersheim, die Stammkundin mit dem niedrigen Blutdruck, den Markt.

»Klärchen! Dein Sofa steht am Sportheim! Wie kommt dat denn dahin?«

Klara erbleichte, erstarrte und steuerte dann in ihrer weißen Kittelschürze das Sportheim am Ortsrand an. Gerda im Schlepptau. Schon von weitem stellte sie erleichtert fest, dass sich das Sofa in Sitzposition befand. Polizei war eingetroffen, und Kalli und Theo lungerten vor ihrem Wohnwagen herum.

»Das gehört doch niemandem«, hörte Klara Theo laut protestieren.

»Da irren Sie aber«, schrie der Polizist zurück. »Das Sofa gehört der Stadt Zülpich.«

Das wäre mir aber neu, dachte Klara und wollte schon dazwischengehen, als ein kleiner Lieferwagen auftauchte. Fahrer und Beifahrer hoben das Kippsofa auf die Ladefläche, um es vermutlich – so wie es war – auf die nahe Deponie zu fahren, als Gerda Wollersheim es nicht mehr aushielt und mit fliegender Handtasche losrannte: »Dat schöne Sofa!«

Dann musste Klara mitansehen, wie sie nach einem Wortwechsel mit der Polizei vorne zusteigen durfte und in Richtung ihres Hauses davonbrauste. Glücklich winkte sie mit ihrer Handtasche durch die Windschutzscheibe. Gerda konnte immer alles gebrauchen.

Nicht lange und sie beschwerte sich in der Kaffee-Ecke, dass das Sofa nicht zu ihrer Einrichtung passte.

»Ich denke, es ist so schön!«

»Ja, schon. Aber trotzdem. Das konnte ich ja nicht wissen. Kalli und Theo wollen es jetzt auch nicht mehr. Willst du es vielleicht wieder haben?«

»Du bist und bleibst ... eine dusselige Kuh!«, entfuhr es da Klara, und entsetzt schlug sie eine Hand vor den Mund, als ihr einfiel, was sie angerichtet hatte. Die Tür zum Büro stand weit offen. Die Pistole musste es gehört haben. Gleich würde sie in Gerdas beringten Wurstfingern landen und ... bange Sekunden verstrichen.

Aber entweder klemmte die Schublade, oder die Pistole war taub, leer oder beleidigt noch vom letzten Mal, als sie den Verkaufsleiter nicht hatte erschießen dürfen, jedenfalls regte sie sich nicht.

Oder sie war ... in Klara regte sich eine andere, unbestimmte Ahnung, und sie schickte ein dankbares Lächeln in Richtung Büro, während Gerda beleidigt davonstob.

Prompt lieferte sie am nächsten Tag mithilfe von Theo und Kalli das Sofa wieder ab. Sie rollten es durch den vollgestopften Laden ins Büro haargenau auf die Abdrücke auf dem Linoleum über die Wollmäuse, Heftzwecken und Fliegen. Klara wischte es mit den Handflächen sauber und ließ sich fallen und wusste sofort, Hübi und der Chef waren noch da, denn es gab keine einzige Sitzkuhle.

Die drei wollten die Wiederkehr mit Klara feiern. Aber so einfach war das nicht. Der Edeka-Wodka reichte nicht mehr für vier und außerdem gab es eigentlich gar keinen Grund zum Feiern. Klara brauchte wahre Freunde, keine Opportunisten, sondern starke Partner, auf die sie sich wirklich immer verlassen konnte. Einen wenigstens. Sie schickte Gerda, Theo und Kalli fort und erbat sich Bedenkzeit.

Noch vor dem Mittagsschläfchen kam sie zu dem Schluss, dass es besser wäre, die drei noch auf eine unbestimmte Zeit hinzuhalten, um sich Respekt zu verschaffen. Hübi und der Chef verhielten sich erstaunlich ruhig dabei, die Odyssee durch Ülpenich war ihnen wohl eine Lehre gewesen.

Gerade wollte Klara zufrieden wegdämmern, als eine Stimme sie in die Wirklichkeit zurückholte: »Der Laden steht einfach so offen, kein Wunder, dass hier geklaut wird. Keine Ahnung, wo die wieder steckt. Ich mach mich mal auf die Suche.«

Sie fuhr hoch. Der Verkaufsleiter hatte es gewagt zurückzukehren. Schon hörte sie, wie sich die Pistole ihren Weg bahnte und aus der Schublade rumpelte.

»Aber ich weiß doch immer noch nicht, wohin mit ihm«, rief sie aus und lief dem übermütigen Ding hinterher, das bereits kunstvoll einige Loopings durch das Büro drehte und es nicht abwarten konnte. Als sie sie auffing, stand sie plötzlich vor dem Lastenaufzug, der über eine große Klappe per Knopfdruck zu bedienen war und direkt in den geräumigen Lagerkeller führte.

Natürlich! Warum war sie nicht früher darauf gekommen!

Im gleichen Augenblick spürte sie deutlich: Niemand Geringerer als diese kleine Pistole hier war der starke Partner, den sie sich immer gewünscht hatte. Manchmal sieht man vor lauter Bäumen ja den Wald nicht. Der Partner, der unbestechlich war und immer wusste, was zu tun war. Versonnen strich Klara über den silbernen Lauf und stieß die Türe zum Verkaufsraum auf.

»Ich meld mich wieder, sobald ich die dusselige K...«

Die beiden letzten Buchstaben blieben dem Verkaufsleiter im Halse stecken. Aber auf zwei Buchstaben kam es jetzt nicht mehr an. Klara war nicht pingelig, zielte lächelnd und drückte ab. Peng!

Letzter Wille

Bring ihn um«, hauchte Hannah.

Sie war aus dem Krankenhaus entlassen worden, um im Hause ihrer Mutter in Ruhe zu sterben. Nachbarn, Freunde und vor allem ihre Schwester Ria besuchten sie dort, wann immer sie konnten.

»Bitte«, flehte sie. Sie sprach von ihrem Mann. Von Frank.

Ria hätte es auch sofort getan, keine Frage, aber die Sache war viel komplizierter, als Hannah dachte. Ria hatte nämlich ein Verhältnis mit ihrem Mann. Mit Frank. Und sie hatte ganz andere Pläne mit ihm: Nach Hannahs Tod sollte der Schwagertrost alsbald in eine Schwagerehe münden. Sie hatte schon immer ein Auge auf ihn geworfen, vom ersten Tag an, aber noch nie war sie ihrem Ziel so nah gewesen wie jetzt.

Hannah quälte sich jetzt schon bestimmt vierzehn Monate lang. Mit Genesungsschüben, Rückfällen, neuesten medizinischen Erkenntnissen, letalen Prognosen, spontanen Remissionen. Sie hatten keine Diät ausgelassen, keine Wundermittel, weder aus China noch aus Afrika, Zilgrei, Reiki, Irisdiagnose, nichts war ihnen mehr fremd. Sie hatten über das Internet Auskünfte aus der Maya-Klinik eingeholt, Professoren in Kanada und Schweden befragt. Bedeutende Internisten äußerten sich in verschiedenen Sprachen und kamen allesamt zu dem Ergebnis: Es gibt kein Mittel dagegen. Wirklich nicht.

»Das dachte ich mir«, sagte Ria.

Da fand Hannah sich mit ihrem Schicksal endlich ab, beschloss den Dingen ihren Lauf zu lassen und nichts mehr zu versuchen. Sie ließ los, und alle atmeten erleichtert auf. Eine angenehme Ruhe kam übers Haus, entspannt warteten alle auf den Tag X. Hannah gab Anweisungen für die Beerdigung, die Grabpflege, ihre wenigen Besitztümer. Für alles schien es den passenden Erben zu geben, und als Ria schon dachte, sie erbe Frank, kam dieser Satz:

»Bring ihn um.«

»Das kann ich nicht«, hauchte Ria zurück.

»Bitte.« Hannah stöhnte auf.

Da Hannah aber, so wie es aussah, sowieso sterben würde, sei Frank nun lebendig oder nicht, griff Ria ein paar Tage später zur nahe liegenden Notlüge und meldete Vollzug.

»Wie?«, stieß Hannah hervor und wand sich in den Kissen.

Ria war vorbereitet. Sie gab vor, ihn im Schlaf erwürgt, sodann in einen Plastiksack verschnürt ins Maar geworfen zu haben.

»In welches?«, wollte Hannah wissen.

Die Frage war berechtigt. Hannah bewohnte mit Frank ein Haus in Schalkenmehren. Ria hätte also drei Maare zur Auswahl gehabt und hatte sich für das Totenmaar entschieden, wie das Weinfelder Maar auch genannt wird, damit es seinem Namen gerecht werde. Aber auch weil sich das Schwimmbad im Gemündener Maar für die Versenkung einer Leiche als unpraktisch hätte erweisen können (es gab ein Sprungbrett) und das Schalkenmehrener Maar doch verstärkt von Anglern heimgesucht wurde.

»Ins Totenmaar«, sagte Ria also und fuhr fort, dass sie ihn zusammen mit ein paar schweren Steinen dort sicher versenkt habe. Wenn Hannah ihre fünf Sinne noch beisammen gehabt hätte, hätte sie sich denken können, dass Ria das ohne fremde Hilfe nicht hätte schaffen können. Frank war ein Zwei-Zentner-Mann.

Aber Hannah war zufrieden und legte sich in ihre Kissen zurück. Sie schloss die Augen für sehr lange Zeit, sodass Ria schon dachte: Das ging aber schnell.

Dann schlug sie sie wieder auf und murmelte: »Ich danke dir.«

»Du weißt, dass ich es nicht gern getan habe«, sagte Ria.

»Um so dankbarer bin ich dir. Jetzt kann ich in Ruhe sterben.«

Das war der Sinn der Sache, dachte Ria.

Verständlicherweise war Frank gekränkt, als er erfuhr, dass sein Tod Gegenstand des letzten Willens seiner Frau war.

»Natürlich werde ich dich nicht umbringen«, versprach Ria Frank, der sehr mitgenommen wirkte.

Er musste jedoch zumindest als vermisst und verschollen gelten. Deswegen schlug sie ihm vor, sich vierzehn Tage Urlaub zu nehmen, sie hätte eine Überraschung für ihn, die ihm gefallen würde.

Sie hatte als Unterkunft den Tunnel einer Autobahnbrücke eines fehlgeplanten, stillgelegten Teilstückes gewählt, wo sie es ihm nett machte. Sein neues Domizil lag weit entfernt von jeder Ansiedlung, es gab dort nicht einmal Kühe, auch Hasen oder Vögel waren dort nie gesehen worden, es war totes Gelände.

Er saß hinter ihr auf ihrem rostigen, tuckernden Moped, hatte den Gepäckträger unter sich begraben und hielt sich lachend an ihr fest, bohrte seine Hände in ihre Magengrube, während das Scheinwerferlicht vor ihnen hertanzte.

Sie tarnte es als erotisches Spiel, als sie ihn durch die grüne Eisentür in eine kalte, dunkle Halle unterhalb des äußeren Brückenpylons schob, die von der Straßenmeisterei als Werkzeugdepot benutzt werden sollte, wenn aus der Autobahn etwas geworden wäre, aber so war die Halle leer, und das Brückenstück stand in der Landschaft wie ein Denkmal.

Ria ließ Frank für einen Moment allein, um das Moped hereinzuholen und abzustellen und die Eisentür hinter sich zu schließen.

»Gefällt es dir?«, fragte sie und ging mit einem Feuerzeug bewaffnet voraus. Sie zündete die Duftkerzen an, die sie gegen den penetranten Uringestank und die Dunkelheit verteilt hatte. Flackerndes Kerzenlicht fiel auf den roten Tüll, der jetzt die Betonwände verbarg, auf die rostige Drei-Bein-Liege, auf die locker ein vergilbtes Eisbärfell drapiert war. Ria hatte für den ersten Abend ein Drei-Gänge-Menü vorbereitet, das sie in dieser ausgesprochen prickelnden Atmosphäre zusammen eilig verzehrten, um dann sofort zum Wesentlichen zu kommen. Ria erfüllte Frank noch einen ganz speziellen Wunsch, ehe sie ihn mit den Worten zurückließ: »Ich werde dich einschließen, Geliebter. Damit dich niemand findet.«

»Nur zu«, sagte Frank.

Ria ging mit dem Versprechen: »Ich komme morgen wieder.« Was sie auch tat. Auch am nächsten und übernächsten Abend. Frank verschlief erschöpft die Zeit bis zu ihrer Rückkehr. Sex im Autobahnbrückentunnel – nun ja, es war gewöhnungsbedürftig, aber nicht verkehrt.

Was niemand ahnen konnte, war, dass Hannah die Botschaft vom Ableben ihres untreuen Gatten einen beträchtlichen Schub in Richtung Genesung verschaffte. Ihr Appetit nahm zu, immer öfter setzte sie sich im Bett auf, verlangte nach einer Zeitung, nach frischer Luft, nach dem Friseur.

Der betreuende Arzt tröstete Ria mit der Prognose, dies sei vermutlich das letzte Aufbäumen, es könne sich nur noch um Tage handeln.

Na hoffentlich, dachte Ria.

Aber Hannah machte überhaupt keine Anstalten mehr zu sterben, sie blühte stattdessen weiter auf, verließ für Stunden das Bett, schlurfte im Zimmer herum. Einen Tag später sah Ria sie an der Hand eines gut aussehenden Zivis das Treppensteigen üben. Er führte sie in den Garten und setzte sie auf die Bank neben dem Eingang, legte einen Arm um ihre Schultern, während sie ihren Kopf hingebungsvoll an die seinen lehnte.

Hannah wurde gesund.

Unverschämt gesund sogar.

Nur das Lachen schien sie verlernt zu haben. Sie war ernster geworden, ein gewisser Trübsinn lag in ihren Augen.

Die Ärzte standen vor einem Rätsel und warfen auf einem eiligst herbeigerufenen Symposium im Dauner Forum die Frage auf, welche Schlüsse daraus zu ziehen seien, wenn – wie in diesem jüngsten Fall offensichtlich geschehen – die Mechanismen der Selbstheilung sich auch dann in Gang setzten, wenn es sich bei dem beseitigten Krankheitsherd um menschliches Leben handelte.

»Beseitigt?«, fragte ein junger Kollege verunsichert nach.

»Nun, ja«, gab der Referent zu, »ich denke an jede Form von Trennung.«

»Dann kann der Tod die beste aller Medizinen sein?«

»Ja, selbst der Tod. Aber Vorsicht, Kollege, ein gefährliches Terrain.«

»Also auch Mord?«

»Um Gottes willen!« Es sei ein gänzlich falscher Ansatz, den Tod des krankmachendes Elementes in schwierigen, hoffnungslosen Fällen gar herbeiführen zu wollen, denn das hieße nichts anderes, als den Teufel mit dem Beelzebub austreiben, was sicher niemand wolle, der den hippokratischen Eid abgelegt habe.

Ria geriet über Hannahs Genesung verständlicherweise ebenfalls in Panik, wobei diese ihr gleichzeitig Applaus für ihre Fortschritte abverlangte.

»Siehst du, Ria, ich habe zugenommen.«

»Nicht viel.«

»Ich habe heute ganz allein geduscht.«

»Das heißt noch nichts«, sagte Ria und verzog keine Miene.

»Bald kann ich zurück in mein Haus und wieder für mich selbst sorgen.«

»Ja, alles scheint gut zu werden.«

»Scheint? Du freust dich nicht?«

»Doch ... es ist nur ... es kam so überraschend.«

Frank gegenüber, der geduldig in seinem Autobahnbrückentunnelgefängnis auf das vertraute Geräusch des nahenden Mopeds wartete, erwähnte sie Hannahs Spontanheilung mit keinem Wort, im Gegenteil sie beschrieb in allen Einzelheiten ihr baldiges Ende. Es konnte jeden Tag soweit sein und er wäre Witwer, durfte wieder hinaus und sie waren frei: Nur sie und er und die Maare.

Nach ein paar Tagen wollte Hannah unbedingt Franks Grab sehen.

»Es gibt kein Grab«, sagte Ria entsetzt, »das weißt du ganz genau. Ich habe ihn für dich ins Maar geworfen. Für alle anderen ist er aus Kummer über dein unheilbares Leiden, deinen nahen Tod vor Augen, vor der Realität geflohen.«

Nach ein paar Minuten fragte Hannah weiter: »Wo?«

»Wo was?«

»Wo genau hast du ihn ver...senkt?« Nur mühsam konnte sie das Wort aussprechen, ihre Stimme zitterte.

»Hör auf dich zu quälen.«

Nur einen Tag später, als Ria mitten in der Nacht von einem Stelldichein mit Frank zurückkehrte, fand sie Hannah auf der Weinfelder Friedhofsmauer, mit Blick aufs Totenmaar.

»Was machst du hier?«

»Wo?«, fragte Hannah zurück. Der Mond malte ein blasses V auf die Wasseroberfläche.

»Komm.« Ria kletterte mit ihr hinunter ans Ufer, zeigte auf eine x-beliebige Stelle. »Hier habe ich ihn hineingerollt. Hier ist es tief genug.«

»Ich frage mich, wie du es geschafft hast, ganz allein. Frank ist ein Bär von einem Mann«, sagte Hannah und starrte aufs Wasser.

»Es war nicht einfach«, sagte Ria vage.

»Das kann ich mir vorstellen.«

»Am besten, du vergisst ihn so schnell wie möglich.«

»Ich weiß nicht, ob ich das kann.«

»Zu spät.«

»Ich wünschte, er lebte noch.«

»Hannah!«

»Jetzt wo ich gesund bin, hätten wir noch einmal von vorne beginnen können.«

Da nahm Ria ihr wütend mit einem Satz alle Illusionen: »Das hättet ihr nicht. Denn – wir haben es dir nie gesagt, aber ... wir haben uns nämlich geliebt, Frank und ich.«

Aber anstatt einen Rückfall zu erleiden oder wenigstens in Ohnmacht zu fallen, nickte Hannah nur.

»Du hast es gewusst?«, fragte Ria nach.

»Geahnt habe ich es, vielleicht.«

»Nun, jetzt weißt du es.«

»Sicher hast du ihn nur trösten wollen.«

»Nein. Außerdem war ich nicht die Einzige. Vor mir gab es andere.«

»Das ist etwas anderes. Aber dass du ihn trotzdem umgebracht hast ...«

»Tja, so bin ich nun mal.«

Auch bei Frank setzte langsam die Ernüchterung ein, und er fing in seinem Autobahnbrückentunnelgefängnis an zu quengeln.

»Ich werde meinen Job verlieren, wenn ich nicht bald zurückkehre.«

»Beantrage eine Urlaubsverlängerung. Ich stecke sie in den Briefkasten.«

»Nein. Ich will hier raus.«

»Das geht nicht, nicht bevor Hannah tot ist. Sie weiß es übrigens. Das von uns.«

»Woher denn?«

»Von mir?«

»Musste das sein?«

»Ja, denn sie fing an sentimental zu werden.«

»Sentimental?«

»Erst zwingt sie mich dich umzubringen, dann wirft sie es mir vor.«

Frank schien in Gedanken.

»Du etwa jetzt auch?«

»Nein. Nein, es ist nur weil ... wenn du nicht angefangen hättest damals ...«

»Ich? Hast du vergessen, dass sie dich umbringen lassen wollte?«

»Nein, aber das war nur eine Art Torschlusspanik. Du siehst ja, es tut ihr längst Leid.«

Die beiden fingen an lästig zu werden! Hannah mit ihrem ewigen »Oh je und ach und weh! Wenn Frank doch noch leben würde!!« Und Frank, der bei ihren Treffen nichts anderes mehr im Sinn hatte, als an den Schlüssel heranzukommen.

Die Situation verfuhr sich zusehends. Irgendetwas musste geschehen, da Hannah offensichtlich weiter darauf bestand am Leben zu bleiben und Ria nicht die Absicht hatte, Frank sang- und klanglos wieder herauszurücken.

Nach gründlicher Überlegung fielen ihr drei mögliche Lösungswege ein:

Erstens wäre sie sofort aller Sorgen ledig, wenn sie Hannah einfach zu Frank sperrte und den Schlüssel ins Maar würfe. Brutal aber sicher.

Zweitens konnte sie Frank immer noch umbringen und im Maar versenken.

Die dritte und vielleicht humanste Möglichkeit war die Flucht auf eine Südseeinsel oder so ähnlich. Mit Frank.

Ria begann mit der harmlosen Lösung Nummer drei, niemand sollte ihr später vorwerfen, sie hätte nicht alles versucht.

»Lass uns abhauen«, schlug Ria Frank also vor.

»Wohin?«

»Wohin du willst. Von mir aus nach Timbuktu. Das ist mir egal. Nur weg von hier.«

»Ja«, sagte er. »vielleicht hast du Recht. Lass uns verschwinden. Hauptsache, ich komme hier raus.«

Ria packte in ihrer Wohnung das Notwendigste in einen Rucksack, ein Koffer wäre im Dorf aufgefallen. Frank musste ohne Gepäck fahren, da Hannah längst wieder zu Hause war. Aber das war das kleinste Problem, denn als sie Frank abholen wollte, hatte der es sich in der Zwischenzeit anders überlegt.

»Ach, Ria. Was soll das? Komm, wir stehen das hier bestimmt durch. Hier hab ich meinen Job, meine Freunde, mein Haus, mein Auto.«

Meine Yacht, dachte Ria und ließ wütend den Rucksack auf seine Füße fallen.

»Au. Aber in Timbuktu müssen wir ganz von vorne anfangen.«

»Feigling, elender ...«

»Aber, Ria, Schätzchen, sieh mich nicht so an! Es war doch nur eine harmlose Spinnerei. Man wird doch mal ein bisschen träumen dürfen. Jetzt schließ hier dieses Loch endlich auf und lass mich an die frische Luft. Mit Hannah werden wir uns schon einig. Hauptsache, sie lebt. Los, wirf dein Moped an.«

»Morgen, Frank. Morgen«, versprach Ria und schaltete tief in ihrem Inneren die härtere Gangart ein, überging Lösungsweg Nummer zwei, die Versenkung, und machte sich direkt an die Verwirklichung der Nummer eins, der brutalen Methode. Sie war es leid.

Am nächsten Tag, als der Abend kam, rief sie Hannah zu sich. »Ich will dir etwas zeigen.«

Hannah stieg hinter ihr aufs Moped, sie nahmen den Feldweg zum stillgelegten Autobahnteilstück. Ein kräftiger Wind jagte über die Felder und fuhr in die Speichen. Ria umkrallte die Lenkstange. Vor der Eisentür stellte sie das Moped ab, während Hannah sich suchend umsah. Ria schloss auf, ließ den Schlüssel stecken, schob die Tür vorsichtig auf und steckte den Kopf in den Spalt. Hannah direkt neben ihr warf ebenfalls einen kurzen Blick in ihr Liebesnest.

»Frank?«, rief Ria in die Dunkelheit. Keine Antwort, er musste eingeschlafen sein, nur ein hohles Echo kam zurück. Gleich würde er hellwach sein, gleich, wenn Hannah vor seiner Drei-Bein-Liege stand.

»Er ist da drin. Geh nur. Er wartet auf dich«, sagte Ria zu Hannah freundlich lächelnd, als wolle sie zwei Königskinder zusammenführen. Schon legte sie ihr eine Hand auf die Schulter, um sie sanft hineinzuschieben, als Hannah plötzlich herumwirbelte, Ria mit einem kräftigen Tritt in die Dunkelheit stieß, die Tür hinter ihr zuknallte, den Schlüssel zweimal herumdrehte und abzog.

Ria fiel der Länge nach aufs Gesicht und schrie: »Sehr witzig!«

Hannahs Schritte entfernten sich trotzdem.

»Hannah!«, schrie Ria und rappelte sich hoch und tappte in die kalte und feuchte Halle hinein. »Frank?« Sie zog das Feuerzeug aus der Jackentasche und fand ihn bäuchlings auf dem Eisbärfell liegend. Die Vorräte neben ihm verbraucht, die Kerzen verbrannt.

Endlich hob er den Kopf und murmelte: »Können wir jetzt endlich gehen?«

Anstatt zu antworten rannte Ria zurück zur Eisentür, rüttelte mit aller Kraft daran und trat dagegen. »Hannah! Mach gefälligst auf!«

Da heulte der Motor ihres Mopeds auf, das Vorderrad drehte durch, er wurde abgewürgt. Hannah war noch nie selbst Moped gefahren, hatte sich vor ihrer Krankheit nicht getraut, hatte immer Angst gehabt, Angst sich zu verletzen, Angst zu sterben.

»Was ist los?«, fragte Frank und stand schlaftrunken plötzlich neben ihr.

Ria stieß ihn beiseite und warf sich mit der Schulter gegen die Eisentür.

Der Motor wurde ein zweites Mal angeworfen, kollerte erst, dann röhrte er, und da war plötzlich ein Lachen. Hannahs Lachen. Ria hatte sie ewig nicht lachen gehört. Und noch nie so.

Das Motorgrollen entfernte sich, kam wieder zurück, verlief sich wieder, als ob Hannah Schleifen fuhr und Achten. Und dazwischen jubilierte sie befreit, als hätte sie gerade im Lotto gewonnen.

Hypnotisiert starrten Frank und Ria auf die grüne Eisentür, unter der ab und zu das Scheinwerferlicht aufblitzte.

»Das wagt sie nicht!«, flüsterte Frank. »Ich kenne doch meine Hannah.«

Aber nach ein paar Runden brauste die lachende Hannah endgültig davon, ein fernes Surren begleitete sie, bis nichts mehr hören zu war im Autobahnbrückentunnel, außer dem hechelnden Atem der Gefangenen, der im Schein des Feuerzeugs blau war, wie Rauch.

Als Frank, der Held ihrer Träume, neben ihr zusammensank und begann um sein Leben zu beten ... wandte Ria sich von ihm ab. Sie hatte nicht vor, ihn noch einmal zu trösten und nie wieder würde sie irgendjemanden vor dem Tode bewahren, sie schwor es, beim nächsten Mal ... aber es schien kein nächstes Mal zu geben, denn so sehr sie auch nebeneinander in die Außenwelt lauschten, Tag für Tag und Nacht für Nacht, sie hörten nichts mehr, nichts mehr von Hannah.

Genau genommen hörten Frank und Ria überhaupt nie wieder etwas.

Elvis

Einzelzimmer in Mittelklasse-Hotels liegen zur stark befahrenen Durchgangsstraße oder alternativ zum Hof, zu einem lichtlosen Hof selbstverständlich, und geben damit einen einzigartigen Blick auf überquellende Müllcontainer und Parkplätze frei. Der Dunstabzug der Küche endet direkt vor dem Fenster. Die Feuertreppe ist zum Greifen nah.

Einzelzimmer spiegeln Einsamkeit wider, als wäre das für den Alleinreisenden nötig, der also die Wahl hat, sich in ein Buch zu vertiefen oder von einem Minimalfernseher trösten zu lassen. Er kann auch die Decke über den Kopf ziehen und warten, dass die Zeit vergeht, oder die Tür hypnotisieren, in der Hoffnung, dass sich jemand in derselben irrt. Es wird nicht geschehen in einem Mittelklasse-Hotel.

All das war Bea Klopfstein auf ihren Reisen bereit zu ertragen. Aber was ihr im Sommer des letzten Jahres in Prüm in einem Hotel passierte, dessen Namen sie sich vorgenommen hat zu verschweigen, war dreist. Ihr eine Leiche ins Einzelzimmer zu legen, das ging zu weit.

Und was für ein Sommer das gewesen war! Keine laue Geschichte, nein, ein richtiger Mittelmeersommer, wolkenlos und gnadenlos, eine Zeit, in der Leichen sich tief unter der Erde befinden sollten oder in einem Kühlhaus, wenigstens.

Bea fand sie sofort, da sie stets das Bad als Erstes nach folgendem Schema inspizierte: Gibt es ein Fenster, eine Duschtasse oder nur eine Badewanne? Gibt es einen Vorhang oder eine Abtrennung aus Plexiglas? Lässt das WC Armfreiheit zu? Wie sehe ich im Spiegel aus?

In Prüm hatte Bea kein Fenster und keine Duschtasse, das WC aber war in Ordnung, in den Spiegel zu schauen vergaß sie, weil sie hinter dem geblümten Vorhang eine Leiche in der Badewanne entdeckte.

Sie lag bis zum Kinn im Wasser und war ein Mann. Sein Gesicht hatte eine eigentümlich blau-graue Farbe, und er antwortete nicht, als Bea ihn ansprach. Sie zwickte ihm in die Wangen, da war er bereits kalt und steif.

Aber er sah immer noch gut aus, bis auf seine etwas schmierige schwarze Haartolle, aus der ein paar Schweißtropfen rannen. Er trug einen teuren Anzug, italienische Schuhe und war BMW-Fahrer, schätzte Bea.

Beherzt zog sie ihren Rock hoch, setzte sich zu ihm auf den Rand der Badewanne und fragte: »Tja, mein Lieber, was haben wir denn da verkehrt gemacht?«

Und sie versuchte, sich ein Einzelschicksal auszumalen. Hatte sein Bruder seine Frau verführt, sein PC einen Virus, hatte er auf die falschen Aktien gesetzt oder sein Vater ihn enterbt? Es gibt viele Gründe, aus dem Leben zu gehen. Vielleicht war er auch eines natürlichen Todes gestorben, Embolie oder Herzversagen. Aber er sah so friedlich aus, und wieso lag er angezogen im Wasser – und überhaupt: Warum war die Wanne voll?

Was auch immer ihm passiert war, jetzt war alles gut, er war bei Bea Klopfstein und in guten Händen. Keinen Augenblick dachte sie daran, ihn abzuschieben, der Hoteldirektion auszuliefern oder gar der Polizei. Einen hilflosen Menschen, nein, so eine war sie nicht.

Sie griff zwischen seine Beine, zog den Stöpsel und ließ als erste Maßnahme das Wasser ablaufen. Dann zog sie ihn aus. Er war auch nackt ein gut aussehender Mann, und sie entdeckte weder Schuss- noch Stichwunden an seinem Körper, auch keine Würgemale. In seinen Taschen fand sie keine Ausweispapiere, kein Geld, keine Tablettenkrümel, keine Beipackzettel, keine Verpackungen. Alles Fehlanzeige.

Sie trocknete ihn ab, verteilte die feuchten Kleidungsstücke in ihrem Zimmer, öffnete das Fenster und holte tief Luft. Es war dunkel geworden in der Zwischenzeit, eine schwüle Sommernacht lag schwer über Prüm – wie gemacht für jede Art von Leidenschaft – und sie ... sie hatte als einzigen Mann eine Leiche zur Verfügung. Sie seufzte, ging zu Bett, nicht ohne Gute Nacht zu sagen, er konnte schließlich nichts dafür. Sie schlief sehr gut, obwohl die erste Nacht in einem fremden Bett normalerweise Schlaflosigkeit bedeutete. Das musste an ihrem neuen Zimmergenossen liegen und an der Ruhe, die er ausstrahlte.

Am anderen Morgen zog sie ihm die Unterwäsche wieder an und fing das Zimmermädchen mit der Information ab, dass sie sich selbst um die Reinigung ihres Zimmers kümmern müsse, da sie an einer Putzmittelallergie leide. Sie hustete demonstrativ und putzte sich die Nase. Das Zimmermädchen sah es ein, wünschte gute Besserung und nahm das Trinkgeld dankbar an.

Beim Frühstück kam Bea kurz der Gedanke, ihrem neuen Zimmergenossen etwas einzupacken, und sie lächelte. Dabei musste sie ihr Tischnachbar, ein einzelner Herr, beobachtet haben, denn er wischte sich mit einer Serviette die Marmelade aus den Mundwinkeln, beugte sich vor und fühlte sich berufen zu sagen:

»Auch allein auf Reisen?«

Bea schüttelte den Kopf. Nein, dachte sie, ich bin nicht mehr allein.

Krawatte, Hemd und Anzug brachte sie nach dem Frühstück in die Schnellreinigung und kaufte sich ein paar Zeitungen. Neben dem Hotel lag ein Eiscafé, der Besitzer stellte gerade die Stühle und Tische heraus, Bea war der erste Gast. Nervös blätterte sie die Seiten durch, aber keine meldete etwas über eine vermisste Person. Ein Stein fiel ihr vom Herzen. Gab es irgendwo auf diesem Planeten jetzt eine Frau, die irrsinnig vor Freude ein neues Leben anfing? Dankbar, dass sich jetzt eine gewisse Bea Klopfstein um den Kerl kümmerte, der sie zehn Jahre lang genervt hatte? Möglich, aber jede Medaille hat zwei Seiten. Jedenfalls hatte er offensichtlich den Kürzeren gezogen, Grund genug, sich um ihn zu kümmern.

Bea war beruflich für acht Tage in Prüm, beschrieb für ihren Verlag Wanderwege, Sehenswürdigkeiten und Einkehrmöglichkeiten in der näheren Umgebung. Eine Arbeit, der sie gern nachging, sie war eine Einzelgängerin und furchtlos, auch im dunklen Wald. Und sie war eine Sammlerin: Alles, was ihren Weg kreuzte und nicht zu schwer war und eine gewisse Seltenheit versprach, hob sie auf, verwahrte, trocknete oder presste es für die Ewigkeit, Käfer, Kräuter, Vogeleier, Fossilien aller Art ... ihre Wohnung war voll davon. Nach der Regel: Je weniger Körperflüssigkeit, desto geringer der Aufwand des Präparierens, beließ sie es meist bei Kleinstlebewesen. Ganz schlecht nur konnte sie sich von irgendetwas trennen.

Aber heute war sie nicht bei der Sache. Es schien ein brütender Sommertag werden zu wollen, sie hatte ihre Sonnenbrille im Hotelzimmer liegen lassen und vergessen, sich mit einem hohen Lichtschutzfaktor einzucremen. Ihr Auto hatte keine Klimaanlage, und wenn sie das Fenster herunterkurbelte, zog es unangenehm. Sie wäre am liebsten umgekehrt. Man hat nicht jeden Tag eine Leiche in der Wanne. Auf einem Wanderparkplatz bei Gondelsheim stellte sie ihr Auto ab und beeilte sich, ihr Arbeitsprogramm hinter sich zu bringen, notierte den halb verfallenen Grabstein im Unterholz, das mit Moos bedeckte Wegekreuz, die romantische Aussicht ins Tal. Aber nichts davon konnte sie heute wirklich beeindrucken.

Auch dem Schaufenster einer kleinen Schnitzwerkstatt schenkte sie nur einen flüchtigen Blick. Inmitten einer Schar leidender Kruzifixe und Madonnenstatuen stand ein lebensgroßer, hölzerner Heiliger Josef und sah ihr freundlich lächelnd nach.

Am frühen Abend holte Bea die Kleidung in der Reinigung ab. Eine gewisse Unruhe erfüllte sie, als sie die Treppen hinauflief. Ob er noch da war? Er war da, lag unverändert in Unterhose und Socken etwas abgeschlafft in seiner Wanne und starrte vor sich hin. Er war noch blasser geworden, während Beas Wangen von der Sonne glühten.

Sie streifte ihm Hemd und Hose über, band seine Krawatte mit einem ordentlichen Windsor-Knoten, wie sie es von ihrem Vater gelernt hatte, und er sah wieder aus wie neu. Das Jackett hängte sie auf einen Bügel in ihren Schrank. Es war schließlich Sommer, und verwundert stellte sie fest, dass er bereits eine gewisse Fürsorge in ihr geweckt hatte.

Hinter den dicken Mauern des Hotels war es angenehm kühl, Bea versorgte ihren Sonnenbrand, setzte sich zu ihrer Leiche auf den Wannenrand und erzählte ihm von ihrem Ausflug. Bea mochte Männer, die zuhören können.

Alles in allem war es eine schöne Zeit in Prüm, er und sie in einem Einzelzimmer. Da war endlich jemand, dem sie Gute Nacht und Guten Morgen sagen konnte, jemand, der ihr zusah, wie sie sich ankleidete, ohne die Augenbrauen hochzuziehen.

Aber der Spaß musste einmal ein Ende haben, im Bad begann es seltsam zu riechen, obwohl sie Parfüm versprühte, sie musste dringend duschen und vier Tage bezahltes Hotel waren bereits um.

Sie musste wohl oder übel versuchen ihn loszuwerden, er war schließlich kein Kleinstlebewesen. Zuerst warf sie ihn kopfüber in den Küchenabzug vor ihrem Fenster. Aber er verhakte sich, rutschte nicht weiter, blieb auf halbem Wege hängen, und Beine und Füße baumelten auf erbarmungswürdige Weise heraus. Daraufhin wollte sie ihn über die Fensterbank die Feuertreppe hinunterrollen, aber sie schaffte es nicht loszulassen. Sie schob ihn auch durch die dicke Staubschicht unter ihrem Bett, aber machte sich sogleich Sorgen, ob man ihn je finden würde. Sie hat alles versucht und ihre Versuche waren wirklich nicht halbherzig, das kann man ihr nicht vorwerfen.

Zu guter Letzt beschloss Bea, ihn mit nach Köln in ihre Wohnung zu nehmen. Sie war alleinstehend und niemandem Rechenschaft schuldig. Ihre Nachbarn waren alle stets mit sich selbst beschäftigt. Der pensionierte Chemiker unten links, aus dessen Küchenfenster ab und zu gelb-rote Wolken aufstiegen, der depressive Pianist mit seinen traurigen Stücken neben ihm und Frau Hertz auf ihrer Etage, die fast blind und nahezu taub in ihrem Lehnstuhl auf die Nächte wartete. Neben ihrem Haus rechts folgte ein stark frequentierter Supermarkt mit Parkplatz, und links klaffte seit vielen Jahren eine große Baulücke, in der ihre Leiche vielleicht ihre ewige Ruhe finden könnte.

Sie spielte mehrere logistische Variationen des Abtransportes durch. War es besser mit der Tür ins Haus zu fallen, sollte sie sich also als Särge sammelnde Allergikerin outen? Sie sah den Hotelier in Ohnmacht fallen. Als ihr endlich die Schnitzwerkstatt in Gondelsheim wieder einfiel, war ihr klar, der Heilige Josef musste helfen.

Der Heilige Josef wurde zwei Tage später in einer länglichen, circa zwei Meter langen und neunzig Zentimeter breiten Holzkiste von der Speditionsfirma *Express* in Prüm geliefert. Bea ließ den aufgelösten Hotelier im Foyer einen Blick auf den Heiligen werfen, der unversehrt in seinem Bett aus Holzwolle lag und alle verständnisvoll anlächelte.

»Liebe Frau Klopfstein«, bot der Hotelier an, »ich werde ihn natürlich bis zu Ihrer Abreise für Sie aufbewahren.«

»Nein, danke für das Angebot, aber ich möchte ihn ganz in meiner Nähe haben, auf Tuchfühlung sozusagen. Ich habe so lange nach ihm gesucht.«

»Verstehe«, sagte er und zog sich nachdenklich zurück.

Zwei Blaumänner schleppten den Heiligen Josef treppauf über dicke Perserläufer.

»Was um Himmels willen wollen Sie mit ihm anfangen?«, fragten die beiden ächzend, stellten die Kiste in Beas Zimmer ab und wischten sich den Schweiß von der Stirn und studierten eingehend ihre Prümer Funde auf der Fensterbank.

»Ich sammle auch Heilige«, antwortete sie entrüstet.

»Ach so«, die beiden nickten, »rufen Sie uns nur an, wenn er weitertransportiert werden soll.«

»Ja, ja, das werde ich«, beteuerte Bea, schloss ungeduldig die Türe und machte sich ans Werk und hob den Heiligen Josef vorsichtig auf ihr Bett. Da die Holzkiste nicht durch die Badezimmertür passte, musste sie ihren Zimmergenossen aus der Wanne zerren und bis zur Holzkiste schleifen. Sie wuchtete ihn hinein, fütterte ihn gut mit Holzwolle ab, legte den Heiligen Josef auf seinen Bauch, noch einmal Holzwolle überall, und schloss den Deckel. Perfekt. Danach öffnete sie wieder, sie hatten noch einen Tag, der Gute sollte in dieser Zeit nicht in völliger Dunkelheit vor sich hin vegetieren.

Jetzt endlich konnte sie duschen.

Am Abreisetag schloss sie den Deckel endgültig über ihm und dem Heiligen Josef und ließ die Kiste dieses Mal von einer Kölner Speditionsfirma holen, da die beiden Prümer

Blaumänner sicherlich über die ungewöhnliche Gewichtszunahme ihres Mandanten gestolpert wären.

Sie schärfte dem Fahrer ein, bloß kein Risiko einzugehen, also keine Überholmanöver, keine Vollbremsungen, nichts, was den kostbaren Heiligen Josef in seinem Holzbett gefährden könnte, und klemmte sich mit ihrem Auto hinter den Laster. Nach wenigen Kilometern waren alle guten Vorsätze vergessen. Aber der Heilige Josef legte sich nicht schützend über ihre Leiche, gab ohne Zögern für sie einen Teil seines rechten Nasenflügels her und opferte seinen kompletten linken Fuß.

Als sie vor Bea Klopfsteins Haustür hielten, sagte ihr ein Blick in die Baulücke, dass es kompliziert werden würde, denn plötzlich war dort eine Grube ausgehoben, das Fundament bereits gegossen und Rohre gelegt. Nach monatelangem Ämtergerangel war man sich ausgerechnet jetzt einig geworden.

In den darauf folgenden Tagen fuhr Bea der guten Ordnung halber einige ausgesuchte Plätze im Kölner Norden ab. Aber einer war zu feucht, einer zu sonnig, einer zu stark frequentiert und ein anderer wiederum zu einsam. Auf jeden Fall waren alle viel zu weit weg und keiner gut genug. »Das ist alles nichts für dich«, sagte sie, als sie zurückkam und sich erschöpft neben ihn fallen ließ.

So kam es, dass sie beide behielt und ihre Fossiliensammlung um den Heiligen Josef als wackligen Garderobenständer und ihre Leiche als neuen Mitbewohner aufstockte.

Die nun dringend notwendig gewordene Präparation fand an einem Sonntagmorgen wiederum in der Badewanne statt. Bea wusste, was zu tun war. Es galt einige unangenehme Dinge zu erledigen. Um der Verwesung entgegenzuwirken, hatten alle Körperflüssigkeiten sich zu verflüchtigen. Sie flossen in einer dunkelbraunen Soße in den Ausguss. Das Ätznatron war auch nicht das Problem und leicht über den pensionierten Chemiker aus dem Erdgeschoss zu besorgen, aber das Gehirn zog sie ihm nicht gern aus der Nase, doch war es nicht so viel an Masse, wie sie befürchtet hatte. Die Augen ließ sie ihm, aus sentimentalen Gründen. Nach der Prozedur schlüpfte er wieder in Hemd und Krawatte und sah ausgesprochen erschöpft aus. Bea krempelte seine Ärmel hoch, schoppte sie bis zu den spitz gewordenen Ellenbogen, das gab ihm etwas Sportliches.

Natürlich musste er danach nicht mehr in der Wanne schlafen, er lag neben ihr, in ihrem Bett. Mit einem Mann wie ihm, konnte sie das machen, er schnarchte nicht, zog ihr nicht die Decke weg und machte keine Annäherungsversuche. Er hatte einen gewissen eigenen Geruch, an den sie sich noch gewöhnen musste, aber im Haus roch es sowieso immer leicht muffig. Der Chemiker.

Er wuchs ihr ans Herz und war der ideale Mann für sie. Er hätte etwas lebhafter sein können, ja, aber man kann nicht alles haben, das wusste auch Bea. Dafür konnte sie ihn tagelang allein lassen, ohne dass die Frage im Raum gestanden hätte: Wo warst du?

Obwohl, ein bisschen frische Luft hätte ihm nicht geschadet. Manchmal hatte sie ein schlechtes Gewissen deswegen. Während draußen das Sommerleben seinen Lauf nahm, Straßencafés und Schwimmbäder sich füllten, blieb ihm nur der Blick hinaus. Aber sie hatte keinen Balkon, auf den sie ihn hätte schieben können. Und sie konnte ihn nicht einfach schultern und mitnehmen. Er musste damit leben. Man kann, wie gesagt, nicht alles haben.

Sie nannte ihn Elvis, nicht nur wegen der Haartolle. Er erinnerte sie an ihn, an den frühen Elvis, mit seinem jungenhaften Charme, zu Beginn seiner unglaublichen Karriere. Und ihm gefiel der Name auch. Sie glaubte ein zaghaftes Lächeln auf seinen spröden Lippen zu sehen, wenn sie ihn mit »Elvis« ansprach.

Die Zeit verging und alles war gut – das dachte Bea jedenfalls.

Aber im darauf folgenden Sommer schlug das Schicksal wieder zu. Es hatte seit Wochen nicht geregnet, der Nährboden für eine Katastrophe war gelegt, und als der Chemiker ihr Haus endgültig in die Luft jagte, mit einer grünen, züngelnden Flamme setzte er sich selbst und allem anderen ein Ende, blieben nur Elvis übrig und sie, da sie zu diesem Zeitpunkt gerade von einer Wanderschaft zurückkehrte.

Der Vermieter traf ein und stand herum und im Wege und identifizierte die Toten nach ihren Fundorten, den Chemiker, den Pianisten und Frau Hertz, sie sahen alle drei ziemlich fertig aus. Von dem Heiligen Josef war überhaupt keine Rede mehr, er musste sich in ein Häufchen Asche verwandelt haben.

Aber als ein junger Feuerwehrmann mit einem weiteren Toten in den Armen durch die rauchenden Trümmer stapfte, stutzte der Vermieter. Dabei sah Elvis eigentlich aus wie immer, nur die Zähne hatte ein einstürzender Dachbalken aus seinem Gesicht geschlagen.

Bea beugte sich über ihn und strich beruhigend über seine angesengte Haartolle, als eine Hand sich auf ihre Schulter legte.

»Doktor Magnus«, stellte sich ein Mann mit sanfter Stimme vor, »Polizeipsychologe. Sie kennen den Toten?«

Bea schüttelte den Kopf, zuckte mit den Schulten und sagte: »Ja.«

»Ein guter Freund?«, fragte Doktor Magnus weiter, »das muss furchtbar für Sie sein, eben noch voller Leben und jetzt nur noch tot.«

Krämpfe schüttelten Bea.

»Wenn er krank gewesen wäre, wenn man seinen Tod hätte kommen sehen, aber so aus heiterem Himmel ...« Doktor Magnus breitete die Katastrophe genüsslich vor ihr aus.

Als er sie einfühlsam nach dem Namen des Toten fragte; stieß sie mit Tränen erstickter Stimme, in der zugleich eine Frage lag, hervor: »Elvis?«

Doktor Magnus nahm ihre Hand und erklärte: »Sicher nicht, meine Liebe. Es ist die Amnesie, die Sie vorübergehend vergessen lässt. Der Wunsch, dass es jemand anders ist, dem dies hier widerfahren ist, nicht wahr?«

Wie Recht er hatte.

»Dieses Loch in Ihrem Gedächtnis wird sich irgendwann schließen«, fuhr Doktor Magnus unbeirrt fort, »das verspreche ich Ihnen. Sie müssen Geduld mit sich haben. Es ist eine Frage der Zeit. Setzen Sie sich nicht unter Druck.«

Bea hatte nicht vor, sich unter Druck zu setzen, und bat nur eindringlich, den Toten solange bei sich behalten zu dürfen. »Sonst wird mir sein Name nie und nimmer wieder einfallen. Sie wissen doch, aus den Augen, aus dem Sinn.«

»Das geht leider nicht.« Doktor Magnus faselte etwas von Hygiene oder so.

Das war's also. Konsequenterweise grübelte Bea nun über einen Grabstein nach, ihr letzter Dienst an Elvis. Dunkelgrauer Granit, vielleicht ein Engel mit ausgebreiteten Flügeln, ein Palmzweig im Schnabel einer Friedenstaube oder doch eine Gitarre, schließlich war das hier Elvis, der beerdigt werden sollte.

Doktor Magnus lehnte auch das ab. »Die Gesetze schreiben vor«, begann er seufzend, »dass – sollte dieser Tote hier nicht identifiziert werden können – er nach einer angemessenen Zeit ins Krematorium verbracht und von dort aus anonym und ohne Ihre Anwesenheit auf dem für dieses Viertel zuständigen Friedhof beigesetzt wird. Es entstehen Ihnen selbstverständlich keine Kosten, wenn keine Verwandtschaft nachgewiesen werden kann.«

Bea Klopfstein brach auf höchst dramatische Weise schluchzend in sich zusammen, es half alles nichts. Sie wurden getrennt.

Bea zog zwei Straßen weiter und Elvis ins Leichenschauhaus. Sie war einsam, ihre neue Wohnung ohne Elvis und den Heiligen Josef leer wie nie, und er lag in einer eiskalten stockfinsteren Schublade mit einem Zettel am Zeh, auf dem ein Fragezeichen stand.

Irgendwann musste auch ein Doktor Magnus einsehen, dass Elvis wahrer Name für immer in Bea Klopfsteins Gehirnwindungen verschwunden bleiben würde. Und da niemand anderer ihn vermisste, und der Tote – ohne Zähne und besondere Merkmale außer einem ungewöhnlichen Hautzustand, den der Gerichtsmediziner der Verkohlung zuschrieb – nicht zu identifizieren war, nahm das Schicksal seinen Lauf.

Bea suchte später lange auf dem Kölner Nordfriedhof nach den anonymen Gräbern. Und dann fand sie sie, im Morgendunst. Ein schöner halbschattiger, trockener Platz, nicht einsam und doch nicht zu stark frequentiert, dazu noch unweit ihrer Wohnung. Vögel zwitscherten in den nahen Bäumen. Die Wiese, die die Gräber überzog, war von sattem Grün und voller Gänseblümchen. Elvis war an die frische Luft gekommen.

Er und sie oder ich

Wir waren Nachbarn. Sie wusste nicht, dass sie mehr für mich war als eine Nachbarin, ich habe es ihr nie gesagt. Aber sie war meine beste Freundin und meine einzige.

Wir hatten unsere Wohnungsschlüssel ausgetauscht. Für Notfälle. Ich goss ihre Blumen, wenn sie auf Reisen war, und sie fütterte meinen Kater. Früher, das ist erst ein paar Wochen her, obwohl es mir heute wie Jahre vorkommt, ließ ich die ganze Nacht das Licht im Flur an, das durch die Wohnungstür scheinen und ihr sagen konnte, ich bin da. Früher klingelte sie an meiner Tür, wenn ihr Kühlschrank leer war und ihre Seele auch. Wir konnten zusammen im Fernsehen traurige Filme ansehen und gemeinsam weinen. Bisweilen gingen wir auch in den Park.

Meist aber waren wir in der Wohnung.

»Bei dir ist es immer so ordentlich«, sagte sie voller Bewunderung. Ich tröstete sie und sagte, dass es in ihrer Wohnung auch so sein könnte, wenn sie nur meine Ratschläge befolgen würde.

Manchmal war mir zwar der Gedanke gekommen, dass sie mich nur dann brauchte, wenn es ihr schlecht ging und kein anderer zur Verfügung stand. Aber diesen Gedanken wollte ich nicht zu Ende denken. So wie es war, war es gut. Es reichte mir für den Anfang. Eines Tages würde es anders sein. Man kann die Dinge nicht übers Knie brechen.

Ich war – und bin es noch – ein sehr geduldiger und ernsthafter Mensch. Wenn ich etwas nicht leiden kann, dann ist es, nicht ernst genommen zu werden. Das ist vielleicht mein einziger Fehler, wenn man es als einen Fehler betrachtet. Nicht, dass ich zum Lachen in den Keller gehe, aber für die wirklich wichtigen Dinge im Leben nehme ich mir viel Zeit und ich nehme sie sehr ernst. Sie gehörte dazu.

Sie war eher oberflächlich, als ich sie kennen lernte. Aber in meiner Gegenwart wurde sie allmählich weniger sprunghaft. Mein beruhigender Einfluss auf sie und überhaupt der Umgang mit mir schienen ihr gut zu tun.

Mit der Zeit brachte ich ihr ein paar wichtige Regeln des Zusammenlebens bei, die für ein friedliches Miteinander unabdingbar sind. Dass man das Radio nur in Zimmerlautstärke spielt, dass eine Frau nicht rauchen und auf Alkohol verzichten sollte, und wie billig es aussah, wenn sie sich schminkte. Und wie wichtig es war, Ordnung in seiner Wohnung zu halten. Ich machte sie auf falsche Freunde aufmerksam, ich habe einen guten Blick dafür. Irgendwann – so dachte ich – werde nur ich übrig sein.

Ich hätte nie gedacht, dass ein Mann unsere Idylle stören könnte. Als sie von ihm erzählte, wurde ich unruhig, aber ich sagte mir, dass nichts daraus werde. Es ist heutzutage schwierig, eine echte und dauerhafte Beziehung aufzubauen, die von gegenseitigem Respekt getragen wird.

Als ich sie das erste Mal mit ihm zusammen sah, hatten sie schon etwas gemeinsam, und ich bekam Angst.

Bald ging er in ihrer Wohnung ein und aus. Nachmittags, wenn sie im Laden war, kochte er für sie, und ein fremder Duft zog durchs Haus. Er sang dazu bei geöffnetem Fenster. Ich hörte, wie er die Weinkorken zog. Dann kam sie nach Hause, und ich lauschte ihren Stimmen. Unsere Bäder grenzten aneinander, und wenn ich in der Duschkabine mein Ohr an die Wand presste, konnte ich hören, wie er sie zum Lachen brachte. In der Dunkelheit spiegelten sich in den Fensterscheiben der gegenüberliegenden Häuser ihre Schatten. Wenn sie verschwunden waren, löschte ich das Licht im Flur und lag den Rest der Nacht bewegungslos auf meinem Bett. Ich war ziemlich sicher, dass sie nicht nur nebeneinander schliefen, sondern auch miteinander.

Auch den Nachbarn fiel er unangenehm auf. Die laute Musik, die jetzt immer aus der Wohnung kam, das nächtliche Türenschlagen und die vielen Schritte im Treppenhaus. Wir wohnten in einem sehr ruhigen Haus und in einem gepflegten Viertel.

»Niemand weiß so recht, wer er ist und woher er kommt«, sagte sie zu den Nachbarn. »Er geht keiner Arbeit nach.«

Die Nachbarn nickten.

Seine Freunde besuchten ihn auch, und während wir sie beobachteten und ihnen nachsahen, waren wir alle der Meinung, dass sie finstere Gestalten seien. Wie er.

»Man muss etwas unternehmen«, schoben die Nachbarn es von einem zum anderen. »Er passt nicht hierher.«

»Sie kennen sie doch am besten«, sagten sie schließlich zu mir, »sind Sie nicht sogar befreundet?«

»Schon lange nicht mehr«, wies ich sie zurück.

Ich muss zugeben, dass ich nach einem Weg suchte, ihn loszuwerden. Da mir nichts einfallen wollte, setzte ich wie immer auf die Zeit. Er wird ihrer bald überdrüssig sein, sie wird einen Fehler machen, er wird eine andere finden und sie wird wieder an meiner Tür klingeln und mir ihr Herz ausschütten. Ich werde ihr verzeihen, sicher, aber nicht ohne sie auf ihren Fehltritt aufmerksam zu machen. Sie wird mir Recht geben und es bereuen. Und alles wird wie früher sein.

Aber dann hatte ich plötzlich keine Zeit mehr. Als ich sie gestern Morgen im Treppenhaus traf, weil ich die Zeitung holte, sagte sie voller Freude: »Wir ziehen in eine andere Stadt. Er hat Arbeit gefunden.«

Ich sah, wie glücklich sie darüber war und wie weit sie sich schon von mir entfernt hatte.

Ich weiß nicht mehr, wie ich den Rest des Tages verbrachte. Ich kann mich nicht erinnern, was ich bis zum Hereinbrechen der Dunkelheit gemacht habe.

In der Nacht öffnete ich ihre Wohnung. Die Gardinen waren nicht zugezogen, und im Schein der Straßenlaternen sah ich, dass auf dem Nachttisch zwei Weingläser und ein voller Aschenbecher standen. Essensgeruch lag in der Luft. Ihre Kleider lagen auf dem Boden verstreut. Die Schuhe standen nicht nebeneinander.

Er lag auf ihr, und als sie mich sah und das Messer in meiner Hand, stand die Bitte in ihren Augen: Tu ihm nichts. Ich mochte sie immer noch sehr. Aber ihre Lippen waren rot geschminkt.

Es war ihr Messer, das sie mir einmal geliehen hatte. Ich hatte nicht vergessen es ihr zurückzubringen, ich hatte es als eine Art Pfand bewahrt. Ehrlich gesagt, war es sogar mehr als das. In der letzten Zeit hatte ich es kaum aus der Hand gelegt, es war der einzige Gegenstand, abgesehen von ihrem Wohnungsschlüssel, den ich von ihr besaß. Es erinnerte mich an früher, an unsere gute Zeit. Ja, auch ich hatte für sie gekocht. In meiner Küche, in der alles an seinem Platz liegt, nicht in ihrer und keine fremdartigen Gerichte, sondern gutbürgerliche Kost, wie meine Mutter sie in meiner Kindheit für mich zubereitet hatte.

Er hatte mich noch nicht bemerkt. Er schien erschöpft.

Als er mit einem Seufzer neben sie rollte, wollte ich plötzlich wissen, wie es ist, dazuliegen wie sie. Und er. Ich habe noch nie mit jemandem das Bett geteilt. Ich fürchte mich ein wenig vor Berührungen und bin ihnen immer ausgewichen. Sie sind mir fremd. Ich habe gern alles unter Kontrolle und behalte einen kühlen Kopf. Das kann man am besten, wenn man Abstand behält. Körperlichen Abstand.

Ich weiss nicht mehr, woher ich den Mut nahm, vielleicht weil es fast dunkel war, weil ich nicht allein mit ihr war oder weil ich Angst hatte, sie zu verlieren. Aber ich weiß auch, dass ich es nicht gewagt hätte, wenn sie mich nicht dazu aufgefordert hätte.

»Leg dich zu uns«, flüsterte sie und machte mir Platz. Ich schob das Messer unter ihr Kopfkissen und glitt lautlos unter ihr Laken. Sie sorgte dafür, dass ich zwischen ihnen lag. Ich roch ihn und sie, und auf eine Art glichen sich ihre Gerüche. Ich begann zu schwitzen, obwohl ich mich nicht bewegte. Ich lag da wie ein Brett. Noch nie war ich einer Frau so nah gewesen. Aber auch nie einem Mann. Und ich wartete ab, was nun geschehen würde.

Endlich wandte er sich mir zu, ohne zu merken, dass ich es war, und gab mir ihren Namen. Im Schein der Straßenlaterne sah ich, dass er die Augen geschlossen hielt. Versteinert ließ ich seine und ihre Hände über meinen Körper gleiten. Als er entdeckte, dass ich es war und nicht sie, lachte er leise auf. Über mich hinweg nannte sie ihm meinen Namen. Er kam ihm nicht fremd vor, sie hatten also über mich gesprochen. Aus den Augenwinkeln sah ich sie, die mir auffordernd zulächelte.

Sie verführten mich, jeder auf seine Weise. Sie wurden so ausgelassen, dass ich das Gefühl hatte, die heiß ersehnte Abwechslung in ihrem bereits ermüdenden Sex-Leben zu sein. Über die Einzelheiten möchte und kann ich immer noch nicht sprechen. Sie spielten mit mir. Aber das Schlimmste war, sie nahmen mich nicht ernst.

Erst in der Morgendämmerung stach ich zu, wischte das blutende Messer sorgfältig am Laken ab, legte es in seine offene Hand und stand auf. Nur mit Mühe widerstand ich der Versuchung, die Wohnung aufzuräumen und die Gardinen aufzuziehen, nahm meinen Schlüssel vom Haken und hängte ihren dorthin. Ich stand noch in der Tür, als er im Schlaf den Kopf hob und murmelte: »Wohin gehst du?« Und wieder gab er mir ihren Namen. Ohne auf eine Antwort zu warten, legte er sich zurück. Er hatte nur geträumt, dass es mich gab.

In meiner Wohnung ging ich zuerst ins Bad und sah in den Spiegel, weil ich wissen wollte, ob man mir ansehen konnte, was geschehen war. Ich wunderte mich, dass ich keinen Lippenstift in meinem Gesicht fand. Dabei war ich sicher, dass sie mich geküsst hatte, ich hatte es deutlich gefühlt. Oder war er es gewesen?

Ich sah aus wie immer, abgesehen davon, dass es höchste Zeit für die morgendliche Rasur wurde. Ich habe einen sehr starken Bartwuchs. Ich sah auf die Uhr. Sechs Uhr. Um diese Zeit bin ich normalerweise immer schon rasiert.

Danach ging ich in die Küche, setzte Kaffee auf, nahm meinen Kater auf den Arm und sah aus dem Fenster. Es regnete.

Mutters Zimmer

Bitte, steigen Sie doch ein!«, bat Karl Maria Wiedemann, sechsunddreißig Jahre alt und von seinen Kollegen im Finanzamt nur KMW genannt. Er hatte sich vor einer Woche nach einem persönlichen Vorgespräch die Handynummer der Dame geben lassen und sie für heute Punkt achtzehn Uhr mit der Buslinie 979 zum Liblarer Einkaufszentrum bestellt. Und sie war tatsächlich gekommen. Luisa Maroni. Eine Parfümwolke stieg mit ihr ein.

Schweigend chauffierte KMW sie über die linke Spur der A 1 nach Bad Münstereifel, wobei er sich ausmalte, was sie tun würden, sobald sie in seinem Reihenhaus angekommen waren, in dem er seit seiner Geburt lebte.

Rufus, sein großer schwarzer Hund, der ihm – seit Mutters Tod vor neun Jahren – als einziger in seiner Freizeit Gesellschaft leistete, saß hinten auf der Rückbank und sabberte unverdrossen auf ihre Schultern.

Mit der Einsamkeit nach Mutters Tod kam KMW gut zurecht, nur ab und zu hatte er doch das Verlangen nach weiblicher Nähe. Einmal im Monat etwa, das war ja wohl normal.

Zu Hause würde alles nach bewährtem Ritual ablaufen:

Da servierte er grundsätzlich zuerst ein Stück Apfelkuchen ohne Sahne, zwei Tassen Kaffee und einen mittelmäßigen Cognac. Anschließend zeigte er der Dame sein Häuschen, insgesamt vier Zimmer, Küche, Diele, Bad, Balkon und Terrasse, wobei Mutters Zimmer im Erdgeschoss selbstverständlich tabu war. Zuletzt immer das Schlafzimmer, dort ging es dann zur Sache.

Ließ ihn im Verlauf dieser seine Manneskraft *nicht* im Stich, verbrachte er die Dame nach der Entlohnung inklusive

Fahrtkostenerstattung noch in der gleichen Nacht zurück zur Liblarer Bushaltestelle, sodass sie nach einer Wartezeit den ersten Bus in der Frühe nehmen und er wie immer pünktlich im Büro erscheinen konnte. Als wäre nichts gewesen.

Selten, aber es kam doch vor, dass er seine Höchstform verpasste, dann sah er nicht ein, für etwas zu bezahlen, das er nicht erhalten hatte. Da er außerdem fürchtete, man könnte sich in Köln über ihn lustig machen, ließ er die Dame in seinem Bett die Nacht verbringen. Aber noch vor dem Aufwachen erschlug er sie mit einem Gummihammer, wobei er stets ein leises »Sorry« murmelte. Denn es war ihm verständlicherweise unangenehm.

Rufus kümmerte sich im Laufe des Tages um die Entsorgung der Leiche. Er war ein großer Hund. KMW ging derweil ins Büro. Als wäre nichts gewesen. Obwohl er vielleicht etwas unzufriedener aussah, wenn man ihn genauer betrachtete, aber das tat niemand.

Die Kleidungsstücke der Damen wanderten in die nächste Altkleidersammlung, während Fußkettchen, Zähne und Fingernägel, Ausweispapiere und das Handy und all das, was Frauen sonst noch so in ihren Handtaschen mit sich herumtragen, von KMW in Schuhkartons gesammelt wurde.

Diese Schuhkartons waren ein Kapitel für sich. KMW besaß Hunderte davon.

Der Größe nach sortiert, die Kanten peinlich genau übereinander, mit gestochen scharfer Schrift versehen, befanden sie sich in einer deckenhohen Regalwand in Mutters Zimmer. Selbstverständlich enthielten sie nicht nur Andenken, KMW war kein Massenmörder und stand in voller Blüte. Er hatte erst fünfmal zuschlagen müssen. Darauf war er stolz. Zu Recht.

In den anderen Schuhkartons befanden sich im Maßstab 1:87 ... Ämpelchen, Bergattrappen, Kabelstränge, Plastik-

Männchen und Kühe, Schienen, Andreaskreuze, Weichen und Schranken, Wohnhäuser, Brücken, Busse und Schiffe ... denn KMW hatte ein Hobby.

Nach Feierabend konnte er es kaum erwarten in Mutters Zimmer auf dem Drehhocker Platz zu nehmen und den Hebel umzulegen. Wenn endlich das rastlose Schnurren des Motors ertönte und die Lok das Stellwerk verließ, war er in seinem Element. Wenn sie bebend und heiß gelaufen nach der rasanten Strecke durch felsiges Gebirge, finstere Tunnels und tiefe Täler an beschaulichen Seen, reißenden Flüssen und romantischen Dörfern endlich in das schnuckelige Bahnhöfchen einlief, war er schweißgebadet – aber glücklich.

Währenddessen saß Rufus neben ihm, hielt ein wachsames Auge auf den Streckenverlauf und sabberte unverdrossen auf ein kleines Stück Almwiese mit einem lächelnden Senner. Danach bastelte KMW noch ein paar Stunden herum, es gab immer etwas zu schrauben und zu richten. Pünktlich um Mitternacht schaltete er das Leben in Mutters Zimmer aus.

Bei Luisa Maroni kam es aus seinerseits unverschuldeten Gründen wieder einmal *nicht* zu einer Bezahlung.

Am nächsten Abend, als er aus dem Büro kam, bestückte er einen neuen Schuhkarton mit dem, was Rufus von ihr übrig gelassen hatte. So sehr KMW auch suchte, das Handy hatte sie wohl vergessen, was ihn ärgerte. Das war ihm noch nie passiert. Aber er hatte gleich ein ungutes Gefühl bei dieser Dame gehabt, nun war es zu spät für Vorwürfe und Reue. Was geschehen war, war geschehen.

Nur drei Tage später, gerade hatte er den Zug in Gang gesetzt und es sich auf dem Drehhocker bequem gemacht, da klingelte es. Rufus raffte sich auf zu knurren, und KMW schlich auf Zehenspitzen zum Türspion.

Bei dem ungebetenen Besuch handelte es sich um zwei weißblonde, nicht mehr ganz junge Damen, eine schmal und lang, eine kürzer und korpulenter, die so grell und bunt vor seiner Türe standen, dass er sie ohne lange nachzudenken als jene Damen aus Köln einstufte. Wahrscheinlich eine Empfehlung. Kein Wunder.

Aber gleich zwei?

Er zog die Türe nur einen Spalt breit auf, schon setzte die Lange dreist einen Stöckelschuh auf die Schwelle, wirbelte ein kleines rosa Lacktäschchen herum, rotierte in den Hüften und sagte. »Hi!«

»Es ist spät, und ich bin müde.«

»Und wir sind auf der Suche nach Luisa Maroni«, stellte die Dicke mit forscher Stimme klar.

»Kenn ich nicht«, sagte er und wollte die Tür zuschieben, aber sie überrumpelten ihn, wahrscheinlich weil er nicht resolut genug war, in Gedanken mit der Tatsache beschäftigt, dass er noch nie mit zwei Frauen auf einmal ...

Jedenfalls verschafften sie sich Zutritt, stöckelten am ratlosen Rufus vorbei einfach in seine Wohnung hinein, knickten ein paar Mal um, ehe sie ihre knallroten Schuhe von den Füßen warfen.

»Moment! Moment! Wer sind Sie überhaupt?«, rief er hinter ihnen her und wunderte sich, wie muskulös ihre Waden sich durch die Maschen der Nylonstrümpfe drückten. Und behaart schienen sie auch zu sein. Es gibt Männer, die auf so etwas stehen. Er gehörte dazu.

Die Damen kamen auf der Türschwelle zu Mutters Zimmer zum Stehen. »Wie wundervoll!«, schrien sie im Chor, und ihre Stimmen überschlugen sich.

Die Lok kam gerade majestätisch aus einem Tunnel hervor und machte sich mit lang gezogenem Pfeifton in Richtung

Felsengebirge mit Schlucht davon. Hinter ihr ratterte die Fracht über die Schienen. Schranken öffneten und schlossen sich.

»HO!«, stieß die Große hervor.

»Sie verstehen was davon?« KMW war augenblicklich besänftigt. Rufus sowieso. Er würde sich nie an lebendigen Wesen vergreifen.

»1:87, nicht wahr? Ich ... eh, mein Mann hat auch so eine.«

»Ach?« KMW hätte nicht gedacht, dass diese Art Damen Männer zu Hause haben. Das hatten die doch gar nicht nötig.

»Aber nicht halb so groß wie Ihre. Wie viele Kilometer haben Sie denn hier?«

»9,57.«

»Hey! Darf ich mal?«

Widerwillig sagte KMW: »Bitte« und zeigte dabei auf den abgewetzten, fleckigen Drehhocker. Sie ließ sich fallen, wickelte die kräftigen Füße in den Nylonstrümpfen um die Metallstreben, griff nach dem Trafo und schien im gleichen Moment alles um sich herum zu vergessen. Sie spielte mit Leib und Seele, stellte die Weichen und rangierte, während die Dicke am Regal mit dem Schuhkartons entlangstreifte und mit Fingerspitzen auf jeden einzelnen tippte.

»Hören Sie, das alles hier ist was für Männer«, sagte KMW und wurde langsam unruhig. Wenn die zwei schon einmal da waren ... »Sollen wir nicht .... kann ich Ihnen einen Cognac anbieten?« Apfelkuchen hatte er nicht im Haus und für einen Kaffee war es zu spät, dann würde er die ganze Nacht nicht schlafen können. Sein Ritual zu ändern, irritierte ihn zwar, aber er müsste sich nur vorstellen, er hätte den Kaffee schon getrunken, den Kuchen schon gegessen, dann würde es schon gehen.

Die Dicke nickte und hob gerade einen Kartondeckel an und spähte hinein. Nr. 87. KMW wusste was darin war ...

Ämpelchen. Keine Panik. Die Andenken standen hoch, da würde die Dicke im Leben nicht drankommen.

Aber ehe er ins Wohnzimmer gehen konnte, deklamierte die Lange plötzlich los: »Dieses in sich geschlossene System vermittelt uns doch irgendwie das Gefühl der absoluten Kontrolle! Eine Art geniales Paralleluniversum, in dem wir allein herrschen können!« Dabei zwinkerte sie ihm zu, und um ihre Oberlippen spielte der Schatten eines dunklen Damenbartes. Auch das fand KMW nicht unappetitlich.

»Wenn Sie meinen ...«

»Ja, doch! Haben Sie denn nicht gottgleich Gebirgsmassive gesetzt und Eichenwälder gepflanzt, lassen Sie nicht Flüsse fließen, die sich zu Seen stauen ...?«

»Nun ja«, er scharrte mit den Füßen. Offensichtlich hatte er es hier mit einer Psychopathin mit verkorkster Kindheit zu tun.

»Doch, wirklich! Sie sind ein wahrer Weltenschöpfer am Trafo.« Dann nahm sie jede einzelne Figur ins Visier und schüttelte den Kopf. »Aber ... es gibt keine Frauen in Ihrer Welt.«

»Nein«, bestätigte KMW, »keine Frauen.«

Gegenüber sabberte Rufus weiter auf die Almwiese mit dem lächelnden Senner. Die Dicke lehnte am Regal.

»Frauen nur im richtigen Leben.« Er versuchte anzüglich zu grinsen. »Darf ich die Damen nun zum Cognac bitten?«

»Sie haben sie also nicht gesehen?«

»Wen?«

»Luisa Maroni.«

»Wer soll das sein?«

»Eine Kollegin von uns. Ihre Nummer stand auf ihrem Handy.«

Das Scheiß-Handy, dachte KMW und er brummte: »Doch, ja, stimmt. Sie war hier. Vor genau drei Tagen, wenn ich nicht irre. Aber ich habe sie danach zum Bus gebracht.« Als die Damen ihn skpetisch musterten, fügte er hinzu: »Vielleicht hat sie die Spur gewechselt?«

Im gleichen Moment wechselte auch der Zug die Spur, und es kam zu einer Entgleisung vor der siebten Schranke, direkt neben dem Wasserfall. Schuld war eindeutig dieses lange Mannweib, das ungeschickt mit den Armen gerudert hatte. Der Güterzug fuhr direkt in die wartenden Autos, sprengte ein paar Vorgartenzäune und landete auf der Terrasse eines Einfamilienhauses, auf der der Hausherr seine müden Glieder in einem Liegestuhl der Sonne entgegenstreckte. Das Cocktailglas mit der grünen Flüssigkeit zersprang in tausend Splitter. Die Waggons kippten um und entluden sich.

Dann fiel die Dicke noch wie zufällig in die Regalwand und riss alle Schuhkartons heraus. Diese Damen traten sein Heiligtum mit Füßen. Waggons und Fußkettchen, Schienen und Ausweispapiere lagen durcheinander. KMW wurde ganz schwindlig vor Panik und all der Unordnung. Er wusste nicht, wo er mit Aufräumen beginnen sollte.

Aber er riss sich zusammen. Nur raus hier. »Das macht weiter nichts«, sagte er so sanft wie möglich, »das räume ich später auf. Darf ich Ihnen vor dem Cognac noch mein Häuschen zeigen?« Er musste den Cognac überspringen, sein Ritual streng kürzen.

»Ja gerne, und entschuldigen Sie uns, das ist uns furchtbar peinlich.«

»Kommen Sie nur!«, winkte er sie zu sich.

Nicht nötig. Die zwei waren schon unterwegs. Barfuß. Ihm voraus. Die Dicke in Richtung Küche, die Lange nach oben in den ersten Stock. Im Nachttisch lag der Gummihammer. Also erst die Lange. Er ging ihr nach, wieder diese sexy Waden dicht vor seinen Augen, zum Greifen nah. Aber ihm war alles vergangen.

Die Lange warf einen Blick ins Bad und marschierte dann ins Schlafzimmer. Das rosa Lacktäschchen landete auf dem schmalen Bett, und sie warf sich daneben und schloss die Augen.

Perfekt. So würde es ein Leichtes sein, unauffällig den Gummihammer aus der Schublade zu ziehen, dachte er fieberhaft. Aber so war es nicht. Sie musste ihn im letzten Augenblick in der Spiegeltüre gesehen haben, denn sie fing den weit ausholenden Schlag auf.

»Dieter!«, schrie sie.

»Karl Maria!«, widersprach KMW noch, ehe sie seinen Arm verdrehte, dass es nur so krachte. Jetzt war er es, der schrie.

Beim dem nachfolgenden Gerangel flogen die weißblonden Haare wie nichts vom Kopf und ein glatt rasierter Schädel kam zum Vorschein, die pinkfarbene Bluse riss und legte eine behaarte Männerbrust frei. Schon bohrte sich eiskalt der Lauf einer Pistole in seinen Rücken.

»Alles was Sie ab jetzt sagen, verwenden wir gegen Sie.«

Verdammt! Er wandte sich ab. Er hätte es wissen müssen!

Polizisten ... kommen nie allein.

Rockerbraut

Als die Glastüren automatisch einfahren und sie einen Fuß in unser Heim setzt, weiß ich sofort, dass ich sie lieben werde für den Rest meines Lebens. Niemand wird mich daran hindern. Niemand. Ich bin immer noch ein richtiger Kerl. Wenn ich Ihnen sage, diese oder keine, dann meine ich das auch so. Sie wird meine Braut. Wir werden ein Paar abgeben! Feuer und Wasser.

Yeah!

Ich war mein Leben lang ein Rocker. So was hört man nicht auf zu sein, nur weil man sechsundsiebzig ist. Das ist so tief in mir verwurzelt, tiefer noch als mein Herzschrittmacher.

Ich spiele noch Gitarre, nicht mehr die schnellen Stücke, wegen der Arthrose in den Fingern. Ich trage noch Jeans und im Sommer krempele ich die Ärmel hoch und zeige mein Tattoo auf dem Oberarm. Ich trage meine Haare immer noch lang, obwohl sie grau wie Asche sind. Ich höre noch die gleiche Musik. Ich trage immer noch das Stirnband aus Leder. Und die Stiefel.

Ihre Füße, nein Füßchen, stecken in rosafarbenen Pumps, ihre schlanken Beine in puderfarbenen Strumpfhosen. Das Kostüm hat die Farbe ihrer Pumps. Ihr Hut auch. Er hat eine breite Krempe, ihr Gesichtchen dahinter schimmert rosa, zart und liebenswert. Sie lächelt immerzu. Ihre rosa Hand mit den Ringen aus Gold liegt auf dem Unterarm einer jungen Frau, die vermutlich ihre Tochter ist. Töchter bringen ihre Mütter ins Heim. So ist das nun mal. Wie lieb von ihr, ihrer Tochter keine Szene zu machen. Wie tapfer zu lächeln.

Ich will nicht jammern. Ich hab's ganz gut hier. Essen, ärztliche Betreuung, Animation, Fernsehen, Kino, Bücher, Musik,

Besuch. Nur die Weiber! Was hier herumkriecht und -fährt und -liegt! Zum Abgewöhnen. Frisches Blut fehlt hier, flotte Neuzugänge könnten wir hier echt gebrauchen. Und wenn welche kommen, muss man sich ranhalten, sonst kommt man zu spät.

Heute bin ich seltsamerweise der Einzige hier im Foyer. Es ist noch früh am Tag.

Mein rosa Baby ist an mir vorbeigetippelt, ohne mich zu begrüßen. So was. Dabei sitze ich unübersehbar direkt neben der Eingangstür, und zupfe leise auf meiner Gitarre mein Lieblingslied. *Hello, Mary Lou.* Das tue ich jeden Morgen, habe die Hoffnung noch nicht aufgegeben, dass mal jemand Vernünftiges zur Tür hereinspaziert. Die Neuen kommen morgens. Samstagmorgens. Und ich hab Recht behalten. Sieht man an heute.

Baby steht jetzt am Empfangstresen. Sie hat ein bisschen wenig Hintern im Rock, aber zu viel ist auch nicht gut. Die Waden sind adrett geschwungen. Der Hut wackelt hin und her. Sie wird doch nicht Parkinson haben? Das kann ich nämlich gar nicht ab. Das macht mich ganz nervös.

Aber nein, jetzt erkenne ich es, sie sieht nur hin und her. Ist eine Neugierige. Schön. Dann wird sie auch neugierig auf mich sein. Ich hab viel zu erzählen, bin mein Leben lang herumgereist. Auf dem Truck oder der Harley.

Yeah!

Schade, dass meine Ohren nicht mehr so mitmachen, dann hätte ich eben ihren Namen auch verstanden. Später. Dann bleibt sie einfach mein Baby. Ich werde auf sie aufpassen. Die alten Knacker hier werden auf sie abfahren. Das ist sonnenklar. Aber sie gehört mir.

Baby tippelt mit ihrer Tochter zum Aufzug. Mist, da kann ich nicht gleichzeitig mit. Also beeil ich mich und flitze zu dem zweiten Aufzug im hinteren Trakt, rolle oben den Gang hinunter und will sie abpassen. Ich seh gerade noch, wie sie in Zimmer 26 verschwindet, dem Rosenzimmer.

Nicht mehr alle von uns können noch so zählen und lesen wie ich, deshalb haben sie hier an die Zimmertüren Sachen gemalt: Blume, Haus, Auto. Dinge, die jeder von uns kennt, wenn er nicht gerade Alzheimer hat. Aber die Alzheimer finden sowieso nie was. Die muss man immer unterwegs einsammeln und in ihr Zimmer bringen. Sie tragen ihr Zimmersymbol um den Hals. Ich mach das gerne. Die sind so dankbar. Ich bin so etwas wie der gute Geist in diesem Haus.

Die Tür zum Rosenzimmer ist zu, dahinter höre ich Stimmen. Die Tochter redet auf mein Baby ein. Der Ton gefällt mir nicht. Soll ich? Nein, ich verhalte mich ruhig, obwohl mein rechtes Bein zuckt, wie schon lange nicht mehr. Türe eintreten ist bei mir nicht mehr drin. Das war einmal. Ich weiß nicht, wie viele ich in meinem Leben eingetreten habe.

Es ist leiser geworden im Rosenzimmer. Endlich kommt die Tochter heraus und blickt sich um. Als sie mich im dunklen Flur stehen sieht, fragt sie doch glatt. »Kann ich Ihnen helfen?«

»Nee, danke, mir ist nicht mehr zu helfen.«

»Ach, so mein ich das nicht.«

»Ist das da drin ihre Mutter?«

Sie nickt und schämt sich.

»Was hat sie denn?«

»Wie meinen Sie das?«

»Welche Krankheit, was sonst?«

»Oh, sie ist sehr alt und ein bisschen verwirrt.«

»Und Sie haben keine Zeit.«

»Na ja ...«

»Das ist okay, junge Frau. Ich kenne das. Ich hatte früher auch nie Zeit. Die Zeit kommt später. Machen Sie sich keine

Sorgen. Ich bin da. Und ich lauf auch nicht weg. Ich kümmere mich um sie, ich mache ihr das Leben leicht. Ich werde sie nämlich heiraten.«

»O Gott!«

»Ja, auch vor Gott, wenn sie es will. Ich brauche das zwar nicht, aber wenn sie unbedingt will. Da muss ich mich erst wieder taufen lassen ...«

Die Tochter verschwindet wieder im Rosenzimmer. Sie wird meinem Baby doch nichts verraten? Das will ich selbst tun. Sie zu fragen, ist meine Sache. Ich klopfe an, Getuschel hinter der Türe. Ich klopfe härter. Zaghaft öffnet sich die Türe und mein Baby steckt den Kopf hervor.

»Sie wünschen, mein Herr?«

So eine ist sie also. Mein Baby ist eine Dame. Blitzschnell disponiere ich um und rufe ihr: »Willkommen, sehr verehrte Dame!« entgegen.

»Danke. Das ist sehr lieb, mein Herr.«

»Würden Sie heute Abend mit mir essen gehen, Gnädigste?«

Sie nickt und lächelt und schiebt die Tür wieder zu. Und ich habe ein Date!

Yeah!

Ich weiß nicht, wie lange das her ist, dass ich ein Date hatte. Ich summe den ganzen langen Gang hinunter: *Hello, Mary Lou.*

Noch hat niemand außer mir sie zu Gesicht bekommen. Am meisten fürchte ich Wilhelm. Der wird sich nicht so leicht geschlagen geben. Er ist kein metal heart wie ich, aber er fährt ein bike wie ich. Vor ihm muss ich mein Baby beschützen. Er wird sie haben wollen. Er ist der Anführer von der anderen Clique. Das Heim hier ist nämlich sozusagen gespalten, kann man sagen. Fast genau in der Mitte. Jedenfalls was die Rollstuhlfahrer betrifft, die anderen sind nicht mehr so flott. Die eine Hälfte ist für Wilhelm, die andere für mich. Logisch. Wir machen hier schon mal was los, wenn es allzu langweilig wird. Ein echtes Programm. Illegale Rennen machen wir. Draußen im Park. Nachts natürlich, wenn die Aufsicht schläft. Die wundert sich am nächsten Morgen, warum wir alle so kaputt sind und nicht aus den Federn wollen.

Für mein Baby würde ich bis ans Ende der Welt fahren. Das ist nicht so weit. So groß ist unser Park nicht. Es gibt ein paar hübsche Wege, kreuz und quer. Es macht Spaß die entlang zu heizen, die Büsche zu rasieren und über die flachen Stufen zu hoppeln.

Beim Abendessen quartiere ich meinen Tischnachbarn Leopold um, reserviere seinen Platz für sie und rolle zum Aufzug zurück, um sie in Empfang zu nehmen. Wilhelm ist schon da, er sitzt mir gegenüber und ruft mir irgendetwas hinterher. Als die Aufzugtüre sich aufschiebt, sehe ich als Erstes ihr Lächeln, das so bezaubernd ist. Ich wende, fahre langsam vor und höre, wie sie hinter mir her tippelt. Ich ziehe ihr den Stuhl parat, und sie zieht den rosa Rock glatt und setzt sich. Ich rolle neben sie und blicke direkt in Wilhelms gieriges Gesicht.

»Ich bin der Wilhelm«, ruft er meinem Baby einfach zu.

Ich würde ihm gern unter dem Tisch gegen das Schienenbein treten. Da erhebt er sich andeutungsweise und verbeugt sich. Schon besser. Als er seine fettige Hand vorschiebt, schlage ich sie ihm vom Tisch. »Du fasst sie mir nicht an!«, zische ich.

»Sehr erfreut, Sie kennen zu lernen«, flötet Baby etwas irritiert und lächelt tischauf, tischab. Man ist hier meistens mit sich selbst beschäftigt.

Ich fördere meine besten Tischmanieren zutage. Bei Tisch wird nicht gesprochen, die Hände auf den Tisch, Serviette auf den Schoß, den Löffel zum Mund und nicht umgekehrt. Ich höre meine tote Mutter reden.

Aber Baby will wohl unterhalten werden, und ehe ich Wilhelm das Feld überlasse, rede ich mit. Wie schön es hier ist und so. Konversation halt. Dabei bemerke ich genau, wie oft sie Wilhelm ansieht und wie oft mich. Das ist nicht gerecht. Dabei ist es vielleicht nur einfacher für sie geradeaus zu gucken, als sich den Hals zu mir zu verrenken. Egal. Sie gehört mir.

Meine Wut auf Wilhelm verdirbt mir den Appetit.

Was bildet er sich ein! Er flirtet mit ihr, dass sich die Balken biegen. Er schenkt ihr sogar seinen Nachtisch und sie sagt nicht nein, sondern lächelt ihn an, statt mich.

Dann ist er auch noch schneller um den Tisch herum und rollt mit ihr hinaus. Ihr den Park zeigen. Das gibt es doch nicht!

Ich sehe den beiden durch den Wintergarten nach. Sie schiebt ihn sogar. Sie verschwinden hinter einer Wegbiegung und einem Gebüsch, und meine Fantasie sagt mir, was gleich da draußen geschehen wird.

Wütend rolle ich in mein Zimmer, greife nach meiner Gitarre und zupfe Disharmonien, so lange bis ich weiß, was ich tun werde. Das kann ich mir keinen Tag länger ansehen. Ich werde um sie kämpfen.

Ich lauere Wilhelm auf. Nachdem mein Baby in seinem Rosenzimmer verschwunden ist, nicht ohne dem Bastard vorher eine selige Nacht ins Ohr zu flöten, stürze ich mich auf ihn. »Heute Nacht fahren wir!«

»Von mir aus«, lacht Wilhelm. »Ist es wegen der Kleinen?«

Ich brumme nur und drehe ab.

»Wer gewinnt, bekommt sie«, ruft er mir nach. »Wann?«

»Mitternacht.«

Wilhelm lacht. »Mitternacht ist gut. Ich bin da. Ich kriege sie, wetten?«

Mein Herz jagt, ich weiß, dass ich nur mit viel Glück gegen ihn gewinnen kann. Mein Motor ist zwar etwas stärker, aber Wilhelm wiegt weniger als ich, und er hat keine Arthrose in den Händen wie ich. Bis heute war das egal. Es ging um den Spaß. Egal, wer gewann. Aber jetzt geht es um Baby! Vielleicht würde ich zum ersten Mal in meinem Leben unfair sein müssen. Den Rest der Zeit verbringe ich mit dumpfem Klampfen. An Schlaf ist nicht zu denken.

Zwei Stunden später ist es soweit. Ich rolle durch den Hintereingang an den üblichen Treffpunkt. Den Teich. Wilhelm steht schon da und klopft auf die Uhr. »Deine Uhr geht nach.«

»Red keinen Quatsch. Geh in Position!«

Wir stellen uns dicht nebeneinander. Reifen an Reifen. Fußspitze neben Fußspitze. Die Rennstrecke ist klar: eine volle Runde durch den Park, immer den Wegleuchten entlang. Der Weg ist so verwinkelt, dass wir fast zehn Minuten brauchen werden. Start ist gleich Ziel. So machen wir es immer. Heute ohne Publikum.

»Wer pfeift uns an?«, fragt Wilhelm.

»Ich.« Dadurch erhoffe ich mir ein winzigen Vorteil.

Wenig später sage ich »Los«, und die Reise geht ab. Der Start ist sauber. Ein Weile liegen wir auf gleicher Höhe. Die Unterschiede bleiben auch in den Kurven so gering, dass sie nicht erwähnenswert sind. Ich bedränge ihm, er befreit sich, ich schneide die Kurve, er bremst mich aus, ich übernehme die Spitze, setze mich mitten auf den Weg, er rumpelt über den Rasen und überholt mich.

Es bleibt nicht mehr viel Zeit. Ich kenne die Strecke auswendig. Zwei Kurven noch. Ich fahre wie im Fieber. Die letzte Kurve naht, die letzte Chance. Ich rücke Wilhelm auf den Leib, er kippt um, knallt mit dem Kopf auf den Randstein, der Rollstuhl scheppert. Ich rolle an ihm vorbei ins Ziel, breite die Arme aus und rufe verhalten: »Sieger!« Erleichtert presse ich die angehaltene Luft aus und lasse mich vornüber auf meine Knie fallen. Ich habe es geschafft. Yeah! Baby, hörst du mich?

Als ich mich nach Wilhelm umdrehe, liegt er immer noch da, wo er gestürzt war. Bewegungslos. Der Motor des Rollstuhls brummt noch, ein Rad eiert noch.

Ich rolle ins Foyer, an den Empfangstresen. Der Nachtdienst ist erstaunt. »Da draußen liegt Wilhelm. Er braucht einen Arzt.«

Wir haben keinen Arzt im Heim. Der Nachtdienst ruft den Notarzt, der mit großem Geheule und flackerndem Blaulicht und einem Krankenwagen herbeirast. Sie nehmen Wilhelm mit. Mehr weiß ich nicht. Mehr will ich auch nicht wissen.

Ich verschlafe den Vormittag und erscheine am Sonntag erst zum Mittagessen wieder in der Öffentlichkeit. Da wissen es schon alle. Alle reden von Wilhelm, der im Krankenhaus um sein Leben kämpft. Ich habe das so nicht gewollt. Keiner spricht von meiner Schuld. Aber ich habe sie.

Baby sitzt an meiner Seite und schwätzt immer weiter. Sie hört gar nicht auf. Von Wilhelm. Von ihren Kindern und Kindeskindern. Ihrem toten Gatten. Es stört sie nicht, dass ich nichts sage. Sie unterhält den ganzen Tisch. Es gibt anscheinend auch was zu lachen.

Nach dem Essen lädt mich Baby zu einem Spaziergang ein. Natürlich nehme ich an. Es ist auch sehr schön in ihrer Begleitung. Jedenfalls so lange, bis wir auf Wilhelms leeren Rollstuhl treffen. Sie vergießt ein paar Tränen, ich schniefe. Wir leiden zusammen und schweigen. Danach ziehe ich mich zurück. Wenn sich doch Wilhelm bloß nur den Kopf gestoßen hätte!

Am späten Nachmittag kommt Baby mich besuchen. Gott, ist mir das peinlich. In meine unaufgeräumte, müffelnde Bude. Sie setzt sich auf meine Bettkante und will, dass ich ihr was vorspiele. Ich kann heute nur melancholische Lieder. Später setzt sie sich auf meinen Schoß, streicht mir über die langen Haare und legt mir die Arme um den Hals. Sie sagt, dass ich ihr gefalle, weil ich anders als die anderen bin. »Man sieht noch den jungen Mann in dir.«

Das Leben könnte so schön sein!

Beim Abendessen erfahre ich, dass Wilhelm über den Berg ist. Puh! Sofort geht es mir besser. Ich verbringe einen schönen Abend mit Baby. Wir kommen uns näher. Das Vertrauen wächst. Das Unglück hat uns zusammengeschweißt. In ein paar Tagen schon werde ich ihr die Frage aller Fragen stellen können. Es hat jetzt auch keine Eile mehr. Wilhelm ist aus dem Rennen.

Aber sie verabschiedet sich schon früh von mir.

»Ich muss jetzt gehen.«

»Jetzt schon? Bist du müde?«

»Ja. Es war wirklich schön, dich kennen gelernt zu haben.«

»Das finde ich auch.«

»Auf Wiedersehen.«

Warum so feierlich, frage ich mich, ist doch nur bis morgen. Baby dreht sich um und tippelt zum Aufzug. Ich warte bis sie drinnen steht und auf den Knopf gedrückt hat.

»Ja, bis morgen. Ich hole dich zum Frühstück ab«, rufe ich, als sich die Türen zuschieben. Ich sehe noch ein Stück ihres lächelnden Mundes.

Ich bin enttäuscht. Ich habe gehofft, sie wieder auf meinem Schoß halten zu können.

Montagmorgen will ich Baby zum Frühstück abholen. Ihre Zimmertüre steht offen. Die Putzfrau zieht das Bett ab. Mir stockt der Atem. Das ist die Strafe für meine Tat. Ich weiß, dass man in unserem Alter jeden Tag damit rechnen muss. Aber nicht Baby. Bitte nicht! Hatte sie etwas geahnt und sich deswegen so feierlich von mir verabschiedet? Mir wird heiß. Ich stoße mit dem Rollstuhl gegen die Türe und klemme mir fast die Finger.

»Wo ist ...?«, frage ich mit bebender Stimme. Ich weiß nicht einmal ihren Namen. Ich habe ganz vergessen sie danach zu fragen.

»Oh, sie wurde gestern Abend von ihrer Tochter abgeholt. Sie war nur übers Wochenende zu Besuch, wussten Sie das nicht?«

Jetzt sitze ich hier wieder neben der Eingangstür, zupfe auf meiner Gitarre und warte auf Neuzugänge. Wilhelm ist aus dem Krankenhaus zurück, sitzt auf der anderen Seite. Er sagt, er kann sich an nichts erinnern, und ich halte auch den Mund. Es bleibt unser Geheimnis.

Mit dem eisernen Korsett im Rücken und dem Verband am Kopf macht er mir zur Zeit keine Konkurrenz. Sie werden ihn höchstens aus Mitleid nehmen, die Damen. Bei mir ist das anders. Wenn ich auf meiner Gitarre zupfe, schmelzen sie alle dahin.

Ein Auto hält. Mann und Frau steigen aus. Der Mann holt Gepäck aus Kofferraum, und die Frau hilft der alten Dame vom Rücksitz.

Hey, wen haben wir denn da?

Hello, Mary Lou.

Das Schweigen der Schafe

Fahl schien der volle Mond zwischen den Wolkenlücken auf die dicht gedrängten, runden Rücken der Schafe, die nach einem langen Tag des Umherziehens zur Ruhe gekommen waren. Der Schäfer und seine beiden Hunde hatten sich in den Unterstand zurückgezogen und schnarchten dort um die Wette. Ab und zu blökte leise ein Lamm, um sich der Nähe der Mutter zu versichern, die beruhigend eine Antwort zurückschnaubte. Es scharrten vereinzelt Hufe. Eine Staubwolke hatte sich über die Herde gesenkt.

Doch der Frieden täuschte.

Sophie, die Meisterin in der Herde, war hellwach und tat kein Auge zu. Sie seufzte, torkelte ein paar Schritte weiter und ließ sich wieder fallen. Von hier glaubte sie einen besseren Blick über das Tal zu haben.

Seit gestern Abend war Gerlinde verschwunden.

Um das Ausmaß dieses schrecklichen Unglückes begreifen zu können, muss man von einigen der tausendjährigen Regeln im Leben eines Schafes zumindest einmal gehört haben. Dazu gehörten unter vielen anderen vor allem die Schur, die Wahl, die Kette und die Reise.

Die Schur und die Wahl finden an ein und demselben Tag statt und zwar so, dass direkt nach der Schur Wahl ist. Das kann sich jedes Schaf gut merken, da kann keines sagen: Ich wusste gar nicht, dass Wahl war.

Die Schur ist eine Quälerei. Das Jahr über ist der Schäfer ein sanftmütiger, geduldiger Begleiter, nur während dieser Tage ist er nicht wiederzuerkennen. Vermutlich will er sein Herz nicht vor den Schurgehilfen zeigen. Rabiat ist er dann, roh und grob. Er schreit und flucht. Von Streicheln kann keine

Rede mehr sein. Auf eine Schnittwunde mehr oder weniger kommt es ihm nicht an, auch ein blaues Auge oder eine ausgerenkte Schulter nimmt er in Kauf. Schnell muss es gehen. Zack, Zack. Zeit ist Geld.

Nur kurz schütteln sich die Schafe nach der Tortur, lecken ihre Wunden und dann geht's im Laufschritt ab zur Wahl des neuen Meisters. Sie sind äußerst demokratische Tiere. Keines drückt sich. Es gibt nicht mehr als eine Wahlperiode, und es steht von beiden Geschlechtern jeweils ein Tier zur Wahl. Andere Kriterien gibt es nicht.

Auch die schwarzen Schafe werden wie die hellen behandelt. Manche Helle haben schwarze Köpfe oder schwarze Flecken, das spielt alles keine Rolle. Schafe achten nicht auf Äußeres, und sie sind obendrein tolerant.

Nur die Lämmer und Jährlinge sind nicht wahlberechtigt. Aber ihnen ist das egal, sie werden auch nicht geschoren.

Nackt und schlotternd und mit etlichen Wunden übersäht, tun die Erwachsenen ihre demokratische Pflicht und stellen sich hinter ihren jeweiligen Favoriten. Meistens findet man die Hammel und Böcke hinter einem Hammel oder Bock, und die Mutterschafe hinter einem Mutterschaf. Da die Mutterschafe immer in der Überzahl sind, ist noch nie ein männliches Tier Meister geworden.

Wer weiß, wozu das gut ist.

Da Schafe nicht rechnen können, ist es wichtig, nicht wie Kraut und Rüben hintereinander zu stehen, sondern eine sorgfältige Kette zu bilden. Kopf an Schwanz. Schwanz an Kopf.

Kaum ist das letzte Schaf geschoren, steht das Ergebnis auch schon fest. Die amtierende Meisterin entscheidet als Unparteiische nach der Länge der Kette und gibt das Ergebnis in einer kurzen Versammlung bekannt. Auch das muss leise und schnell gehen, denn der Schäfer und seine Hunde sehen es nicht gern, wenn sich versammelt wird.

Wenn getrödelt und laut herumgeblökt wird, muss die Meisterin eingreifen. Nach einem »Pssst, der Schäfer kommt!« löst sich die Versammlung sofort in Wohlgefallen auf.

Man sollte aber keine voreiligen Schlüsse aus der mathematischen Unfähigkeit der Schafe ziehen. Schafe sind nicht dumm. Sie können nur nicht rechnen. Und nicht gut leise sein.

Diese Kette an sich ist eine supersichere Erfindung, die auch abends vor dem Einschlafen angewendet wird, um zu überprüfen, ob kein Schaf verloren gegangen ist.

Bevor die Herde sich zur Ruhe begibt, wird noch kurz die Kette gebildet. Jeder Einzelne muss sich bei dieser Gelegenheit seinen Vorder- und seinen Hintermann gut ansehen. Gibt es Probleme, hat einer Verletzungen oder klagt über Schmerzen oder fehlt einer, wird die Meisterin angesprochen. Sofort findet eine kurze, hastige Versammlung statt, denn Vorbeugen ist besser als Heilen. Manchmal steht nur einer falsch.

Auch hier sollte alles schnell und leise vonstatten gehen. Meistens wird es aber doch zu laut. Falls der Schäfer etwas hört, gilt die Parole: »Pssst, der Schäfer kommt!«, und alles lässt sich auf der Stelle fallen und stellt sich schlafend.

Nach der kommenden Wahl wird Annliese Sophies Platz einnehmen, das steht so gut wie fest. Jochen, der älteste Bock, er wird es nicht schaffen, obwohl er seit Wochen kräftig auf Stimmenfang geht, sich von seiner besten Seite zeigt und schwer ins Zeug legt. Seinen Geschlechtsgenossen muss er nichts vormachen, die werden ihn sowieso wählen. Aber die Damen wollen umworben sein, glaubt er.

Er überlässt ihnen das satteste Gras und lenkt – ganz Kavalier – die Hunde von ihnen ab. Er versammelt am Abend die Lämmer um sich und blökt ihnen vor dem Einschlafen kleine Lieder vor, damit ihre Mütter ihre Ruhe haben. Was man eben so macht, um gewählt zu werden.

Die Mutterschafe haben ihn längst durchschaut. Da kann er noch so großzügige Wahlversprechen machen. Wie seine Vorgänger auch gibt er sein Ehrenwort, dass es während seiner Amtszeit keine einzige Schur geben wird. Und nie die Reise! Wer soll das denn glauben!

Das Thema Reise ist heikel.

Schweren Herzens haben sich die Schafe mit den Jahren daran gewöhnen müssen, dass der Schäfer immer wieder einmal eines von ihnen per Lieferwagen auf die weite Reise schickt. Schon ihre Großmütter erzählten davon. Und sie wussten auch, was die Reisenden am Ende erwartet:

Ein Land, wo es weder Hitze noch Trockenheit gibt. Das Gras ist dort so grün und saftig wie nirgendwo und durchsetzt mit würzigen Kräutern und Blumen. Und trotzdem gibt es niemals Regen, immer angenehme Temperaturen so um die fünfzehn Grad. Nicht zu warm und nicht zu kalt. Nie muss man dort seine Schäfchen ins Trockene bringen.

Es gibt keine Fliegen, die sich einem in die Augen setzen, es gibt kein Ungeziefer, dass einen juckt, besonders in der Nacht, dass man nicht schlafen kann. Es gibt keine Schäfer und keine Hunde. Es gibt nur grenzenlose Freiheit. Man kann den ganzen Tag so laut blöken wie man will!

Das Beste aber ist: Dort wird man nie geschoren! Das ist auch gar nicht nötig. Das Fell erreicht eine exakte Länge und wächst nicht mehr. Diese Länge ist genau richtig im Leben eines Schafes. Nicht zu warm und nicht zu kalt.

Die jährliche Wählerei findet auch nicht statt. Weil man in dieser Welt keinen Meister braucht. Jeder kann machen, was er will. Es gibt keinen Streit, alle Geburten laufen reibungslos, nie geht jemand verloren.

Dass die Reise flach fällt, versteht sich von selbst. Es gibt erstens kein Zurück, und zweitens will von dort sowieso niemand jemals weg.

Da dort aus unverständlichen Gründen ein akuter Schafmangel herrscht, haben sich alle Schäfer dieser Welt bereit erklärt, jedes Jahr einige aus ihrer Herde dorthin zu entsenden.

Bevorzugt Lämmer. Auch wenn ihre Mütter jedes Mal trauern, freuen sie sich mit ihren Kindern. Die Kleinen haben das Leben noch vor sich. Sonst würden sie mit der Zeit viel zu viele werden, würden sich gegenseitig auf die Hufe treten und das bisschen Gras noch wegfressen. Zank und Streit würde es geben. Das mag kein Schaf. Aber die Mütter wüssten gern, was aus den Kleinen geworden ist. Zu gern würden sie sie noch einmal sehen. Sehen, wie groß sie geworden sind und wie schön. Aber das ist nicht möglich. Auch eine Besuchsmöglichkeit gibt es nicht. So ist es nun einmal.

Da Schafe praktisch veranlagt sind, halten sie denn, kaum ist der Lieferwagen aus ihrem Gesichtsfeld verschwunden, nach einem stattlichen Bock Ausschau und sehen zu, dass sie bald wieder ein Lamm in die Welt setzen können. Hin- und hergerissen zwischen Hoffen und Bangen, ob auch dieses auserwählt werden wird. Die Reise ist auch irgendwie eine Ehre.

Gut, gesehen hat dieses wunderbare Land am Ende der Welt zwar noch keines von ihnen. Aber das heißt nichts. Was Großmütter erzählen ist wahr!

Ebenfalls gehört haben von den allgemeinen, hundertjährigen Regeln im Leben eines Schafes sollte man noch die Angelegenheit mit der Namensgebung.

Nicht alle Schafe tragen Namen. Das würde auch zu weit führen, sie sind mehr als hundert in der Herde. Nur die Ältesten, zukünftigen, gegenwärtigen und die Ex-Meister und die,

die sich durch irgendwelche Dienstleistungen besonders hervorgetan haben, dürfen sich einen Namen aussuchen. Dieser wird dem amtierenden Meister vorgetragen, von ihm entweder abgesegnet oder geringfügig geändert und anschließend der Herde in einer Versammlung verkündet.

Bei Eberhard, einem pechschwarzen Bock, der letztes Jahr alternativ zu Sophie zur Wahl stand, war es zum Beispiel so, dass er ursprünglich Bernhard heißen wollte. Dieser Name ist aus irgendeinem Grunde beliebt bei Hammeln und Böcken. Aber es darf nur einer Bernhard heißen. Ob schwarz oder weiß, wie gesagt, Schafe machen da überhaupt keine Unterschiede. Sobald ein Bernhard in die ewigen Weidgründe gegangen ist, ist sofort ein neuer Kandidat zur Stelle.

Manche können den Tod kaum abwarten – eine Unart, die neuerdings um sich greift – und drängeln sich vor. Es ist Aufgabe der Meisterin, solche Tendenzen zu unterbinden. So ein Leichenfledderer hat natürlich keine Chance, jemals gewählt zu werden, abgesehen von der Tatsache, dass er sie als Bock sowieso nicht hat.

In Eberhards Fall war es so, dass er schlichtweg vergessen hatte, dass noch ein Bernhard unterwegs war. Die Meisterin – es handelte sich damals um die betuliche Elisabeth – hatte für ihn nach einer Bedenkzeit den ähnlich klingenden Namen Eberhard herausgefunden, ihn überredet sich damit abzufinden und anzufreunden. Was blieb ihm anderes übrig?

Aber zufrieden war er damit nicht. Ach, Eberhard war überhaupt nie zufrieden. Er war ganz ein komischer Bock. Immer meinte er, dass jemand ihm ans Fell oder an die Hörner wollte. Er war hypersensibel. Er war ein echtes, schwarzes Schaf.

Als Meister wäre er eine glatte Null geworden. In dieser Position braucht man eine gefestigte Persönlichkeit. Man muss jederzeit mit gutem Beispiel vorangehen können, Weisheit und Weitsicht zeigen, Toleranz und Geduld, Gleichmut und Autorität, alles Eigenschaften, die man nicht erlernen kann. Man hat sie oder man hat sie nicht.

So wie Sophie.

Ein langes Jahr lang besteht die Aufgabe der Meisterin auch darin, jeden Streit zu schlichten, vor allem zwischen den jungen Böcken, die zu Übermut neigen, die Geburten sachgerecht zu überwachen und die Lämmer zu kontrollieren. Es gilt dafür zu sorgen, dass jedes einzelne in der Herde zu seinem Recht kommt. Es gilt vor allem darauf zu achten, dass niemand verloren geht. Auch wenn der Schäfer und seine beiden Hunde stets so tun, als sei vor allem Letzteres ihre Aufgabe, so liegt sie in Wahrheit allein in Händen des jeweiligen Meisters.

Das alles obwohl – wie wir wissen – Schafe nicht rechnen können.

Arbeit satt.

Und bei Sophie kam zu allem Überfluss noch dieses schreckliche Unglück hinzu! Das Verschwinden von Gerlinde.

Sophie hatte sie tagsüber noch ein paar Mal getroffen und mit ihr geschwatzt. Gerlinde war mitteilsam. Worum es da ging? Ach, das Übliche, sie lästerten. Schafe sind da nicht besser als andere. Sophie hörte sich das an, nickte oder schüttelte den Kopf, je nachdem, um was es gerade ging, trug etwas bei und stimmte Gerlinde meistens am Ende zu. Sie waren so etwas wie Freundinnen.

Am Abend, nach der Kette, beim Einschlafen, als Sophie den Tag vor ihrem geistigen Auge Revue passieren ließ und ihr einfiel, dass sie Gerlinde noch unbedingt etwas sagen musste, nämlich dass sie der Meinung war, Sybille hätte ganz schön zugenommen, begann sie nach ihr zu suchen. Gerlinde war gut an ihren dunklen Flecken auf dem Rücken zu erkennen.

Nach einigem erfolglosen Umhersuchen und leisen blökenden Rufen, überfiel Sophie eine schreckliche Ahnung. Aufgelöst weckte sie die Herde und stellte Gerlindes Vor- und Hinterschaf vor versammelter Mannschaft zur Rede.

Im Halbschlaf mussten die beiden etwas länger nachdenken als gewöhnlich. Schließlich einigten sie sich darauf, dass sie Gerlinde am Abend in der Kette noch gesehen hatten. Da war Gerlinde noch wie immer gewesen. Die beiden schworen Stein und Bein.

Es musste also nach der Kette passiert sein!

Aber um diese Uhrzeit war garantiert auch der Lieferwagen nicht mehr gekommen! Der kam immer früh morgens. Schließlich handelte es sich bei der Reise um eine weite Reise. Und Mutterschafe waren sowieso nicht erwünscht.

Dass Gerlinde nach der abendlichen Kette die Herde freiwillig verlassen haben sollte, stand nicht zur Debatte. Das war streng verboten.

Im Dunkeln nach ihr zu suchen, hatte überhaupt keinen Zweck, also hatte Sophie sie alle schlafen geschickt.

Sie dagegen grübelte. An Schlaf war nicht zu denken. Und Schäfchen zählen ist nun einmal bei Schafen nicht drin.

Am anderen Morgen begann die große Suche.

Die Herde war seit Sophies Amtsperiode in dem ausgedehnten, unwirtlichen, aber sicheren, einsamen Talkessel geblieben, in den sie der Schäfer geführt hatte. Hier fand sie alles, was sie brauchte. Neben dem Weideland, das groß genug für einen ganzen Sommer und mehr war, plätscherte ein klarer Bach, Sträucher boten reichlich Schatten, obwohl die Sonne nur am Morgen übers Tal wanderte. Vor Stürmen schützten die halbhohen Berge rundherum. Es gab kleine Felsvorsprünge, hinter denen man allein sein konnte, wenn man das Bedürfnis dazu hatte. Aber keine gefährlichen Abgründe. Es sei denn, man würde die Berge ersteigen und von dort oben herunterfallen. Aber so dumm war kein Schaf, da wo es steil wurde, wuchs nichts mehr.

Der richtige Ort für ein beschauliches Schafsleben.

Nicht an diesem Tag. Die Herde drehte jeden Grashalm um und vergaß fast das Fressen, Kötteln und Dösen darüber. Aber Gerlinde blieb und blieb verschwunden. Auch Reste von ihr konnten nirgendwo aufgespürt werden. Der Schäfer und seine Hunde taten so, als hätten sie nichts bemerkt. Nach diesem Tag kehrte lange keine richtige Ruhe in der Herde mehr ein. Irgendwie hielten sie immer nach Gerlinde Ausschau.

Aber als das nächste Unglück geschah, war Gerlinde vergessen. Alle blökten nur noch von Bettina. Es war wieder eine Vollmondnacht gewesen. Wieder das Befragen von Hinter- und Vorderschaf, wieder das große Suchen, wieder nichts. Wieder das tagelange Grübeln.

Wer kommt als Täter bloß in Frage?, fragte sich Sophie.

Es war doch so: Beide Male hatte es kein Lamm, Jährling, schwarzes Schaf oder einen Bock getroffen, sondern die Opfer waren helle Mutterschafe gewesen, und zwar solche, die bekannt waren und einen Namen trugen. Gab es einen politischen Hintergrund? Wollten die männlichen Tiere sich rächen dafür, dass sie in einem Matriarchat leben mussten?

Gab es einen sexistischen Hintergrund? Wollten die Böcke das Gleichgewicht zwischen Mann und Frau auf diese Weise herstellen?

Aber wo waren Gerlinde und Bettina abgeblieben?

Was war mit dem Schäfer und seinen Hunden? Beide Male hatten sie so getan, als hätten sie nichts bemerkt. Das machte sie verdächtig. Der Schäfer schied bestimmt aus, fand Sophie, er aß immer nur Suppen aus Dosen, Brot und Käse.

Doch den listig und verschlagen dreinblickenden Hunden hatte sie noch nie über den Weg getraut. Sie hatten sicher jederzeit großen Appetit auf Schafsfleisch. Und sie wussten, dass Schafe nicht zählen können. Sie hatten die Kette gesehen. Aber wo waren Gerlindes und Bettinas Felle abgeblieben?

Die beiden Unglücke hatten noch mehr gemeinsam: Sie geschahen bei Vollmond. Allerdings nicht bei jedem Vollmond.

Sophie blieb nichts anderes übrig, als sich vorsichtshalber alle Vollmondnächte um die Ohren zu schlagen und sich auf die Lauer zu legen. In solchen Nächten ließ sie stets den Unterstand nicht aus den Augen und hatte gleichzeitig dabei einen wachsamen Blick auf den Zufahrtsweg, nur für den Fall.

Der Lieferwagen kam nicht, aber sie konnte tatsächlich mehrmals die Hunde beobachten, wie sie sich, kaum hörte man das Schnarchen des Schäfers, aus dem Unterstand entfernten und nebeneinander einher trottend eine kleine Anhöhe erklommen. Dort setzten sie sich im Schein des vollen Mondes nebeneinander und sahen angestrengt in ein und dieselbe Richtung. Allerdings passierte nichts weiter, sie heulten noch nicht einmal oder so. Nach einer Weile verzogen sie sich unverrichteter Dinge.

Waren sie gestört worden? Hatten sie etwa bemerkt, dass sie beobachtet wurden?

In dieser Nacht verschwand kein Schaf.

Sophie behielt die Neuigkeit für sich, sie glaubte eine heiße Spur zu haben und war aufgeregt!

Tatsächlich! Zwei Nächte später traf es Gaby – für immer. Sophie hatte nichts mitbekommen. Sie war entsetzt! War sie etwa kurz eingenickt?

Gerlinde, Bettina und jetzt noch Gaby. Es reichte! Sophie wollte alles in ihrer Macht Stehende dafür tun, dass kein neuer Name hinzukommen musste. Sie musste diese Fälle noch während ihrer Amtsperiode lösen! Eine Frage der Ehre.

So vertraute Sophie sich endlich ihrer Herde an. Es herrschte allgemeine Betroffenheit, erst Schweigen im Walde, dann blökten alle wie verrückt durcheinander. Prompt drehte sich der Schäfer auf seinem Klapphocker zu ihnen herum und erhob sich.

»Pssst, der Schäfer kommt!«, konnte Sophie gerade noch zischen und alle zockelten unauffällig in verschiedene Richtungen davon. Wann würde das Volk lernen leise zu sein?

Wenig später rempelte Eberhard Sophie an. »Du, ich weiß was.«

Ausgerechnet Eberhard, der pechschwarze, unzufriedene und hypersensible Eberhard, der viel lieber Bernhard heißen wollte. Sophies Ex-Gegenkandidat. Dieser Eberhard wollte plötzlich sehr wohl ein Auto gesehen haben in den betreffenden drei Nächten.

»Warte«, sagte Sophie, rief die anderen herbei und Eberhard musste seinen Satz wiederholen. Prompt wurde er ausgeblökt.

»Ruhe!«, schimpfte Sophie und hakte nach: »Du meinst den Reise-Lieferwagen?«

»Nein. Nein. Ein anderes Auto. Aber groß war es auch. Größer sogar!«

»Und warum lässt du uns hier suchen und sagst nichts?«

»Ach, mir glaubt doch sowieso niemand hier.«

Großes Geblöke. Er hatte Recht. Auch jetzt glaubte ihm niemand richtig. Aber sein Hinweis war der einzige weit und breit. Und in der Not frisst der Teufel Fliegen. Sophie sah ängstlich zum Schäfer. Er hatte nichts gehört. Noch nicht.

»Leise!«, mahnte sie.

»Der Schäfer hat Gerlinde, Bettina und Gaby einfach hineingehoben«, fuhr Eberhard beleidigt fort. »Ich habe es selbst gesehen. Echt. Ihr braucht es ja nicht glauben!«

»Wir Mutterschafe dürfen doch überhaupt nicht reisen!«, rief ein Mutterschaf dazwischen.

»Ja genau!«, blökten jetzt alle so laut sie konnten. »Nur die Lämmer!«

»Normal ja. Mit dem Reise-Lieferwagen. Aber dieses besondere Auto ist extra nur für die Hellen da!«

Sophie horchte auf. Sie musterte ihre Herde. Niemand hatte es bemerkt. Als Eberhard hinzufügte: »Ihr könnt das Suchen ruhig lassen«, näherte sich der Schäfer mit seinen Hunden.

»Pssst, der Schäfer kommt«, blökte Sophie gerade noch rechtzeitig.

Es wurde Zeit, diesen Eberhard mal unter die Lupe zu nehmen, dachte sie und zockelte davon. Er hatte sich selbst verraten. Was war sein Motiv?

Im Verlauf des Tages stellte sie fest, dass Eberhard neuerdings ein besonders gutes Verhältnis zu den beiden Hunden hatte. Sie spielten sogar Nachlaufen miteinander. Hatten sie gemeinsame Sache gemacht?

Später kam Sophie Eberhard mehrmals nahe. Wenn ihre Augen sie nicht täuschten, so war das Fell auf seiner linken Hinterbacke verklebt. Bei seinem pechschwarzen Haar konnte man nicht genau erkennen, ob es Schlamm oder sonst was war. Sophie wollte sich gerade unauffällig an seinem Hinterteil ein wenig reiben, als er herumfuhr: »Was ist denn mit dir los?«

Sophie drehte sich um. »Meinst du mich? Ich? Wieso ich?« Sie standen mitten im Gewühl. Er konnte nichts beweisen.

Sophie entfernte sich aus der Herde, kletterte in einen kleinen Steinbruch und besah sich ihre Schulter. Ein dunkelrotbrauner Fleck starrte sie an. O Gott! Letzte Nacht war der Mond schon reichlich voll gewesen, sie hatte keine Zeit zu verlieren. Eberhard auf frischer Tat zu ertappen, schien ihr viel zu gefährlich.

Am Abend, als es dämmerte, stand sie noch immer in dem kleinen Steinbruch und überlegte, was zu tun sei. Kein Bissen, kein Schluck, keine Pause, kein Köttel. Was für ein Tag!

Dann sah Sophie, dass sich in einiger Entfernung ein Schaf in unerlaubter Weise von der Herde abgesondert hatte und still vergnügt vor sich hin weidete. Es war unglaublich dick, hatte aber einen extrem kleinen, schwarzen Kopf. Sybille, dachte Sophie sofort, Sybille, die in letzter Zeit so zugenommen hatte. Leise rief sie nach ihr, vielleicht konnten sie ein wenig in Ruhe unter vier Augen über alles reden. Sybille würde auf keinen Fall sofort losblöken wie die anderen und damit den Schäfer herbeirufen. Aber Sybille reagierte nicht.

»Sybille!«

Sybille hob den Kopf, erstarrte und lief so schnell sie konnte davon, nicht zurück zur Herde, sondern noch weiter weg den Berg hinauf, über Stock und Stein. Sophie nahm die Verfolgung auf und hörte von weitem das Bellen der Hunde. Sie würden sie bald eingeholt haben.

»Sybille, bleib doch stehen! Ich will doch nur mit dir reden!«

Sybille lief. Ihr Übergewicht war ihr keine große Hilfe dabei. Es dauerte nicht lange und sie stolperte, rappelte sich wieder auf, aber etwas blieb zurück am Boden liegen und ihr Hintern war plötzlich schwarz.

Sophie erreichte die Stelle und steckte die Nase in das Teil am Boden. Es war ein Fell. Ein Schafsfell, das roch sie sofort. Als sie hochsah, war Sybille gefallen und rührte sich nicht mehr. Mit geschlossenen Augen lag sie da wie hingestreckt.

Sophie beugte sich über sie und zog mit dem Maul noch zwei weitere, helle, lose Felle von ihr ab. Sybille war Eberhard.

Er wollte schon mit tausend Erklärungen und Entschuldigungen ansetzen, als Sophie ihm zu schweigen befahl.

»Heute Abend ist Versammlung. Zieh die Felle wieder an und geh zur Herde!«

Sophie hatte nichts als Verachtung für ihn übrig, wenn es nach ihr gegangen wäre, hätte sie ihn spontan davongejagt. Aber sie wusste auch, dass sie in einer Demokratie lebte und nicht allein entscheiden konnte. Eberhard legte sich mühsam die Felle auf den Rücken. Sie zockelten nebeneinander zur Herde zurück und sprachen kein Wort. Die Hunde kehrten um. Es war nicht mehr lange bis zum Abend. Sophie hielt die Anspannung kaum aus.

Dass direkt nach der Kette Versammlung sein würde, sprach sich schnell herum. Allen wurde eingebläut, ja leise zu sein, es gehe um Leben und Tod. Nachdem die Herde Sophie als vollständig gemeldet worden war, übergab sie Eberhard das Wort.

Er musste in der Mitte stehen, sodass ihn alle von allen Seiten betrachten konnten. Erst erkannte ihn niemand. Dann zog ihm Sophie die drei Felle eines nach dem anderen ab und ein großes Geblöke setzte ein.

»Eberhard!«

»Mein Gott, Eberhard!«

»Wir hätten es uns denken können, der hatte doch immer schon ein Rad ab!«

»Leise!«, mahnte Sophie. »Wollt Ihr nicht wissen, warum er das getan hat?«

»Doch! Doch! Doch!«

»Dann seid leise!«

Eberhard druckste herum.

»Lauter!«, herrschte Sophie ihn an.

»Also«, begann er schließlich zögernd und machte eine lange Pause.

»Also, was?«, fragte Sophie.

Eberhard begann zu weinen, nein, er heulte Rotz und Wasser.

Sophie ließ nicht locker. »Wo sind Gerlinde, Bettina und Gaby?«

Dann gestand er mit tränenerstickter Stimme. »Ich hab sie den Hunden ...«

»Oh! Nein!«

»Du Bestie!«

»Wie konntest du!«

»Ruhe! Warum Eberhard, warum?«

»Ich wollte ... ich wollte ... ich wollte kein schwarzes Schaf mehr sein. Ich wollte doch nur aussehen wie die anderen!«

»Aber es ist doch völlig egal wie du aussiehst!«, riefen alle durcheinander.

»Egal! Egal!«

»Ob schwarz, ob hell! Egal.«

»Mir nicht!«, schnaubte er entschlossen und stampfte mit den Hufen auf den Boden.

»Ich sag ja, der hatte immer schon ein Rad ab!«

»Ein echtes schwarzes Schaf!«

»Ruhe! Was machen wir jetzt mit ihm?«, fragte Sophie das Volk. »Jagen wir ihn davon?«

»Nein! Wir bringen ihn um!«

»Oder wir werfen ihn den Hunden vor!«

»Wir jagen ihn die Berge hoch, damit er auf der anderen Seite herunterfallen kann!«

»Nein. Wir wälzen sein Fell im Schlamm und ...«

Das Geblöke wurde lauter. Kein Wunder, dass der Schäfer da aus seinem Unterstand hervorgekrochen kam und in Richtung Versammlung schlurfte. Die beiden Hunde bummelten an seiner Seite.

»Pssst! Der Schäfer kommt!«

Bibliografie

Elvis
erschienen 2003 in »Frühling, Sommer, Herbst und Mord«, GEV Verlag, Eupen

Unser Dorf soll schöner werden
erschienen 2001 in »Abendgrauen 2«, KBV Verlag, Hillesheim

Survival-Training
erschienen 2001 in »Der Tod klopft an«, GEV Verlag, Eupen und 2002 in »Mörderisch Kalt«, Scherz Verlag

Am Ende des Weges
erschienen 2002 in »Der Tod tritt ein«, GEV Verlag, Eupen

Waterzooi
erschienen 2004 in »Flossen höher«, Leda Verlag, Leer

Ein starker Partner
erschienen 2004 in »Mordseifel«, KBV Verlag, Hillesheim

Er und sie oder ich
erschienen 2001 in »Tödliche Beziehungen«, Emons Verlag, Köln

Danksagung

Ich wäre niemals auf die Idee gekommen, Kurzgeschichten zu schreiben, wenn mich Ralf Kramp nicht immer wieder zu Lesungen eingeladen hätte, in deren Verlauf mir klar wurde, um wie viel schöner es ist, wenn die Geschichten, die man liest und hört und hoffentlich auch ein bisschen mit nach Hause nimmt, einen richtigen Anfang und ein richtiges Ende haben. Auch wenn das Ende nicht immer lustig ist.

Weiterhin wäre ich niemals auf die Idee gekommen, eine Geschichte über Schafe zu schreiben, wenn mir nicht derselbe Ralf Kramp eines Tages das köstliche Cover des vorliegenden Buches zugeschickt hätte.

Als ich es meinen Söhnen Stephan und Jan präsentierte, hieß es übereinstimmend: Das schreit ja geradezu nach einer Geschichte.

Das Brainstorming hierzu fand in einer lauen Sommernacht auf der Terrasse unseres Hauses statt. Alles was Recht ist, ich will mich nicht mit fremden Federn schmücken: Der Plot stammt nicht von mir allein.

KBV-KRIMI

Carola Clasen
Tot und begraben
KBV-Krimi Nr. 108
Taschenbuch, 240 Seiten
ISBN 3-937001-03-4

Von einem Tag auf den anderen kostet eine Beerdigung im kleinen, beschaulichen Eifelort Oberprüm nur noch die Hälfte. Kein Wunder, dass die Konkurrenz den Leichenwagen von nun an nicht mehr aus den Augen lässt. Die Bestatter Paul und Peter Schlangensief haben offensichtlich eine todsichere Geschäftsidee entwickelt, dank derer sie allen anderen eine Nasenlänge voraus sind. Zur gleichen Zeit gibt der einsame Witwer Wilden eine Heiratsannonce auf. Als er endlich einen Brief und ein Foto erhält, verliebt er sich Hals über Kopf in die schöne Sybille. Sein Glück scheint perfekt. Doch dann geht es plötzlich mit seiner Gesundheit rapide bergab.

»*... die Handschrift macht Appetit auf mehr!*« (Das Magazin)

»*... die Crime Lady unter den Eifelkrimiautoren*« (Trierischer Volksfreund)

Carola Clasen
November-nebel
KBV-Krimi Nr. 93
Taschenbuch, 185 Seiten
ISBN 3-934638-93-7

Die Krimiautorin Julia Kirschbauer befindet sich nach einer Lesung in Trier auf einer einsamen nächtlichen Autofahrt nordwärts durch die Eifel.
Nebel ... Angst ...
Man sieht nicht einmal fünf Meter weit. Und dann sind da plötzlich diese grellen Scheinwerfer! Wenige Augenblicke später ist Julia Kirschbauer spurlos verschwunden.
Die Trierer Kommissarin Sonja Senger wird mit dem Fall beauftragt. Gemeinsam mit ihrem undurchsichtigen Kölner Kollegen Roman Zorn begibt sie sich auf die Suche nach der verschwundenen Autorin und entdeckt dabei verborgene Eifler Eigenarten, die selbst der dichte Novembernebel nicht zu verhüllen vermag.

»*Die Queen of Eifel-Crime*«
(Trierischer Volksfreund)

Carola Clasen
Das Fenster zum Zoo
KBV-Krimi Nr. 96
Taschenbuch, 201 Seiten
ISBN 3-934638-83-X

Als der Kölner Zoo am Morgen seine Pforten öffnet, hat die vergangene Nacht grausige Spuren hinterlassen: Im Käfig des Grizzly liegt die zerfetzte Leiche eines jungen Mannes. Der verstümmelte Körper gehört Ben Krämer, einem Fotografen, der im Zoo auf Tippvisite war.
Ist er aus Unachtsamkeit in die Fänge des Bären geraten?
Die Tierpflegerin Nelly Luxem scheint etwas zu verbergen zu haben, und der frisch pensionierte Kommissar und Zooliebhaber Lorenz Muschalik versucht ganz behutsam hinter ihr dunkles Geheimnis zu dringen.

»*Carola Clasen versteht es, mit den klassischen Versatzstücken des Kriminal- und Schauerromans zu spielen.*«

(Kölner Stadt-Anzeiger)

KBV-KRIMI

Ralf Kramp

Tief unterm Laub

KBV-Krimi Nr. 11
Taschenbuch, 256 Seiten
ISBN 3-934638-11-2

Ein alter Mann wird überfahren. Nur ein Unfall? Einige Zeit später kommt sein ehemaliger Zivi beim Sturz aus dem Fenster seiner Dachwohnung ums Leben. Selbstmord? Laurentius Bock, Besitzer eines kleinen Copy-Shops, wird unfreiwillig in den rätselhaften Fall hineingezogen. Zusammen mit Lindy, der Freundin des jungen Mannes, versucht er, die Hintergründe der seltsamen Geschehnisse aufzudecken. Die Spur führt in die Eifel, doch auch hier ist die Welt nicht mehr in Ordnung, und das schon seit vielen, vielen Jahren.

»... Wirklich gelungen ... Brillant ... Sehr gut!« (Jacques Berndorf)

»Kramps brillanter Krimi fesselt bis zur letzten Seite.« (Das neue Buch / Buchprofile)

Ralf Kramp

Der neunte Tod

KBV-Krimi Nr. 44
Taschenbuch, 256 Seiten
ISBN 3-934638-44-9

Herbie Feldmanns dritter Fall. Er hütet das protzige Haus seiner Tante, und sein ständiger Begleiter Julius ahnt bereits Böses, als Herbie in jener kalten Winternacht einem Obdachlosen Asyl gewährt. Und er behält Recht. Tante Hettis Kostbarkeiten werden bei Nacht und Nebel gestohlen, und Herbie hat seine liebe Mühe, die teuren Stücke wiederzubeschaffen. Das kann er nur, wenn er den Landstreicher auftreibt. Der nennt sich »Mikesch«, wie der Kater, und glaubt, ebenso wie der, neun Leben zu haben und auch neun Tode. Und ganz plötzlich, auf schreckliche Weise, kommt schließlich auch der neunte ...

»... der lokale Meister des schwarzen Humors.« (Kölner Stadt-Anzeiger)

Ralf Kramp

Still und starr

KBV-Krimi Nr. 51
Taschenbuch, 185 Seiten
ISBN 3-934638-51-1

Marcus Mathei kehrt zurück. Aus seiner gescheiterten Ehe heraus flüchtet er in ein kleines Nest in der Eifel, kehrt zurück an die Stätte seiner Jugend. Dort sucht er Ablenkung vom drohenden Scheidungsdesaster, Erholung von der Stadt und Ruhe von seinem nervenaufreibenden Job in der Werbeagentur, der auf der Kippe steht.

Doch als er in das Dorf zurückkehrt, in dem sich sein Vater, der Dorfarzt, vor Jahren das Leben nahm, wird es nicht nur eine Reise in seine eigene Jugend auf dem Land.

Alles deutet darauf hin, dass mit seiner Rückkehr auch der Tod Einzug in das Dorf hält. Die übel zugerichtete Leiche eines Bahnarbeiters wird gefunden, und es sieht ganz so aus, als würde dies nicht der einzige Tote bleiben.